寂静证词

呢喃

不明眼 —— 著

中国出版集团 现代出版社

图书在版编目（CIP）数据

寂静证词. 呢喃 / 不明眼著.—北京：现代出版社，2021.3
ISBN 978-7-5143-8885-5

Ⅰ.①寂… Ⅱ.①不… Ⅲ.①推理小说—中国—当代 Ⅳ.①I247.5

中国版本图书馆CIP数据核字（2020）第270611号

寂静证词. 呢喃

作　　者：不明眼
责任编辑：申　晶
出版发行：现代出版社
通信地址：北京市安定门外安华里504号
邮政编码：100011
电　　话：010-64267325　010-64245264（兼传真）
网　　址：www.1980xd.com
电子邮箱：xiandai@vip.sina.com
印　　刷：三河市宏盛印务有限公司

开　　本：880mm×1230mm　1/32　　印　　张：7.75
版　　次：2021年3月第1版　　　　　　印　　次：2021年3月第1次印刷
字　　数：187千字
书　　号：ISBN 978-7-5143-8885-5
定　　价：42.00元

目录

消失的一家三口

1

"那个，学长……真的不能把阎队微信推给我吗？"

周宁警官司法学院的二食堂里，刘媛媛下了极大的决心终于将话问出了口，而餐桌周围来给刘媛媛加油鼓劲的女同学们此时也都满脸期待地望向桌子对面，等了半天，最后却只等来了一声叹息。

"我说，你们怎么都喜欢他这种类型？"萧厉放下筷子摇摇头，"不是我不想给你们，就是我估计你们要加他他也不会理你们，到时候岂不是更伤心？"

刘媛媛睁大了一双漂亮的眼睛："可学长你不是说他最近把婚戒摘下来了吗？"

周围的姑娘纷纷点头如捣蒜，萧厉见状翻了个白眼，心想这些小丫头也就是在这种时候才对他有好脸色，等上了训练场，一个两个都对他很不客气，尤其是这个刘媛媛，说是这一届的校花，上回差点把他手掰折。

要是吊这些姑娘的胃口，他怕是要没命。萧厉叹了口气："摘下来归摘下来了，但也没说他就要梅开二度了呀。"

萧厉又回想起一周前，上完一天的素质训练课，他腰酸背痛地开车回家，一路上忍不住将把他诓去上警校的阎非骂了百八十遍，结果一出电梯口，"罪魁祸首"就站在他家门口悠闲地抽着烟。

了了"七一四"的案子，阎非这一年多来稍微长了点肉，棱角也柔和了不少，看到萧厉脸上新添的瘀青，阎非好笑道："看来没对你放水。"

萧厉听他还有脸这么埋汰自己，忍不住大翻白眼，他一个快三十的人，跟着一堆小年轻在警校里学习擒拿格斗，其间挨过多少打已经记不清，总之就是死去活来，早知堂堂支队队长介绍来的人也必须要考试不挂科才能毕业，他当年就应该老老实实继续写他的软文新闻稿，打死也不上这只"老狐狸"的当，来警官司法学院做什么深造。

萧厉挨了一天打，看到阎非就来火，一回家便忙着给自己上跌打油，阎非看他这副惨样却毫无愧疚："周楠已经算下手很轻了，我和他一起上学的时候，他在我们班素质训练倒数第四，你要是碰到了普西支队的李松，他会直接要了你的命的。"

萧厉擦油的手一顿，很快没好气道："谁挨打谁知道，要换你以前是个一千五都跑不来的弱鸡文科生，现在天天跟人上课玩擒拿摔跤，我看你受不受得了。"

阎非似乎已经习惯他的抱怨，问道："上了这么久的学没有收入，积蓄还剩下多少？"

萧厉给他问得心里一颤，他认识阎非这么久，现在已经很熟悉这人的话术，冷面无情是假，刑侦局第一套路王才是真。萧厉混迹江湖这么久，也算阅人无数，哪能想到接连在阎非身上栽了两个大跟头，先叫他灌醉搜了屋子，紧跟着又被他诓进了警校……照罗小男的话说，阎非连工作都给他安排好了，要不是知道萧厉开始是因为寻仇找上阎非的，还真当他是给自己找了个爹。

萧厉没敢这么快开口："你……不会要跟我借钱吧？"

他虽然这么问，但心里也知道不大可能，两人在积蓄上的悬殊早有分晓，萧厉忍不住试探："不是借钱的话，是不是最近又有什么电信诈骗的案子？有人杀人了？还是自杀？连环杀人？"

眼看萧厉越说越没谱，阎非好笑道："缺钱的话，想不想收租？"

阎非用拇指指向身后萧厉家的客房："在找到新房之前，要找个地方暂住，介不介意把客房租给我？"

萧厉这才明白他在打什么算盘："你要搬出来了？你不是还一直戴着……"

他目光落在阎非手上，发现他左手无名指上那枚戒指竟然已经不见了，萧厉猛然瞪大了眼："你要续弦了！"

"你从哪儿看出来的？"阎非的语气顿时变得不妙起来。

萧厉相当识相，立马就闭嘴了，但心里还是惊讶。这一年多来，萧厉劝过无数次阎非往前看，至少从婚房里搬出来，结果阎非一直不为所动，谁能想到开窍开得如此突然。

萧厉想了想："那总不能是你缺钱所以才要卖房子吧？"

"高冠杰下个月终审。"阎非淡淡道，"这件事了了之后，我不想再打扰她，也不想再打扰那个孩子了。"

"所以说，你们一时半会还是没有希望的。"

萧厉将事情大致说了一遍，四五个小姑娘脸上不约而同地露出失望的神情，萧厉于心不忍，又道："我说你们要喜欢成熟点的，不如直接追我得了？我可比他好说话多了。"

刘媛媛给他逗得脸上一红："学长你是有女朋友的，我们都知道。"

"啥？"萧厉一惊，"我怎么不知道？"

刘媛媛脸色古怪地盯着他："微博上说了，罗小男……不是学长你的女朋友吗？"

萧厉翻了个白眼："营销号说的你们也信啊，这些人还说我和阎非是失散多年的亲兄弟呢，你看我俩像吗？"

刘媛媛身旁一个小姑娘插嘴："可是之前还有人扒过你俩的微博哎，你们以前有很多互动的，肯定就是情侣，我们都看过帖子的。"

几个女生再度点头如捣蒜，萧厉也没想到网上这些营销号这么无聊，连他和罗小男的关系都要扒。本来他想自己要是有人追，他还能用这个事儿去激一激罗小男，结果现在给这些营销号搅的，什么都凉了。

萧厉越想越烦躁，没了再和刘媛媛她们闲扯的心思，吃完饭便闪去了训练场。他下午没课，除了一两门还没考的理论课，最后一段时间基本都耗在身体素质训练上了。

周四下午的训练场没什么人，萧厉轻车熟路换了衣服，抬腿往周楠的办公室里走，刚到门口就听里头传来周楠的声音："晓茹今年也调去刑侦局了吧？"

另一个声音萧厉相当熟悉："她现在在检验科，李松一直申请要调她去普西，上头没同意。"

周楠笑道："李松那个火暴脾气怕是闹得够呛，说起来他马上还要来选今年的特招，萧厉的名头可不小，李松要是知道他是你要的人，保不准会想要他去普西……萧厉的素质训练再来一周应该能过了，手上的伤也好说，就是那身文身麻烦，你要想拉他进刑侦局，得想办法处理一下那个。"

萧厉没想到一个特招还有这么多名堂，又听阎非淡淡道："先让他顺利毕业吧，你刚刚说萧厉今天下午没课，刚好局里没事，今天他的实战训练我来好了。"

萧厉此时就站在门外，一听阎非起身心就凉了半截，一个倒数第四都能把他打得妈都不认得，要换了阎非这个全校第一来，他肯定是要归西了。萧厉想到这儿哪里还敢在门口杵着，转身抄了换下来的衣服便往外头飞奔而去，还没等他跨出门，阎非在后头叫住了他："你躲着没用。"

萧厉心想再不躲连命都没了，又要跑，阎非道："普西支队队长李松和我关系不好，你要不想被挖去他们那儿受苦，就跟我训练，我想办法让你不出现在李松面前。"

2

萧厉跟着阎非不情不愿地上了训练场，心里安慰自己李松恐怕比阎非还要变态一点，他不过就是谋一份稳定些的铁饭碗，实在没必要和自己过不去，专门哪儿不痛快往哪儿待着。

"别拉着脸啊。"周楠看萧厉垂头丧气忍不住乐道，"阎队这个身手，可不是人人都能挨他的揍的。"

萧厉没好气地翻白眼："你见过有让学校倒数第一直接单挑高考状元的吗？"

周楠哈哈大笑，把护具扔给萧厉笑道："趁着没人赶紧来两把，万一你碰上李松，他下手可比阎非黑多了，我上学那会儿就没从他手上讨着好过。"

萧厉一边穿戴着护具一边奇怪说："说得好像你们在学校天天打架似的，你们那会儿难不成流行斗殴吗？"

"上课正常对战训练罢了，"周楠靠在台子边笑，"只不过大家都是动了真格儿的，谁叫我们那时候学校里出了一个远近闻名的校花，男生嘛，光文化课好可征服不了女神。"

眼看周楠就要和萧厉聊起八卦来，阎非淡淡道："别说没用的了，开始吧。"

萧厉实在是被阎非坑怕了，心中有点打鼓："你先和我说说是什么办法？"

阎非看他一眼没说话，突然一个箭步便招呼过来，萧厉闪身避过去骂道："阎非你怎么还搞偷袭的！"

周楠在旁边看热闹："难不成面对犯罪分子你还指望他光明正大和你决斗哇？"

萧厉这时已经顾不上和他贫嘴了，阎非的身手他虽然没怎么切身领教过，但听了这么多江湖传说也知道厉害，有几回拳头擦着脸打过去，萧厉察觉到阎非是真没打算给他放水，心里不由得一凉："你不会打算把我打进医院，然后好一个人独占我们家的房子吧？"

"分心。"阎非冷冷道。

萧厉还没反应过来，阎非已经一把拧过他的肩膀，这一招擒拿萧厉也学过，但用起来远没有阎非这么溜，一瞬间他只觉得胳膊剧痛，整个人直接被阎非按在地上了。

阎非的动作非常快，周楠惊道："漂亮！"

"漂亮什么漂亮！"萧厉疼得眼前发黑，咬着牙才从齿缝里挤出几个字来，"老子胳膊……要断了！"

"确实断了。"阎非松开他，语气平淡道，"脱臼了，不要乱动。"

萧厉听到阎非的话心凉了半截，他的胳膊疼得夸张，稍微一动眼泪就要出来了，周楠跳上台子，一看这个情况脸色也变了："阎非！他这样是要上医院的！"

阎非淡淡道："抱歉，一下没收住力。"

萧厉疼得直冒冷汗，心知阎非肯定是故意的，之后周楠带着他去了校医院，一看果真肩关节脱臼，警校里诸如此类的伤很常见，只要不发展成习惯性脱臼都不会影响就业。医生两三下就给萧厉接了回去，听到他没出息地惨叫出声，笑道："这对警察来说可是小伤啊，小伙子这个都受不住，以后当刑警可要吃苦头的。"

萧厉吊着胳膊，知道自己又被阎非坑了，这人多半是为了叫他直接错过普西的特招所以才下这种狠手。伤筋动骨一百天，萧厉是第一次肩关节脱臼，校医建议他制动两周再开始进行简单的活动，周楠一对时间，正好，把普西那边的特招期给错了过去，等到萧厉好了，周宁方面就差不多要来招人了。

三人从校医院里出来，萧厉满腔的怒火没处发，狠狠地瞪了一眼阎非就想走，周楠拦了一下没拦住，而阎非道："你这样没法开车的。"

萧厉险些给气笑了："这怪谁啊？"

阎非竟然还有点委屈："太久没跟你这种水平的学生进行实战训练了，一下子没控制住力道……反正今天局里没事，我一会儿带你回去，顺便搬家。"

萧厉被阎非搞得没脾气："还有呢，靠给我当司机就想让这事儿过去呀？"

"你可以请至少三个星期的病假。"阎非过来轻轻替他整理了一下吊胳膊的带子，"你很久没见罗小男了吧？"

萧厉一怔，随即明白了阎非的用意，他心里大骂这个"老狐狸"真变态，面上却不愿意在阎非面前掉份儿，只是恶狠狠地把车钥匙扔了过去。

就像阎非承诺的，那天过后，萧厉一纸假条开了三个星期，后来据周楠说李松来学校时还特意问起过他，只可惜那几天萧厉都在家吊胳膊，整个特招期都不见踪影，最后弄得李松只得悻悻而归。

休息到第二个星期，罗小男从欧洲开会回来，在萧厉十来条仿佛已经全身瘫痪的微信轰炸下终于急匆匆赶来他的公寓，一开门见到阎非的脸，罗小男冷笑："我要再不回来，萧厉都快跟你姓了吧。"

罗小男这段时间接连在外出差，原本巴掌大的脸又瘦了一些，她将萧厉上下打量了一番："还以为你被阎非打得高位截瘫了，结果就断了一条胳膊，这么看来姓阎的对你还算不错了。"

"不是打的。"阎非很有绅士风度地给她提过行李，"是误伤。"

萧厉哼了一声："故意误伤。"

他凑着灯光端详罗小男的脸，却发现她眼下的乌青靠粉都不能完全遮住，忍不住道："高政民手底下没人了？去国外的活儿叫你去也就算了，国内的稿子还要你盯啊？"

"主编就两个，我不盯谁盯？"罗小男摇摇头。

阎非道："高冠杰的案子终审马上要下来，你们报吗？"

"废话。"罗小男白他一眼，目光随即落在阎非的无名指上，"你速度倒是快，摘了戒指立马就来祸害萧厉了？"

"是暂住。"阎非对答如流，"你可以问问我每月付他多少。"

三人闲聊了一会儿，一段时间没见罗小男，萧厉话多的程度简直是平时的两倍，阎非见状识趣地进房待了一会儿，然而二十分钟后他再出来时，罗小男竟然已经走了。

"你没留她？"阎非觉得奇怪。

萧厉过了许久才叹了口气："是她不想留。"

这几个月来罗小男对他的态度越来越奇怪，萧厉有时候也疑心她是不是已经找了新欢，但罗小男的状态又实在不像，方才聊到最后，罗小男只说她还要回公司开会便匆匆走了，甚至还婉拒了萧厉送她下楼。

阎非从他的表情里已经猜出一些："你们之前吵过架？"

"怎么可能。"萧厉苦笑着点上烟，"分手都是她提的，我都只有被迫接受的份儿……要我猜罗大编辑的心思，下辈子都猜不中，不如想点有用的，你打算怎么把我拉进刑侦局？文身怎么办？"

"也对。"阎非像是早知道他要问，"有两种方法。"

萧厉乐道："敢情你都帮我想好了，看来我喊你一声'阎爸爸'也不算过分。"

阎非点点头，对这个称号十分受用："第一，去把它洗了。"

萧厉一口烟差点呛进肺里："你说的是人话吗？大面积的文身你去洗洗看？"

"我也没说你一定要洗。"阎飞好整以暇地看着他，又道，"第二，局里计划马上有一轮比较大的行动，其中牵扯到一个叫犀牛的毒品贩子，投资了周宁几家夜店，有消息说犀牛下个月要回国查账。在特殊情况下，刑警为参加任务文身可以申请特殊处理，之前去贩毒集团卧底的有过先例。"

萧厉脸色一僵："我一个还没毕业的人，你叫我去参加缉毒的卧底任务？而且我现在被人扒得底裤都没剩下，脸跟活名片一样，你确定要找我？"

阎非淡淡道："这次行动已经准备了很久，刑侦队和缉毒队从三个月前就开始密切关注犀牛的动向。至于你说的问题，我们已经做过风险评估，在经验上我也不担心你，你难道没做过暗访？"

萧厉一愣，脸色迅速从白转绿："你说的是这种经验，犀牛是毒贩又不是妈妈桑，我怎么……"

"犀牛是个女人。"阎非打断他，"她曾经是东南亚一个毒贩的情妇，丈夫被枪决之后才开始做这行，手底下也有很多心腹都是女人，靠着色情产业来贩毒。你之前在夜店里有暗访的经验，到时我和你还有其他三名队员会扮作陪酒的人员混进场子里，借机摸清内部环境和人员，最后里应外合，抓捕犀牛归案。"

3

萧厉的脱臼彻底康复时，已经接近中秋。萧厉虽说多年来已经习惯一人过节，但今年连罗小男都对他颇为冷淡，这个中秋便显得尤为不好过。

连日阴雨，萧厉搭阎非的车回警校，罗小男这两天都没回他的消息，加上一想到回去又免不了要上训练场受罪，萧厉满脸写着的都是"生无可恋"四个大字。

"以前你和嫂子谈恋爱的时候她也会这样吗？"萧厉越想越气闷，他没想到和罗小男会走到这种境地，甚至过去两年里他一直觉得，罗小男当年和自己分手是因为她下定决心要从父亲的公司跳槽出来打拼……对于罗小男这个发烧四十度都能雷打不动上班的人来说，为了工作放弃什么看起来都很正常。

萧厉看着微信上罗小男前天晚上发来的微信，紧跟着又想起三年前，他因为连绵的头痛断药，某天晚上清醒过来，却发现自己泡在满是血水的浴缸里，而罗小男正吃力地将他往外抱。罗小男两只眼睛哭得红肿，一边说不是他的错，一边却又咬牙切齿地骂他，说要是他敢死了，她就要把他的丑照发得满网都是，让他死了都不得安生。

在那几年里，罗小男分明见过他最难看的样子，而在那个时刻她没有选择离开，因此萧厉在过去两年里也始终相信，罗小男最终会回来。

车子快开到警校门口，阎非终于回答了他："白灵很少瞒我什么。"

"你觉得罗小男有事瞒我？"

"从侦查的思维来说，罗小男现在的行为明显是有事不想让你知道……你和罗小男说过你马上要去执行任务的事情了吗？"

"我这点分寸还是有的。"萧厉摇头，"你们搞了三个月的大行动，万一因为我一句多嘴黄了，那我岂止进不了刑侦局，怕是从此都要上刑侦局的黑名单了吧。"

阎非道："在事成之前确实不能声张，据说犀牛之前曾经让国内的下线帮忙，在周宁参股过几家夜总会，被五年前罗小男那次暗访曝光行动搅黄了。虽然不知道犀牛对此知情多少，但还是不要让罗小男和这件事有过多的牵扯比较好。"

萧厉心里一惊，罗小男当年因为担心被人报复还特意出国躲了三个月，他知道这背后牵扯到的势力一定相当复杂，但也没想到竟和贩毒团伙都有牵扯。

阎非将车在警校门口停下来，萧厉一看门口那几个大字顿觉头疼："就为了一份破工作，老子半条命都折进去了，进去之后要是再天天没日没夜加班，我不是血亏？"

阎非凉凉地看他一眼："你现在想不做还来得及。"

"爸爸，你可别再坑我了。"

萧厉翻了个白眼，心想他都挨了一年多的揍，这时候要是不干才是血亏，便没再和阎非多说，从车上跳了下来。

转眼小半个月过去，中秋假期前的最后一个工作日，周宁市刑侦局的特招期如期而至，阎非带着姚建平来了学校。每年能参与特招的学生不是成绩优异就是手握极具分量的推荐书。今年，在一众年轻的警校学子里，萧厉身上挂着侦破"七一四案"的名头，手里又拿着段志刚写的推荐信，加上年龄偏大，难免显得格格不入。

站在测评室外，萧厉琢磨着阎非会不会多少给他放点水，毕竟以阎非的实力，这些学生没一个是他的对手，在他们这些人当中谁能过这个体测，其实更多还是看阎非的心情。

"萧厉！"

不多时，测评室里传来一个相当熟悉的声音，萧厉进入房间就愣了，不大的房间里阎非坐着，戴着护具的反而是姚建平，萧厉扬起眉："你都懒到不自己动手了？"

阎非淡淡道："只考一个招式，躲过去并且反客为主就算过，准备好了？"

萧厉虽然心眼儿没阎非这么多，但心思也算得上活络，见状便明白大半。这儿人人都知道他是阎非的推荐信介绍来的，段局只不过作为权威在上头加了砝码，如今阎非亲自带人特招，要是自己动手难免叫人疑心放水，倒还不如叫姚建平动手撇得干净。

萧厉越想越觉得阎非老奸巨猾，嘴上老老实实道："辛苦姚哥。"

特招开始不过四十分钟，姚建平头上已经出了一层细汗，一看就是对之前那些学生没留情，在队里，姚建平是阎非一手带出来的副手，虽然长着一张老实的娃娃脸，但身手却是没什么话说的。

将近十秒里，姚建平毫无任何征兆，萧厉想起之前那些学生都出来得很快，可见无论要考什么恐怕都是分秒间可以见胜负的，他不敢托大，两只眼紧紧盯着面前的人，紧跟着就在一瞬间——姚建平出手闪电般地袭向萧厉的肩膀，他这一手来得相当突然，如果判断错了，一下就会被他抓到机会扭住胳膊按倒在地，如果再用些力气，被擒住的那人就会瞬间关节脱臼。

萧厉心中一片雪亮，如同条件反射一般，他猛地扣住姚建平的手腕，将他往自己身边拉了半步，紧接着用两手将他按得身子下弓，抬膝猛顶姚建平下腹……这一下用了全力，姚建平也没想到他会下如此重手，给萧厉的膝盖顶得一阵干呕，虽是堪堪将他推开，却明显已落了下风。

"过。"一旁一直沉默的阎非这时道。

姚建平缓过劲来，抬起头难以置信地看着他："萧厉哥你反应好快啊！"

　　萧厉心想能不快吗？他之前刚被某人用这招卸掉肩关节，吊了半个月的胳膊，要再学不会，天王老子也救不了他了。

　　萧厉忍不住看了一眼阎非，后者表情一如既往，像是完全忘记他不久前刚用过这招一样。萧厉心想还是他厉害，说是放水但也叫他付出代价了，阎非监考，姚建平测评，换谁也挑不出毛病来。

　　五分钟后，萧厉出来的时候满身轻松。

　　体测，文化课，特招，一桩桩事都了了，到这个节点，他从理论上已经算是毕业了。萧厉再也想不到他在快到三十岁的时候还能转行，以前他总念着胡新雨留给自己的那支笔，在家里摆了快二十年，最后却发现是这支笔害死了她。

　　如果从一开始就知道媒体展现出的"真相"存在偏颇，许多悲剧都可以避免。在这方面萧厉已经吃够了苦头，如今他更想自己抛开因果，去发现所谓的真相到底从何而来。

　　萧厉步伐轻快地走在阳光下，连日的阴雨今早停了，周宁的天空久违地出了太阳，将草木里的水汽蒸出来，盈盈地散在空气里。中秋假期一过，针对犀牛的行动就会开始，萧厉在阳光下抻了一下筋骨，心情豁然开朗。

　　从现在开始，离进入刑侦局，真的就差一步了。

4

　　中秋三天假期眨眼间便过了，萧厉同阎非一起去刑侦局时心情还算不错，罗小男最终还是和他一起过了中秋节，而今年萧厉还从阎非母亲黄海涵那里收到了月饼，这个节过得倒也滋润。

　　节后上班的第一天，两人堵了快四十分钟才到刑侦局，萧厉自从"七一四案"结案后还没进过这儿，自然也没见过新来的局长，只从阎非那儿知道新局长是段局的师弟，名叫杨军，年纪相比段志刚要年轻不少，之前也是从刑事侦查局升上去的。

两人一路赶进九楼的会议室，果不其然屋里头坐得满满当当，一人冷声道："坐吧，下次这种会不要再迟了，这次的行动你们也是主力。"

落座后萧厉才看清，刚刚说话的人四十多岁的年纪，国字脸棱角分明，身着制服又坐在主座，想必就是杨军了。

缉毒队来的人叫雷鸿辉，见人齐了，他大概介绍了情况和潜入人员。萧厉知道自己的身份尴尬，直到散会后才拉住阎非悄声问道："你确定没问题？我俩在热搜上挂了多长时间？走在大街上都会被认出来，树大招风，到那种地方怎么保证不被发现？"

阎非看了一眼主座上的杨局，道："我之前说过了，我们做过风险评估，第一，犀牛的人常年在国外，对国内的情况接触很少，身边的亲信也没有国内的，唯一就是和缉毒大队那边打过几次交道，相比之下，刑侦局这边的人她们反而面生。第二，那天和我们同桌的人，会有专人来做筛选，确保不会有认识我们的。第三，从经验上来说，刑侦局只有我能去，而你的文身是真的，比较方便潜入，加上简单的化装还有现场的灯光效果，出不了太大问题。"

准备了将近三个月的任务，所有人都不敢托大，晚些时候潜入小组内部开了小会，萧厉这才知道如今犀牛在周宁投资了一家名为 favor 的夜总会，规模大，人员杂。因为五年前的行动，周宁各大夜场这几年来都收敛不少，缉毒队方面虽然一直密切关注 favor 内部的交易，但也一直没有抓到什么切实的把柄。

萧厉和阎非这次的任务就是扮作夜总会里的两名陪酒人员，化装潜入，负责摸清夜总会内部构造和犀牛安保人员的情况，争取找到店内有毒品交易的证据。

"进去可能要被富婆摸大腿的，阎队你行吗？"会开了一半，萧厉悄悄撞了一下阎非的胳膊，一脸讪笑。

阎非轻声道："罗小男知道你被富婆摸大腿的事情吗？"

"……"萧厉面色一僵，当即不再说话了。

时间一晃到了周四晚上九点半，潜入行动第一天。萧厉和阎非从 favor 附近的安全屋里出来，萧厉戴着墨镜，露出一半文身，而阎非一身学生装，黑框眼镜鸭舌帽，淡淡道："进去之后坐第三桌，桌上的女人叫瑞亚，不要离我太远，我起来的时候就跟着我走。"

第一次做这种事，萧厉心里虽然没底，但想到阎非在也还是安心不少，他过去帮罗小男做暗访的时候也没少来这样的声色场所，本以为 favor 的规模同当年那几家大同小异，却不想打开门的瞬间两人就被扑面的烟雾淹在了里头……萧厉看着场里朦胧一片顿时哭笑不得，难怪阎非说因为灯光效果出不了问题，现在这情况别说被人认出来了，根本就是人是鬼都分不清楚。

阎非轻轻拉了一下他的胳膊："跟紧。"

两人按照计划去了第三桌，萧厉走到近前，见主座上坐着一个镶着唇环的混血女人，约莫三十岁，皮肤黝黑，正是瑞亚。在她左右手边已经坐着三两个年轻男女，都穿着奇装异服，相比之下，阎非和萧厉这身打扮也算不得什么。

落座后，瑞亚见着新人倒像是来了兴致，阎非暗暗拉了一下萧厉，两人一个敬酒一个赔笑，很快哄得瑞亚多喝了几杯，神情渐渐迷乱起来，萧厉借势伏到瑞亚耳边委屈道："姐，有没有那个呀？我难受。"

他在场子里混过，知道做这行的男性酒陪多多少少都沾过这些东西，如今瑞亚已经给他们灌得差不多了，一听他这么问，竟立刻从胸衣里掏出一样东西拍在他脸上："小帅哥，就给你一个人的好东西，下次再来，姐还给你。"

萧厉接了东西，发现瑞亚给他的是一颗"薄荷糖"，糖果不过半个指甲盖大小，而就在她拿出来的同时，同桌的其他男女几乎都直勾勾地看了过来。

瑞亚狂笑着搡了他一把："不是难受吗，吃了就只剩下快活，不会再难受了。"

萧厉叫瑞亚盯得头皮发麻，余光里阎非轻轻对他摇了摇头，意思很明白。萧厉也没想到瑞亚会这么干脆地拿出来，如今是吃了不行，不吃恐怕更会让瑞亚起疑，进退两难之际，女人却看出他的犹豫，不悦道："难受怎么不吃呀，你总不会是条子吧？"

瑞亚说着人也往萧厉身上贴，醉醺醺道："你不会真的是条子吧，五年前也出过这种事儿，混进来个外人，太太不懂国内的规矩没找人，消息没按住，店就黄了……"

萧厉心里暗暗吃惊，五年前的事指的必然就是罗小男了，当年的稿子他也看过，分明报的都抓了，现在如果说还有漏网之鱼，那就说明罗小男的稿子在交给警察之前，有些名字被拿掉了。

瑞亚说找的人，总不会就是罗小男吧。

萧厉一时震惊得几乎愣在那里，出神之际，就听一声"他不吃给我"，萧厉手上的糖叫人劈手夺了过去。阎非的动作非常快，拿到手当即便已经塞进了嘴里，还挑衅一般地冲萧厉扬起下巴，萧厉会意，推开瑞亚便扑过去，作势要从他嘴里把糖抠出来。

"姐给我的东西！你还给我！"

两人扭打成一团，动作大到碰洒了桌上的酒，瑞亚被扫了兴致气得大骂，却又实在太醉，不多时安保人员便找了过来，将这一桌引起骚乱的陪酒都轰出了店外。

一离开安保人员的视线，萧厉拉着阎非迅速消失在街角，到了僻静地方，萧厉已经顾不上先给队里回消息，扯着阎非就要抠他嗓子眼儿："你快吐出来！"

　　阎非摇摇头，甩开他的胳膊，从嘴里吐出那颗糖，萧厉定睛一看才发现阎非竟是连着外包装一起吃进嘴里的。

　　见糖的包装完好无损，萧厉心里石头才落了地，叉着腰喘上一口气："你要是染上这东西，我回去真是没法和伯母交代。"

　　阎非平复了一下呼吸，仔细对着路灯研究了一下，说道："是大货。"

　　萧厉也知道这指甲盖大小的东西，卖出去的价格可没看上去这么不起眼，苦笑道："这下好了，为了这么个小玩意儿什么都没问出来，我回去不会被杨局骂死吧。"

　　阎非摇摇头："不是没有收获，有了这个我们就可以证明犀牛手里确实存在毒品交易，只是我们两个如果再进去恐怕要费点工夫。"

　　阎非小心将外包装擦净，将毒品放进密封袋里，而萧厉想到刚刚瑞亚说的话，一颗心顿时又沉了下去。

　　虽然难以想象，但如果罗小男在五年前真的存在某种程度上的包庇行为，从他们的调查名单里拿掉了一些人……萧厉想到她那双笑盈盈的眼，一时间只觉得心口好似压上一块石头，连呼吸都变得困难了。

5

　　下午五点，南山区某公寓内，罗小男睁开眼时屋子外的风将窗子吹得不停地响，她睡得昏沉，醒来时好似还能听见罗战的声音："小男，你要记得，做新闻的人，笔要干净。"

手机上老高发来的微信已经攒了七八条，罗小男下意识要去回，然而起身她又看到桌上的照片资料，一瞬间她就好像被一盆冷水当头泼醒了一般，拿手机的动作跟着慢下来。

在她的胳膊下头，压着无数张罗战的照片，各个角度，进出不同的地方。在照片里罗战大多数时候显得严肃冷淡，也有几张里他脸上露出一种古怪的疲色，两只眼睛毫无神采，同他上镜时的形象截然不同。

罗小男如今看着这些照片，不受控地又想起五年前的那个夜晚，罗战从国外匆匆赶回来，脸上也是同样的神情，而那时，罗小男才整理完周宁三大区夜店的情况，准备发给刑侦局展开清理行动。

"爸，你怎么突然回来了？"

那一晚，罗小男开门时完全没想到站在外头的会是风尘仆仆的父亲，罗战进门时身上还沾着深夜里的寒气，手里拖着箱子，像是家都没有回便赶来了公司，他眉头蹙起："和警察合作这么大的事情你怎么不和我说？"

罗小男投入工作不久，闻言不由得愣在那里，而罗战冷冷道："这些资料是你自己问回来的，审过了吗？万一里头有乌龙，你闹到警察那儿去，你自己说得清楚吗？"

罗小男将罗战扶到一边坐下："我不是这段时间看我们杂志的销量下降了，想着要弄一个大新闻催一催，正好我之前不是写过那个富太太私生活的稿子嘛，去了几家夜总会，我觉得这里头的水很深，可以挖。"

"你觉得可以挖就挖！"罗战脸色铁青，"你知道一般来说这样的稿子要经过几道审核才能拿来用？你还敢把没有经过二次核对过的信息直接拿到警察那儿去！"

罗小男过去从没看过父亲这样，见状顿时不知所措起来："我不知道，爸，稿子……稿子还在我手里。"

"还好，你动作没这么快。"罗战听到她这么说脸上神色方才好转一些，他看了一眼墙上的钟，淡淡道，"看你好几天没休息好了，你马上去我办公室睡一会儿。这个稿子我给你审，审完了再给警察，免得到时候闹出什么乌龙来，不好下台。"

时隔五年，罗小男再想起那一晚的事，满心都是后悔。她当时太年轻，完全没有觉察到罗战那一晚的异常，就这样睡了几个小时后，她醒来时整理的资料已经被罗战筛选过一遍，稿子里也有改动，有几家夜总会的名字被拿去了。

在当时，罗小男只当是罗战发现了什么还需要核实的地方，毕竟做报道方面，罗战的经验远比她要丰富得多，罗小男信任父亲的业务能力，初时并没有过多怀疑，直到两年前，她在公司替罗战收下了一瓶红酒，寄出方的名字罗小男再眼熟不过——王朝，正是之前被罗战拿掉名字的三家夜总会之一。

无论怎么想，一家夜总会给罗战寄礼物都是很奇怪的事，罗小男在夜总会暗访过许多次，知道这样的地方大多会给所谓的 VIP 老客户定期定制礼物，但罗战从电视台辞职后常年都在国外负责海外报刊，又如何会成为一家周宁市夜总会的常客？

那件事便像是打开了潘多拉的盒子，在那之后，罗小男暗中想要找到当年她在那几家夜总见过的皮条客或是小姐，但始终一无所获，甚至连最初给她提供线索的线人陈姐都联系不上，罗小男不依不饶，找到陈姐的家人，得到的消息让她遍体生寒。

陈姐竟已经失踪好几年了。

即便换作寻常人，这时都该觉察出这些事情里微妙的联系，更不用说是罗小男，她做了几年主编，对于新闻本就敏感，在确认陈姐出事后，她几乎立刻就意识到，当年的事情有问题，她的父亲……也有问题。

一阵震动声猛地将罗小男从回忆里给拉了出来，响起的手机却不是她平时用的那一部，这部老一点的三星原先是她用来催稿的，里头的联系人也只有那一个。

罗小男拿过手机纠结许久，最终还是把它接了起来。

"小男，我有件事情问你。"

不知为何，萧厉的声音听起来有点沙哑，罗小男猜他抽了不少烟，最近这段时间她实在是顾不上萧厉，罗战的事她没法告诉他，她也不愿意让他猜出来。

听着电话那头熟悉的声音，罗小男在某个瞬间几乎觉得热泪盈眶。

如果两年前她真能狠下心把萧厉推走，或许现在也不会弄成这样。

…………

晚上七点多。

阎非回去的时候公寓里没开灯，他进门时几乎以为家里没人，开了灯才发现萧厉一个人坐在客厅的沙发上，面前的烟缸里堆着七八个烟蒂。

犀牛的事情解决得比他们想象的要顺利，在犀牛回国的几天，潜入小组完成了对 favor 的地毯式调查。萧厉和阎非一组，加上缉毒大队的三人，五天内接触到零散兜卖的毒品就有四颗摇头丸和两克冰毒，证据确凿，抓捕日当天犀牛在店内被捕，同时查获摇头丸四板，冰毒六百克，准备了三个月的行动至此收官。

任务完成后，阎非忙着和缉毒大队方面对接，暂时还顾不上带人去人事办手续，因此萧厉得了几天清闲日子，前两天就说他打算去一趟西山公墓看望母亲胡新雨。

两人认识的时间不长不短，但萧厉这人的情绪实在不难看出来，阎非心知他多半又是因为罗小男的事情不痛快，本不想多嘴，但这一次先开口的反而是萧厉："我马上会有点啰唆，你要不想听就不用理我，就当我没说。"

阎非见萧厉周身都散发着一股怏怏的颓意，想了想，最终还是在沙发上坐下了："你想说什么？"

萧厉笑道："没想到你还挺有同情心的。"

阎非抬起手指着他的手腕："你没入职，我不想你身上再搞出新疤，不好交代，到底怎么了？"

萧厉脑子里乱糟糟一团，沉默许久后却说起一件很久以前的事："我刚上大学有段时间，差不多有一个多月，每天什么事都提不起劲，除了上课就躺在床上，我室友有时候都怀疑我死了，还偷偷跑过来探过我的鼻息。"

阎非过去跟形形色色的人打过交道，其中心理有问题的不在少数，问道："你那时候还没有确诊？"

"确诊是我认识罗小男之后的事了。"萧厉笑笑道，"不过还好，我自从第一次……之后有很长时间没想过这个事，倒不是不敢，只是不知道我做了任何一个决定之后，会不会害了别人。"

几个小时前，在罗小男挂断电话的瞬间，萧厉有种冲动要给她打回去，但是同时一种久违的情绪又抓住了他的手，让他放弃了回拨。

他是相信罗小男的，但是如果继续打破砂锅问到底，真相不如他所想，罗小男真的包庇了那些夜总会，那他能做什么？去告发她？还是指责罗小男？之后他是不是又要把自己心爱的女人推进火坑里？

萧厉在黑暗里不说话，而阎非也不知他到底遭遇了什么，只能不知所谓地安慰道："不是你的错。"

萧厉给逗笑了："在这方面我俩应该是一路人，所以我才想和你说……说实在话我也有点高估我自己，本来以为过一段时间的药，应该不会再这样了。"

他说得惨淡，阎非却只当萧厉是最近压力太大所以旧疾复发，又道："犀牛的案子已经交接出去，这两天我会带你去局里办手续，你要记住，是你亲手抓住了高冠杰。"

他顿了顿："从今往后你是一个警察，所有事，你都有能力去自己揭开真相，再也不需要被动接受任何结果了。"

6

由于文身缘故，萧厉特招的程序多走了几天，报到当天，阎非让姚建平带着他在刑侦局里走一圈儿，熟悉一下情况，而等两人回到八楼，阎非却正在接座位上的座机，姚建平看得脸色一变："来案子了。"

"有没有搞错，也太给我面子了吧……"

萧厉一脸无奈地走过去，阎非刚挂了电话："分局那边交过来的案子，说可能涉及重大恶性事件。立北区一家三口失踪，今天上午学校老师发现孩子没去上课后打父母电话，两个都关机，亲友上门联系家里没人，从最后一次出现的时间来看，已经失踪三天了，孩子上周五就没来，但因为之前生病，老师就没过问。"

姚建平道："是不是绑架案？"

阎非摇头："一家三口的绑架案不常见，更何况他们一家失踪了三天，最后还是学校老师发现的，可见没有勒索行为。"

萧厉问道："家里头的情况呢？是不是入室抢劫之类？"

阎非道："萧厉，你跟我去现场，小姚和小林，你们两个分别去孩子学校还有他母亲开的店周围问一下，看他们最后出现时有没有异常，看一下有没有人知道他们的行踪。"

"好。"

众人很快便各自离去，阎非带着萧厉开车去现场，在车上萧厉翻着资料："父亲刘同伟 34 岁，快车司机；母亲李芳 31 岁，服装店个体户；儿子刘睿 13 岁，在北苑中学读初二，家住在北苑小区，看样子家庭条件尚可。"

阎非道："如果人已经死了，仇杀的可能性大，李芳和刘同伟的社会接触面比较广，每天接触的客人很多，而且阶层不高，和人产生矛盾的概率也大。"

萧厉道："刘同伟有一辆斯柯达，不知道是不是跟着他们一起丢了。"

"马上先过去确认这个。"

阎非踩下油门，抄近路赶到了北苑小区，就和萧厉想的一样，北苑小区是 20 世纪 80 年代的老住宅区，周围的配套设施都很完善，但是那个年代的房子还没有比较完备的监控系统，门口也只有一个简陋的门房。

两人本以为这回恐怕指望不上监控，结果没想到保安室里竟然还有三路闭路电视可看，其中一路还架设在车库门口，如果刘同伟他们是开着车出去的，那在闭路电视里应该会留下相关的影像。

在保安调取监控的同时，开锁师傅撬开了门，萧厉做好了心理准备可能会看到满屋血腥，然而门一打开，屋内却是一片祥和宁静，非但没有任何入室抢劫的迹象，甚至一家三口的拖鞋都好好地放在门口。

两人戴鞋套手套，刘同伟的家并不大，两室一厅，分别住着父母和儿子，家中虽然不见翻箱倒柜的痕迹，但东西都显得散乱，像是平时家中无人整理，没洗的衣服堆了很多。

萧厉进了厨房，碗池里还有没洗的碗，上头的油渍已经干了，电饭煲里的米饭也早已发馊，看样子最后一次离家之前，刘同伟夫妇并没有出远门的打算，甚至在他们的预期里，这一趟出去很快就能回来。

"萧厉。"

阎非在次卧里叫了一声，萧厉过去，便发现刘睿的房间是朝北的，和旁边的单元楼贴得很近，白天也透不进阳光，导致卧室里的采光昏暗异常，乍一看，简直就像是个储物间一样。

萧厉皱起眉："这房间怎么看都不像是住人的。"

阎非正在翻看着刘睿放在桌上的课本，几乎每一本都像是浸过水，里头刘睿画了不少儿童画，大多数都是三四个手拿武器的小人，表情狰狞，萧厉看了一眼便道："看样子这孩子过得不好。"

阎非环顾一圈，刘睿的房间里没有什么多余的装饰，只有墙上钉着一个被扎出很多眼儿的飞镖盘，上头插着一张胖胖的动漫人物头像，两只眼睛的位置分别钉着两支飞镖，他说道："孩子有暴力倾向和家庭教育脱不开干系。"

萧厉回忆起他小时候住的房间，似乎也和这个差不多，黑乎乎的不见光，他将话题抛给了阎非："说起来阎队长你这么能打，是不是也跟家庭教育有点关系呀？"

"不喜欢说话，就得有别的方法让别人闭嘴。"出乎意料的，阎非这次接了他的话，翻看着刘睿书橱上的书淡淡道，"十几年前，我爸是谁也算不上什么秘密。"

阎非将手上的书插回书架，小时候的记忆对他来说算不上美好，虽说阎正平当了队长之后就再也没有参加过他的家长会，但是随着"七一四案"舆论的愈演愈烈，班上的风言风语也越来越多。阎非小学时还不至于像现在这样少言寡语，性格中沉稳的部分更多是从父母身上学来的，他那时虽然不完全清楚阎正平究竟在经历什么，但也知道背后嚼舌根是件坏事，多说多错，阎非自小明白了这个道理，之后便越发不喜欢说话。

两人看得差不多了，便下了楼，查过监控后发现，上周四的晚上八点左右，刘同伟的斯柯达从车库里出来，副驾上坐着的是李芳，两人表情不清，很快就消失在画面里。

萧厉皱眉："监控存在死角，没办法看清楚后座上是不是还有人，如果是受人胁迫的，或许后座上就是逼他们走的人。"

阎非问一旁的保安："周五晚上你还记得他们是几个人出去的吗？"

保安摇摇头："这个点我应该是在吃饭的，真的是记不得了。"

无奈之下，两人只好走访了几个失踪前和刘家夫妇打过麻将的街坊，得知夫妻二人平时常去的就是北苑小区外的好生活棋牌社，两人虽然好玩，但不打大的，邻居印象里夫妻二人也没有借过什么外债。

萧厉心想如果不是为了躲债，夫妻两个人同时关机就显得很奇怪，如果是被人绑架，至今也没有绑匪打来电话。无声无息，怎么想这一家子都只怕是凶多吉少。

了解完大致的情况，两人回到刑侦局解决了午饭，下午姚建平回来之后同样没有太多线索。据周围邻居说，李芳周四、周五晚上有牌局，因此当天不到七点便锁了店门走了。

至于刘睿，学校方面证实刘睿周四下午四点半下课就回了家，虽说周五没有请假，但因为前不久刘睿得了肺炎，经常请假。周五班主任打过一次刘同伟的电话没有通，留了信息之后只当刘睿是去复查便没有在意，直到这周一，班主任发现刘睿还没有来上课，她这才觉得不对，最终联系了警察。

萧厉看着白板上一家三口的照片，刘同伟因为常年出车皮肤黝黑，酒糟鼻，而李芳看起来就要年轻不少。两人的儿子刘睿长得很瘦，两只眼睛同刘同伟仿佛是一个模子里印出来的，不知为何，小小年纪脸上却隐隐透着一股阴沉。

他喃喃道："究竟是去哪儿了呢……"

"头儿，监控出来了。"

唐浩从三楼上来时招呼了一声，几人找到信息技术员张琦，调出几个路段的监控录像，只见刘同伟的白色斯柯达在画面里一闪而过，张琦道："他们从北苑小区出来之后拐上了北苑西路，然后在银龙路左转，直接上了宁西高速，之后他们在九龙山的出口下去，便找不到相关的监控了。"

萧厉不解："九龙山离这儿至少有四十公里，之前明明说李芳和刘同伟周四晚上是有牌局的，结果他们放弃牌局，大晚上带着儿子去九龙山做什么？那儿只有个森林公园，总不能是他们大半夜带儿子去爬山结果给人劫财了吧？"

阎非皱起眉，突然伸手过去按住倒放键，把银龙路上的监控摄像往前倒了一点，指着一帧画面问道："这时这辆车里坐了几个人？"

7

萧厉紧盯着视频看了一会儿，很快睁大了眼："你是觉得，他们俩的后座，可能没有坐人？"

阎非道："从头到尾李芳没有回头看，和后座没有任何交流，之前北苑小区的监控里也没有见到过刘睿，现在学校方面只能确定刘睿从学校离开，但是他有没有到家，没有人知道。"

姚建平震惊道："这么说可能是有人绑了他们的儿子，要挟刘同伟和李芳过去？"

阎非对张琦道："小张，你联系一下九龙山方面，调一下进山口和出山口的监控，如果刘同伟的车一直没出来，我们可能要把九龙山搜一遍。"

众人等到下午三点，最终还是等来了坏消息，从上周四晚上九点多刘同伟驶入九龙山，出入口就再没有看到过他驾驶的那辆斯柯达了。阎非心知恐怕凶多吉少，和杨局打了申请，五点半，刑侦局开始封锁九龙山寻人。

阎非和萧厉两人赶到时现场的警戒线已经拉到了山下，因为森林公园强制清园，少部分游客在网上发表了不满后，一些媒体闻风而动，拥堵在警戒线外严阵以待，就连阎非的车开到近前都被拍个不停。

阎非将车开到车行道的尽头，还没彻底停下，远处的姚建平便跑了过来："头儿你们来得刚好，刚刚无人机找到车了，但是人似乎不在里头，马上我带人以车为中心散开来找，应该能在天彻底黑下去之前找到刘家的三口人。"

"好，我们也去。"

阎非和萧厉跟着姚建平的车往回开了一点，从距离森林公园停车场不到两百米的一条小径开了进去，这条路平时明显不是用来行车的，地面凹凸不平，四周还有许多植被，枝丫不停打在车窗玻璃上。萧厉见状皱眉："正常人晚上十点钟怎么可能把车开进这种地方？不是纯找死吗？"

阎非行车又穿过几道植被，忽然间两人面前竟然出现了一小片空地，而在空地的正中停着一辆白色的斯柯达，车门大敞，单看车里头落进去的枯叶情况，车至少已经在这儿停了有两三天了。

天快黑了，阎非不愿耽搁时间，戴了手套跑到车前，却见车内的情况相对干净，只有驾驶座下落着一小段粉红色的塑料绳。

"有血。"

萧厉沾上驾驶座上一抹发黑的污渍，指尖微微一捻便显出红色来，他四下望去，只见大量的枯叶已经将车轮淹没了一半，在这种情况下根本无从分辨任何脚印。

"都散开找，应该就在附近。"阎非扬声道，"失踪了三个人，没有车不可能走远。"

几个人依言散开，往林子不同的方向走去。萧厉走的是东南方向，随着天色越来越暗，林子里的光照变少，他不得不打开手机电筒照向四周，这里显然平时人迹罕至，放眼望去都是一片葱郁的树林，就连人为丢弃的垃圾都找不见多少。

特意把人绑到这种地方来，可见开始就没打算让他们活着。萧厉满心都是不好的预感，忽然一阵夜风吹来，他在昏暗的光线下，看见不远处有什么粉红色的东西飘动了一下。

那是一根塑料绳的绳头。

萧厉心里咯噔一下，他慢慢地绕到树前，发现那是一个头脚都被黑色大塑料袋罩住的人，浑身上下都捆着粉色的塑料绳，被牢牢地绑在树上，要不是她周身溢出浓烈的血腥臭味，萧厉几乎要以为她是站在那里的。

…………

晚上八点。

三具尸体最终都在半径不到三米的范围内被找到，三人都被捆在树上，身上包裹着大型垃圾袋，用塑料绳扎得很紧。

天已经彻底黑下来，警方在现场布起灯，老郭蹲下身子粗略检查完几具尸体的情况，忍不住叹了口气："很久没看到搞得这么惨的了，尤其是这个孩子，基本上给捅的……都看不出原来的样子了。"

萧厉没想到当了警察头一次看尸体就这么刺激，塑料袋刚解下来的时候他实在没忍住，吐了个干净。警方之后在现场细细搜查了一遍，只找到一只用来缠绕塑料绳的纸筒，因为地上堆满枯叶，搜遍了也没能采到一个有价值的鞋印，最后阎非在寻找凶器无果的情况下也只能暂时收队，留了几名年轻警员在现场周围进行保护，方便他们白天再来一趟进行更加细致的侦查。

时间逼近十一点，阎非带着萧厉回到队里，老郭那边已经开始对几具尸体进行尸检，一下来三个，老郭一直忙活到将近两点才从尸检室里出来，满脸疲惫："再过两年可真是干不动了，把我的徒弟一个个都调去分局，就留我一把老骨头在这儿，干什么干呀。"

阎非无奈道："我到时候也帮你到杨局那儿提点意见，争取给你调点人手回来。"

老郭接过萧厉递过来的咖啡："我都这把年纪了，这样的来一个还行，一来就三个可真吃不消了。小萧，我可已经累得够呛，你一会儿进来要是吐了，可得自己收拾。"

萧厉老脸一红，老郭随即领着两人进了尸检间，萧厉早从姚建平那儿知道但凡新人都要过这关，姚建平当年碰上的是碎尸案，眼睁睁地看着老郭拼了一下午，到最后差点连隔夜饭都吐出来。

郭兆伟道："死亡时间都是三天前，父母和孩子不太一样，父亲身中十三刀，背部八刀，捅得很深，颈部两刀，胸口三刀，都是冲着心肺去的。死因是血呛进肺里窒息而死，但凶手捅刀捅得很急，基本上刀刀都可以致死，死之前应该是这样被手脚并拢绑住的，捆得很紧，所以勒得也很深。"

他说完又给两人看李芳的尸体："妻子身中十刀，七刀在背后，三刀在心肺，一样的，刀刀致死，用的刀不是厨刀，而是某种柴刀，比较长，伤到脊椎的几刀都可以致瘫。"

萧厉皱着眉："都是从背后刺进去的，是不是代表凶手不敢看他们的脸，或者是之前也没有杀人的经验。"

阎非点点头，又道："刘同伟有一百七十斤，有可能是团伙犯案，如果刘睿在对方手里，父母受制就会容易得多。"

老郭最后掀开刘睿身上的白布，孩子瘦弱的身躯上遍布刀伤，胸腹部密密麻麻，有许多刀贯穿身体，几乎到了内脏外流的地步。

老郭叹了口气："很久没看到对孩子这么丧心病狂的了，这个孩子所有的刀伤都是从正面捅进去的，虽然没有特意对着心肺，但是孩子毕竟是孩子，这种深度的刀伤，其实也就一两刀孩子就死了，但是之后凶手还跟泄愤一样地又捅了二十多刀，孩子身上总共有二十七刀，也不知道是有多大仇。"

阎非问道："有性侵痕迹吗？"

"查过了，都没有。"

阎非上前翻过孩子的小腿，腿肚有一大片的擦伤，问道："这是怎么弄出来的？"

老郭指着刘睿胳膊上的细长瘀伤道："这个孩子被绑的方式跟父母不太一样。"

他说着将手背在后面，靠在一边的墙上："应该是先把双手捆在一起反绑身后，然后再在身上捆了三道，把人捆在了树上，这个伤就是孩子长时间挣扎在树上蹭出来的，背上也有一大片，还有一点，他的头皮有撕裂伤，应该是在剧烈挣扎下有人扯他的头发，逼着他抬头。"

老郭说完，萧厉眼前几乎立刻就有了画面感，凶手扯着刘睿的头发逼他抬头给李芳还有刘同伟看，逼着夫妻两人就范。

老郭道："三人的死亡顺序应该是父亲、母亲、孩子，孩子是最后死的，但是挣扎痕迹最重，应该也是被绑时间最长的一个。"

阎非想了想："如果照这个逻辑看，他抓了孩子叫来了父母，最初的目的可能是想杀刘同伟和李芳，但是在杀了两个人之后知道孩子也留不住，又杀红了眼，所以才一口气捅了孩子这么多刀……"

翌日一早，萧厉到刑侦局的时候还是哈欠连天，他最近都得靠安眠药才入眠，一晚上睡得浑浑噩噩，直到早上看完现场勘查才勉强好了一些。

初步勘查后，现场并没有发现刘同伟和李芳的手机。技侦联络通信部门查过两人的通话记录，在夫妻失踪当天一共接过六个电话，接收过二十五条短信，其中去除骚扰电话和广告短信，只有两条通话信息有效，一条是李芳上午十一点接到的电话，来自李芳的牌友，还有一条是刘同伟晚上七点半接到的电话，来自刘睿。

萧厉看完张琦给的资料说道："刘睿的儿童手机也没找到，应该是凶手用刘睿的手机打给刘同伟，这就是为什么刘同伟会相信凶手的说辞带着李芳去九龙山。"

阎非道："刘同伟不知道凶手真正的目标是自己，如果知道，他也不会轻易去。"

两人随后再次前往李芳的服装店周边了解情况，据了解，李芳和刘同伟两人并不缺钱，打麻将也很少露怯，要说最大的毛病就是不顾家。几乎所有认识他们的人都说两口子很少在家烧晚饭，导致他们的儿子刘睿成天在路边摊上买一些便宜又没营养的东西吃，相比于同龄的男生，体格瘦弱不堪。

从服装店旁的小卖部里出来，萧厉翻看队里发来的资料，发现李芳和刘同伟近期比较大的支出就是给儿子刘睿看病，日常有一些小额的消费基本上都是在北苑小区旁的棋牌室里，单看金额，确实不像是有外债。

萧厉道："李芳还有个姐姐在周宁，也住在立北区，之前上门发现一家三口没在家的就是她。姚建平打电话过去询问过情况，据说哭得很惨，至于刘同伟，他是黎阳人，亲戚都在那边，但是没什么交情。"

阎非把烟头拧碎在门口的垃圾桶上："先去棋牌室，他们夫妻俩平时的活动范围基本上就在北苑小区附近，如果是结仇，除非是刘同伟拉车碰上的，应该也就在那一带。"

下午两点半，两人到棋牌室的时候日头正高，棋牌室里已经聚集了不少中老年人，狭小的空间里烟雾缭绕。为了方便问话，阎非只留下棋牌室的薛老板，说起刘同伟和李芳两口子，薛老板摇着头道："我们这儿都是街坊自己组的局，如果真要说有问题，老刘和他媳妇儿脾气确实都怪暴的，平时和他吵过的人，那可多了去了……"

从薛老板口中他们得知，李芳平时性格泼辣，刘同伟脾气也暴，夫妻二人输了麻将之后脾气也不大好，因此经常和人产生摩擦，有几次已经到了差点和人动手的地步。

说起最近一次夫妻俩和人产生矛盾，薛老板回忆是在上周二的晚上，李芳和刘同伟在麻将桌上输了近两百块钱。据说当天刘同伟没拉上几单生意，李芳也没进账，两人心情本就不佳，输到第四把的时候，李芳说了句不太好听的，当时就差点和同桌的牌友朱磊吵起来，后来被人劝住才没闹到砸场子的地步。

萧厉皱眉道："你说的这个朱磊，平时性格怎么样？记仇吗？"

薛老板摇摇头："记仇不好说，但是老朱吧，肾有点问题，平时上不了班，据说也不爱待在家里，人有点阴沉，瘦瘦的。"

阎非心想以刘同伟的体重，如果是肾病患者恐怕难以一下就制伏他，又问道："那最近还有别的人和他们产生过比较大的矛盾吗？"

薛老板无奈道："其实咱们这儿吵架很平常，但是真计较的人不多，对老刘他们两口子就更是这样，大概就是一年多前，有一回老刘他们打麻将打得太晚，儿子在家里饿得受不了来找他们，结果刚好那天他们两口子输了钱，李芳一个耳刮子就朝儿子脸上招呼过去……之后我们就知道了，这两口子脾气太差，平时有点小摩擦，尽量不计较。"

薛老板随后接连说了许多小事，大多是在牌桌上输钱之类，可以说来棋牌室的常客基本都和夫妇二人发生过争吵，暗地里也多有闲言碎语，阎非让萧厉记下这些客人的名字，方便他们之后去调查不在场证明。

"你觉得有可能吗？因为这些事就绑架他们儿子，最后把一家三口都杀了？"从棋牌室里出来，萧厉看着外头街上熙熙攘攘的人流心情复杂，"很难想象这种事会变成杀人动机，或许可以查一下网约车公司，看看近期有没有针对刘同伟的投诉。"

阎非淡淡道："你应该比任何人都知道，动机可能是一件非常小的事。"

萧厉脸色一僵，明白过来他在说什么，随即苦笑道："这倒是，我看我们马上还是都问一遍吧，刘家三口死得蹊跷，也不能指望杀他们的人是什么正常人。"

阎非没说话，脑中却不禁回想起许多年前的那个生日，如今他已经记不得阎正平同他说了什么，又送了什么礼物。但就是因为那天的一件小事，阎正平最终白白受了许多苦，身中数十刀，倒在了大街上。

在没有其他线索的情况下，两人也只能先一个个走访可能和刘家夫妇产生过矛盾的牌友，薛老板一次性说了七八个，都是附近小区的居民，其中有五个都能提供上周四确切的不在场证明，剩下的两个，一个是一周前才和李芳发生过矛盾的朱磊，还有一个则是几周前因为输钱和夫妇俩发生过争吵的冯婷。

简单走访后发现，朱磊身患尿毒症，骨瘦如柴，平时能够出门行走的最远距离也就是到棋牌室，别说是制伏刘同伟，光看外表，恐怕连李芳都控制不了。另一个没有不在场证明的冯婷，身高不足一米六五，是个个子矮小的家庭主妇，甚至已经记不得当时她和刘家夫妇发生的矛盾，一脸茫然。

两人无功而返，回到刑侦局时姚建平还在三楼看监控，两人从电梯上下来，迎面走来一个面容白净清秀的女警，个子比罗小男要高些。见到阎非，女警慌张地低下头，匆匆说了句："阎队，杨局给你的东西我放在你桌上了。"一闪身便进了电梯。

"这什么情况？哪儿的漂亮姑娘你都认得？"

萧厉自打刑侦局以来，还是第一次看到容貌如此出众的女警，一时间有些惊讶，他转头看向阎非，见阎非却还是面无表情，萧厉眼底顿时又生出几分促狭来："哎，有没有八卦的？"

9

阎非懒得理他，看到桌上放着一沓教育传单，他想也不想直接递到萧厉面前来："应该就在这两周，到时候你和杨局对一下。"

"什么东西？"

萧厉莫名其妙地接过来，只见传单封面上写着校园安全手册几个大字，阎非道："中小学校园宣讲，每年刑侦局会派一男一女去，刚刚那个姑娘叫万晓茹，检验科的，你要想认识她，这是个好机会。"

萧厉明白过来，笑道："没想到你们刑侦局还搞这套，出两个门面担当去演讲……我看这个事儿压根就是指派给你做的吧，要说刑侦局的脸面，非你莫属哇！"

阎非听出他话里挤对的意思，凉凉道："你不去？"

"去，哪儿能不去，你是老大，我就是个工具人，你让我去我还敢不去？"萧厉接下宣传手册放在一边，"一样样来，还是先把这个案子破了吧，我现在还想着去看高冠杰的终审呢。"

晚些时候林楠和唐浩从九龙山回来，两人带人将抛尸现场的枯叶都清理了一遍，虽然没有发现凶器，但意外发现一排延伸出去的脚印，四十一号胶底鞋印，从凶案现场一直延伸到不远的断崖边。简单搜索后，在断崖下发现了被丢下去的包，上头只有刘同伟和李芳的指纹，包里的东西完好，银行卡和现金都在，身份证件也没有丢失。

阎非道："不是谋财的话，那仇杀的可能性就很大了，还得再查一下他们的社会关系，物证科那边怎么说？现场发现的垃圾袋和塑料绳从哪儿流出来的？"

唐浩道："垃圾袋是超市最常见的品牌，商用垃圾袋，塑料绳品牌不详，但是是工地常用的捆扎绳，没有什么特殊的。"

萧厉失望道："现场没有别的东西了？烟头之类的？"

林楠摇摇头："现场很干净，不过凶手应该在那儿待了很长一段时间，丢钱包这一路上留下鞋印是因为周四晚上十二点左右下了雨，他至少在现场逗留到了那个点。"

众人没想到忙活了一上午，竟没得到一条可以往下查的线索，正是焦灼之际，姚建平揉着眼睛从楼下上来："头儿，从晚上十点到早上六点之间，九龙山出入口一共有四十六辆车通过，现在已经有了名单，我马上带人排查一下。"

阎非道："重点排查一下十二点到凌晨三点之间出入的车辆，凶手如果在林中待到十二点，应该也是这个时间段离开的。"

姚建平点头应下，很快便去打电话联系车主了，阎非看着白板上三人的社会关系，平时与刘同伟还有李芳关系相熟的大多是牌友，但之前他们粗略排查过一遍，暂时找不出有嫌疑的人，在阎非的经验里，这种情况不是他们忽视了什么，就是他们从根本上找错了方向。

一筹莫展下，阎非也只能暂时把任务布置下去，唐浩和林楠两人分别去查刘同伟夫妇在工作上的社会关系，而阎非带着萧厉又去了一趟老郭那儿，去看三具尸体的胃提取物还有血液报告。

老郭此时刚刚歇下来，将报告交给他们："大体上没什么问题，但是有两点有点奇怪，都和小孩子有关，第一，他的胃里是空的，肠子也没剩下什么东西，说明他在死的那天基本上没吃饭，早饭和午饭都没有。第二，他身上有一些旧伤，肩膀习惯性脱臼，左手有两根手指也骨折过。"

萧厉一愣："这么小的孩子就受这么多伤了？"

阎非翻看着报告，说道："薛老板说夫妻俩会打孩子，而且刘睿前段时间还得了肺炎，可能存在家庭虐待的情况，去问问就知道了。"

一个小时后，两人再次赶到北苑小区时，北苑西路上已经是另一副光景，到处都是刚下班的白领和下课的学生，家乐福门口人头攒动，街边还有不少卖炸串的小贩。萧厉一下车便买了两个街边的白菜饼，递给阎非一个说道："这种好东西只有在这种地方才能吃到，不能错过。"

阎非接过来却没急着吃，他盯着白菜饼看了一会儿，忽然道："你还记得之前薛老板说的吗？"

"什么？"萧厉嘴里都是饼，说话也含混不清。

"刘睿并不缺零花钱，父母不管他，所以他经常在外头买吃的，但是死的那天，刘睿的胃里是空的。"

萧厉表情一怔："你是说……"

阎非脸上也露出没想通的神情："这件事里头有很多矛盾的地方，刘同伟和李芳即使存在虐待刘睿的情况，之前也没有在饮食上苛待过他，刘睿没吃饭应该和父母无关。再者，如果夫妻俩本来就对儿子不好，那又为什么会在儿子被抓后急匆匆去赴约，至少，应该会先报警才对。"

"你这么说也确实……"萧厉吃饼的动作慢下来，很快却又不屑地哼笑，"现在说不好他们两个和刘睿的关系，或许就像我爸一样，之前一直把我打得死去活来，但有一天我真割了腕，他也接受不了，有时候人的心思确实挺难懂的。"

两人随后再次走访了刘同伟和李芳的邻居，住在两口子对门的林阿姨操着极重的周宁口音说道："他们夫妻两个人经常吵，但是吵完了还是一起去打麻将，苦的就是他们家儿子，可怜巴巴的，一点儿大的个头身上挂一大串钥匙，每天自己上学放学。他爸妈平时压根不管他，没饭吃的时候只能去李芳他大姐那儿，说起来她大姐好像也没孩子，脾气不好，跟李芳差不多，但对外甥还不错，小孩儿经常去她那儿吃饭，平时有什么不敢和他爸妈说的，也都会去找姨妈。"

从楼道里出来，天已经黑了，萧厉裹紧身上的衣服点上一根烟："现场发现的鞋印是四十一码的，凶手应该是个男人了，你说我们要不要再去见见李梅？"

"现在这个时期不能放过任何一条线索。"

阎非径直往车走去，局里的资料上显示，李梅比李芳大五岁，至今没有嫁人，住在离北苑小区不远的老小区里。在案发后，他们至今没有直接见过李梅，如今是第一次登门，两人说明身份，而李梅再度听闻妹妹一家遇害的消息，当着两人的面便痛哭出声。

萧厉给她递了纸巾："平时刘睿的情况你知道多少？你知道他身上受伤的事吗？"

李梅叹了口气："你们说的那个伤我知道，是小睿之前在学校里跌的，胳膊脱臼，断了两根手指，还是我陪着去看的呢……他们两个平时也不管孩子，小睿饿了都往我这儿跑，前些日子得了肺炎，李芳才稍微上心一点，带着看了几次病，就那一次是我陪着挂水，要是小睿不说我还不知道，他这个病竟然是因为在学校掉进池塘里，穿着湿衣服吹了风才染上的，你说这糟不糟心……"

李梅话说得絮叨，萧厉简直插不进嘴，到最后李梅的眼圈越来越红，又想起自己再也看不见小外甥，一时控制不住情绪，竟又忍不住大哭了起来。

10

"看来是把外甥当亲儿子养的，不问都不知道刘睿在学校里出过这么多事……"

从李梅家出来，萧厉叹了口气，又点上一根烟，他还没抽上一口，却突然意识到孩子身上竟也有很多纠葛。一家三口的情况是孩子最先被抓，却是最后被杀，且身上的刀伤都是正面刺入，他们一直以为这是凶手最后杀红了眼才会有的表现，但现在看来也有可能是先入为主了。

萧厉喃喃道："父母身上找不到可以推进的线索，那会不会是孩子？"

阎非一愣，又听萧厉道："如果说他想杀的其实是孩子，但是因为孩子的所作所为是监护人的责任，所以才把刘同伟和李芳叫了过去，这也可以解释为什么他杀刘同伟和李芳的时候存在犹豫，因为他想杀的从头到尾都是刘睿。"

阎非皱起眉，在过去，大多数虐杀儿童都和性犯罪有关，他还没有碰到过成年人针对未成年人的仇杀案："未成年人被成年人仇杀很罕见，动机应该会很突出才对，很可能牵扯到未成年人犯罪，这种档案不对外公开，得回局里看。"

晚上九点半，两人回去时姚建平还差最后三辆车的车主没有核实，忙得晕头转向，听完萧厉的猜测，姚建平吃惊道："什么人会这么大费周折地去针对一个初中生？过去这种案件也太少了，杀孩子的不是恋童癖就是精神病，至少我当警察这么久还没碰到过这种仇杀案。"

阎非目光落在萧厉桌上的那一摞校园安全宣传册上，过去三年都是他去做的演讲，讲的大多数内容都是关于防火逃生、交通安全之类的老生常谈，但因为近两年校园暴力频发，去年的时候，刑侦局的演讲也加入了关于校园暴力的专属板块。

阎非到现在都还记得演讲里他曾经见过的真实案例，周宁市某六年级学生因为家庭不和，在校园里多次欺凌低年级学生，性质从一开始的打闹逐渐演变成暴力，最终在课间用美工刀将一名四年级的女生割喉。

他们在刘睿房里找到的飞镖盘，上头剪下的动漫头像明显已经被扎过许多次，原先他一直以为是刘同伟夫妇对儿子的虐待造成刘睿的心理状况不佳，但现在看来，这种影响可能也源自校园。

既然要转换侦查思路，所有人耗在刑侦局也无济于事。十二点前，阎非将人都打发回去休息，第二天一早，姚建平负责继续排查之前的车主名单，林楠和唐浩转去调查过去三年里涉及未成年人的暴力事件，而阎非则带着萧厉去调查刘睿在学校里的情况。

上午九点，阎非和萧厉赶到北苑中学时学生们第一堂课刚刚下课，这里步行到北苑小区大约有四站路的距离，因为沿途的监控并不完备，他们之前没有找到刘睿被人拐走的影像资料，只知道刘睿在周四下午四点三十六分的时候离开了学校，往家走去。

初二教师办公室，刘睿所在三班的班主任严萍接待了他们，说起刘睿，严老师脸上写满了头疼："刘睿这孩子就是皮，成绩也不太好，平时在校外还喜欢和一些大孩子混在一起，别看他瘦瘦小小的，在学校里上蹿下跳，人来疯，跟他爸妈说过好几次了，实在是……"

阎非问道："那他有没有欺负过其他的孩子？"

严老师不假思索道："就在前不久吧，刘睿才跳进学校的荷花池里，据当时在旁的其他同学说，刘睿本来是想把另外一个女生推下去的，但动作大了一点反而自己掉下去了，后头刘睿被学校保安救上来，又因为当天吹了冷风得了肺炎，为了这个事，后来他妈妈还到学校来闹过。"

阎非问道："那他之前还有其他暴力行为吗？"

严老师想了想却是摇摇头："刘睿皮归皮，但是毕竟个子小，打架是打不过人家的，最多也就是把女孩的包扔到楼下去，或者是想把人推进池塘。"

阎非本来预想刘睿可能在学校和其他孩子有结仇，但现在看来，刘睿虽然顽皮，但过去也并没有对其他学生造成过实质性伤害，又问道："你之前说刘睿平时在校外会和一些大孩子混在一起是怎么回事？"

严老师叹了口气："班上有其他孩子和我说，刘睿认识周围一些中专的学生，放学之后还会凑在一起抽烟，这个事情我也和刘睿家长反映过，但是好像也没有得到重视。"

"那有说具体是哪个学校的学生吗？"

"这个倒是不清楚，都是班上学生和我说的。"

"又是班上学生说的……"一直沉默的萧厉听到这儿笑了一下，"之后我们还要找几个同学了解情况，还要麻烦严老师你带一下了。"

两人从办公室里出去，阎非看出萧厉神色有异："你刚刚想说什么？"

萧厉叹了口气："我只是觉得这套说辞挺熟的，你小时候没遇到过吗？"

"遇到什么？"阎非不解。

萧厉想到阎非之前说什么"用拳头让人闭嘴"之类的鬼话，在这方面估计无法和他共情，无奈道："我妈死了之后，我也算是学校里的名人了，加上那时候我爸打我，弄得我经常请假，就经常有人去老师那边说点有的没的……这套说辞我太熟了，这个年纪的孩子说着不市侩，其实都很明白，所以大家都在老师面前争当好学生。"

萧厉看着教学楼下三三两两的学生："刘睿因为家庭原因性格乖僻，估计在学校人缘也不怎么好，所以老师这儿得到的信息只能听一半，毕竟看样子刘睿的父母不好招惹，所以老师也不怎么愿意管他这个麻烦，就连孩子没来上学都没太过问，平时就更是可想而知了。"

阎非道："你是觉得，班上学生可能在说谎？"

萧厉淡淡道："有这个可能，刘睿做的这些事都是学生告诉班主任的，刘睿的家庭问题放在这儿，老师也没有找孩子核实过，只是在发生比较出格的事情时才反映情况。"

牵扯到未成年人，警方来问话还得通过校务处走程序，拖到一点多，学校终于安排出一间教室，让学生在严老师的陪同下配合他们做相关调查。

先进来的是个男生，戴着一副厚厚的"酒瓶底"，据严老师说是刘睿的同桌。萧厉生怕阎非冷冰冰的样子吓到学生，笑眯眯地问道："小朋友，刘睿平时在班里表现怎么样？你知不知道他和谁玩得好，和谁玩得不怎么好？"

小男生倒是不怯场，想也不想便答道："没人和他玩得好，顶多就是吕鹏吧，偶尔和他一起玩。其他时候他都上学校外头找人玩，还和人去游戏厅打游戏，因为他爸妈给他很多零花钱，所以他每天都能到外头吃饭。"

"那你是他的同桌，你有亲眼看到他去学校外头找其他学校的人玩吗？"

"看到过，好几个穿着隔壁学校校服的，身上还有文身，带着他去游戏厅里了。"

萧厉又问："那刘睿和你做同桌的时候，平时有什么奇怪的地方吗？"

小男生瘪瘪嘴："奇怪的地方多了，他上厕所不洗手，之前还会突然把班上女生的书包扔到楼下去，而且天天吃不饱饭，上课的时候肚子叫个不停，吵死了。"

萧厉不由得微微皱起眉头。

天天到学校外头吃饭还吃不饱，零花钱多却经常和校外的大孩子去游戏厅。

萧厉和阎非交换了眼神，他心里有了猜测，再开口时语气已然变得凝重起来："你告诉叔叔，之前刘睿到外头吃饭的时候，你有没有看到过，他把零花钱交给外头那些人？"

11

问询的间隙，萧厉和阎非在走廊上简单碰了一下，萧厉道："刘睿的钱都给了出去，所以常年吃不饱，但是看样子李芳和刘同伟是不会给他这么多钱的。"

"是李梅给的。"阎非说道，"你还记不记得，李梅之前说李芳不管孩子，而且还把刘睿在学校里受的那些伤通通算在了李芳头上。"

萧厉想到这背后错综复杂的关系只觉得一阵头疼："所以说李梅可能知道刘睿更多事，但是因为偏袒外甥没跟我们说？"

"没错。"阎非并不意外，"时间不早了，趁着家长们没介入赶紧问，在学校的时候老师算是临时监护人，一旦让他们回家，再来的时候可能就问不出什么了。"

两人回到教室里，严老师叫来的下一个孩子名叫吕鹏，是个小胖子，之前有两个学生都说他和刘睿的关系不错，并且刘睿掉进荷花池，也是吕鹏找保安来救的他。

吕鹏坐下时明显十分忐忑，萧厉见状尽量和蔼地开口："你和刘睿关系怎么样？"

"一般。"吕鹏低着头声音很小。

萧厉虽说当警察的时间不长，但审讯的经验倒不少，一眼就看出问题："你别怕，和叔叔说实话，你和他关系怎么样？"

吕鹏拧着手："我们就是回家顺路，所以偶尔一起走……"

阎非淡淡道："你知道他给其他学校的学生交钱吗？"

他的话一出，小胖子的脸色突变，旁听的严老师也像是终于意识到问题的严重性，震惊道："吕鹏！刘睿给外头人钱的事情是真的？"

小胖子脸色发白，眼看就要哭了，纠结了半天才小声道："就，那些人看我胖，看刘睿矮，就总是找我们，刘睿把钱都给他们了，上次有人碰到刘睿和他们在一起，回来就告老师了，我，我怕……"

萧厉又问道："那之前这些人还叫你们干过什么？之前刘睿骑车摔断手指，掉进荷花池里，是不是都跟他们有关系？"

"对……"吕鹏胆小，给萧厉、阎非两三句话吓得满脸都是鼻涕眼泪，嗫嚅道，"他们过一段时间就说，钱不够，要……要找乐子。之前刘睿不会骑车，他们非逼着他骑那个共享单车，还叫我录视频给他们，然后我们没办法，只能……让刘睿扔书包下楼，然后再跳进湖里。"

萧厉皱起眉："所以说刘睿并不是要推人下去，他是自己跳下去的？"

吕鹏抽着鼻子点头："本来是想要推人下去但是没成功，后来刘睿自己掉下去了。"

萧厉看着面前孩子皱成一团的脸，有些话忍了又忍，最后却还是问道："你和刘睿都被人欺负，为什么最后录视频的是你，跳池塘扔书包的都是他？"

吕鹏给他问得周身一震，一下子头埋得更低了，萧厉冷冷道："你们本来想推人下去，最后刘睿自己掉下去了，这件事应该只有你们两个人知道，那为什么班上的其他学生都知道了刘睿是想推人下去结果自己掉下池塘？"

吕鹏哭声越来越大，阎非按住萧厉的胳膊："未成年人，注意点影响。"

萧厉叫阎非死死抓着胳膊，只能硬生生地将剩下的话都咽了回去，憋着火气道："告诉我们那些人是谁，还有把视频给我们，你现在还小，未来等你知道他发生了什么，我希望你能想明白你之前做的事情到底是对还是错的。"

…………

两人回到刑侦局的时候时近六点，林楠和小唐也从档案室里出来了，看到阎非回来，林楠道："过去几年里发生的涉及未成年的恶性伤人事件我们都看过一遍了，有参考价值的就这几起，都写在板上了。"

萧厉扫了一眼白板上的内容，所有案子里他印象最深的就是一年多以前，周宁鸿心儿童福利院里曾经发生过一起恶性事件，住在福利院里的十岁男童在用锐器捅伤管理人员后从三楼跳楼自杀，由于事后管理人员不治身亡，这个惨剧一经曝光便在舆论上引起了不小的反响，后来给出的官方解释是儿童霸凌，管理员因为没把小孩子的事情太当回事，最后才引发了惨剧。

阎非对这些案子也都有印象，但扫了一圈似乎暂时看不到什么联系："过去周宁还没有发生过针对儿童或者未成年人的仇杀案件，未成年人伤人的案子倒是不少，究其原因，大多数都是因为虐待还有霸凌。"

萧厉想到今天在学校里的事气就不打一处来："吕鹏在这件事里绝不仅仅是一个受害者，你还记得我们在刘睿房间里看到过的那个飞镖盘吗，那肯定说明了某种问题。"

阎非道："吕鹏应该也是霸凌的怂恿者，而且班上其他学生孤立刘睿多半有吕鹏的原因，奇怪的就是我们至今还没有发现任何与之相关的暴力行径，按道理说能够对一个未成年人下这么重的手，动机必然是非常极端又纯粹的暴力行为。"

萧厉翻看之前吕鹏给的视频，第一个视频里，刘睿反复从自行车上摔倒了四五次，每一次爬起来都能清晰听见几个"大孩子"的笑声。而之后第二个视频拍的是刘睿将一名女孩子的书包抢过来扔到楼下，事情发生时，班里先是惊呼一片，很快又有人哄堂大笑，最后视频在班主任的厉声制止中戛然而止。

萧厉翻到最后一个视频，刘睿失足掉进了荷花池，他皱起眉："从一开始刘睿骑自行车摔倒，到把女孩子的包扔到楼下，最后到想要把人推进湖里，虽然只有三段，但阎非你有没有觉得，从扔包到把人推进湖里，这中间也太快了。"

他话音刚落，姚建平匆匆从楼下上来，看到阎非他顾不上说别的，径直将另一块贴着照片的白板扯到几个人面前，动作很快地划掉了一些名字，最后只剩下四个，道："后来又排除了几个夜班司机，车子进入九龙山逗留的时间过短，留下了这两个男的还有一对夫妇。

他们在周四下午到晚上都没有不在场证明，而且在身材体型上也符合嫌疑人的画像。"

姚建平说着用马克笔用力叩了一下那对夫妻的照片："相比之下，我觉得范小波和周婷夫妇嫌疑比较大，他们居住在南山区，两人是去九龙山烧纸的，因为他们的女儿刚刚遇到高空坠物意外去世了。"

"去世了？"阎非和萧厉同时挺直了身子，"怎么回事？"

"女儿叫范楚君，五岁，这边能看到医院方面的死亡证明上写着颅骨粉碎性骨折，确实是因为意外被砸死的。"

姚建平说着脸上露出疑惑的神情："夫妇二人都是老师，文质彬彬的，但是我有种奇怪的感觉，他俩好像并不介意招惹上怀疑，在他们说了女儿的事情之后，我多问了很多问题，他们应该已经察觉到这件事会让人怀疑了，但是也没有太藏着掖着。"

萧厉问："女儿呢？女儿的死亡证明是在什么地方开出来的？事故发生地在哪儿？"

姚建平表情凝重："这也是我最怀疑他们的地方，范楚君是在龙蟠路出的事故，当时开具死亡证明的是立北区人民医院。"

萧厉心头一动，立北区人民医院和北苑小区相隔不远，中间最多也就二十分钟的路程，和北苑中学就更近。阎非很快有了决断："好，小姚，你辛苦一下跑一趟人民医院，确定一下这个女孩的具体死亡原因。林楠、唐浩，你俩再去看一下那两个男性驾驶员，看看他们有没有嫌疑。"

"好。"

众人点头应下，萧厉没等阎非开口就猜到他要说什么："我们俩是要跑派出所吧，十几天前的事情，就算没立案，应该也还有印象。"

"你开车。"

阎非把车钥匙扔给他，两人便匆匆往楼下去了。

12

二十分钟后，萧厉把车在龙蟠路派出所门口停了下来，他的刹车非常轻缓，但是阎非向来警觉，车一停人就醒了，看得萧厉目瞪口呆："你是能自动巡航还是怎么着，我每次停车你都知道？"

阎非看他一眼："睡得那么死的只有你。"

两人进派出所简单问了一下，果真范楚君的事故没有立案，但是报警记录还在，当时民警也做过简单调查，发现范楚君是因为无意间撞掉了窗台上放着的盆栽意外身亡的，当时便判定不符合立案标准。

按照当时的记录，范楚君是在学前班旁一个死胡同里出的事，因为学前班在里头养了一只兔子，孩子偶尔会跑去喂，而旁边接近二楼的地方有一个露台，民警说女孩是先碰到了墙边的晾衣叉，然后晾衣叉把露台的盆栽给碰下来的，因为当天她的父母接她晚了，小女孩被发现的时候身子都凉了。

萧厉了解完情况，怎么都觉得这个意外来得太巧合，而这时姚建平那边也已经确定了范楚君的死亡原因是被重物撞击头部，导致颅骨粉碎性骨折，送来医院的时候已经停止呼吸，之后因为家属的坚持才继续抢救了二十分钟，却依然回天乏术。

为了确认当时的情况，两人随后去学前班走了一趟，到了地方，萧厉发现出事的地方其实是学前班的侧院，所谓的露台在高约三米的位置，如今上头已经没有摆放任何东西了。在早教中心营业的时候，如果要走到侧院必然要通过早教机构的正门，换言之，如果是一个成年人从门口通过，机构里的人多半会注意到。

萧厉心下有了猜想："从北苑中学走到这个地方，应该只要不到二十分钟。"

阎非道："刘睿可能还有事情我们不知道，现在最好先别去惊动范小波夫妻两个，先查清楚刘睿和范楚君的事故有没有什么关联。"

案子至此总算有了点突破，两人在龙蟠路上找了家哈尔滨饺子馆解决晚饭，萧厉道："假设真的是他们夫妻杀的人，那警察都没查出来的时候，他们是怎么找到刘睿的？"

阎非摇摇头："过去有很多误判成意外的故意伤人事件，但这是不可避免的，因为警力有限，让报警人的主观意识主导警方的行为，就和让舆论凌驾在司法上是一个道理。"

萧厉皱眉："我只是觉得奇怪，凶手对刘睿可是半分犹豫都没有，无论是什么仇他都非常确定是刘睿干的，既然这样，为什么不报警呢？"

阎非道："对方是未成年人，就算报警了，判决可能也不能让被害者家属满意，顶多就是收容教养，过几年表现良好就可以放出来了。"

萧厉想了想："那如果这件事真的和刘睿有关，他们夫妻俩能找到刘睿，我们应该也可以找到这个证据呀！"

"你说得没错。"阎非赞许地看了他一眼，"明天我们和姚建平他们分头找，应该很快就可以让线索咬上了。"

翌日上午九点，在姚建平带着林楠去调查范小波夫妇过去两星期的行动轨迹时，阎非和萧厉两人则去了北苑中学旁的中专学校，找到了吕鹏口中那些"威胁"他们的大孩子。按照吕鹏的口述，其中打头的被叫作辉哥，手腕上有一个蝎子的文身。

两人在教导主任的带领下找到了"辉哥"，真名叫何耀辉，说起刘睿和吕鹏，何耀辉哼道："他们把钱给我之后我也没亏待他们，还带着他们上游戏厅了，不过我看那个死胖子还挺喜欢搞这些有的没的的，没事就说要拍东西给我，都是些很小儿科的东西。"

萧厉给何耀辉看了那几段视频："是这些？"

何耀辉明显不是第一次看这些视频，不屑道："我和他说骑自行车扔书包算什么，想要赚点击量靠这个哪够？结果小屁孩就是小屁孩，拖了一个星期，最后拿过来的东西还是什么自己掉进荷花池里，一点新意都……"

"等一下。"萧厉越听越不对，最后厉声打断了他，"他们把视频放到网上去了？"

从中专学校出来，萧厉坐在车里刷吕鹏的短视频账号，发现除了发给他的这几个，吕鹏之前还拍过不少吃播，但总体来说几乎没什么点击量。

萧厉骂道："臭小子竟然把视频放到网上去了，那天就应该狠下心再多问一点。"

阎非凑过去看，发现所有视频里，只有刘睿骑自行车摔倒的视频有一些点击量，底下的回复是何耀辉的头像，看样子何耀辉应该一早就知道视频被发上网的事。

萧厉指着视频的发布日期道："九月份开学，第一周吕鹏发了那个扔书包的视频，第三周刘睿掉进荷花池里，第四周刘睿就出事了……之前何耀辉说，中间吕鹏拖了一个星期没给他们看任何东西，应该就是第二周，也就是，范楚君出事的那周。"

阎非道："你是觉得，范楚君出事的时候，吕鹏可能也在？"

萧厉摇头："现在没有证据还不好说，但是吕鹏这一周没有放上来任何东西，就说明他可能知道他拍的东西是不能放的。"

阎非也觉得事情有异，还没理出个逻辑，姚建平的电话先打了进来，声音十分着急："头儿，刚刚我和林楠来早教中心问范小波夫妇的事情，发现出事之后范小波夫妇他们来过很多趟，一开始是说索赔的事，但突然有一天就不来了，说是听门口的保洁讲了一件怪事，就在范楚君出事的第二天，有个捡垃圾的老头儿在早教班前头的垃圾桶里发现了一个满是血的塑料袋，当时还以为里头有尸块，给吓得都快昏过去。"

"什么？"阎非脸上神情一震，问道，"那个塑料袋呢？"

"不知道，刚刚我让小林去找了保洁，说不知道塑料袋给了谁。这个事情后来在他们这儿也传开了，只知道是个超市的袋子，因为是白色的，被发现的时候上头血都干了，非常恐怖。"

阎非挂了电话："那个可能不是意外。"

见萧厉满脸不解，他比画了一下："之前你不是觉得那种情况下能把盆栽撞下来过于巧合吗？现在看来，范楚君可能是给人用塑料袋套住了头，然后在看不见的情况下撞到晾衣架的。姚建平那边说有人第二天在垃圾桶里发现了带血的塑料袋，范小波知道了这件事后就再也没去早教中心说过索赔的事情。"

"塑料袋……"萧厉睁大了眼睛，"这不是和他们死时的样子类似吗？"

阎非眉头紧锁："对，而且是个超市的袋子。"

"在北苑小区旁边就有，这应该也是龙蟠路北苑西路一带唯一的超市。"萧厉脸色难看，"但是如果单纯是套上去，那范楚君被发现的时候应该还套着塑料袋才对，塑料袋在垃圾桶里，说明她在被砸倒之后有人把塑料袋拿了下来，发现小女孩可能不行了，慌乱中才把东西扔在了垃圾桶里。"

阎非沉默了片刻，又给姚建平回拨电话，让他去找垃圾桶附近可能存在的行车记录仪或者店面监控。如果是刘睿扔掉了塑料袋，那范小波和周婷夫妇就具备了作案动机，之后找到合适的时机就可以把人带回来审问。

案情有了重大突破，萧厉道："范小波和周婷夫妇就算知道了女儿是被刘睿害死的，他俩都是老师，应该也不至于上来就对刘睿痛下杀手，他们在动手前，总该接触过刘睿吧？"

"刘睿的父母不管他，肺炎挂水都是李梅陪的。"阎非想起那日在李梅家的情形，"如果他们找到了刘睿，恐怕最先接触的也是李梅，而不是李芳和刘同伟。"

"所以……"

"还要再去见一次李梅。"

阎非说完，迅速挂挡将车从停车位驶了出去。

13

第二次来李梅家，两人的目的和第一次来时已是截然不同，萧厉这次注意看了一下环境，李梅家不大的空间里摆满了男孩玩的东西，似乎真的把妹妹的孩子当成亲生儿子来养。

阎非开门见山道："我们怀疑凶手真正想杀的对象是刘睿，所以需要知道刘睿过去这段时间里在学校有没有和人结仇。"

"结仇？"女人满脸震惊，"小睿才多大，还是个孩子，怎么可能结仇！"

萧厉在来之前就已经预料到这种结果，又道："你好好想一下，这一个月里有没有人联系过你，谈过有关刘睿的问题，不管在校内还是在校外。"

李梅满脸迷茫："小睿一直很乖，警察同志，我有点不太理解你这个话的意思。"

阎非冷冷道："刘睿在学校里存在一些过激行为，包括把同学的书包扔到楼下，或者试图把同学推进湖里，我们现在怀疑他可能和半个月前发生的一起女童死亡事件有关，没有人向你问过这件事吗？"

李梅脸色一白："小睿杀人了吗？"

"刘睿身上的刀伤最多，并且凶手在下手时毫不犹豫，如果说刘睿才是被仇杀的对象，那还是要请你再好好想想，有没有人在刘睿一家出事前联系过你？"

萧厉的话仿佛一记重锤，李梅周身一震，很快重重地坐倒在沙发上，无措道："你这么一说，我想起来……之前，好像是接过几个电话，但是那个人说的事太奇怪了，根本不可能是小睿做的，后来我就把他拉黑了。"

萧厉问道："是什么电话？尽量复述一下内容。"

李梅浑身颤抖，她想不到这件事竟然会和刘睿一家被杀有关。"大概就一两个星期以前吧，有个男的打电话给我说小睿恶作剧，用塑料袋套了他女儿的头，把他女儿害死了什么的……但是小睿根本不可能做这种事。"

阎非和萧厉对视一眼，问道："你问过刘睿吗？"

李梅失魂落魄地摇摇头："小睿当时还在生病，天天都咳嗽，我心疼都心疼不过来，就没问他。我也没觉得小睿会做这种事，后来那个男的反复打电话给我，我最后一次没忍住和他吵了一架，就拉黑了……"

"最后一次打电话来是什么时候？"

"就出事前几天，小睿生病还要月考了，我实在是听不下去他那么胡说八道……"

李梅讲得含糊，但萧厉猜也猜得到，李梅的脾气和李芳如出一辙，对刘睿更是溺爱，必然将话讲得很重。范小波联系不到刘睿的父母，又连着在李梅这里碰了几次钉子，很有可能当时李梅的态度刺激到他，后来才会痛下杀手。

萧厉问道："这件事你也没和李芳还有刘同伟说吗？他们全然不

知道？"

李梅脸色惨白地点了点头："反正他们也不管，我说了，也没用。"

萧厉心中此时豁然开朗，如果李芳和刘同伟全然不知情，那很有可能凶手在九龙山给他们打电话时，两人才第一次知道刘睿的事，儿子犯了事，大半夜被喊过去对质，在这种情况下，李芳和刘同伟不可能报警，才会完全没有考虑其他可能匆匆赶过去。

他想明白其中关节，无奈道："难怪，自己儿子害死了人，他们怎么可能报警？他们去是想把刘睿捞出来的。"

阎非沉默着没说话，心里却想，李芳和刘同伟既然完全不知情，在受制于人的情况下必然什么条件都会答应，在那种情况下凶手还是杀了他们，动机究竟是什么？

"不会……不会是我害死了李芳、小睿他们吧……"李梅越想越后悔，猛地抬起头拉住萧厉的胳膊，仿佛恳求般问道，"不是因为我吧？小睿还是个孩子呀，小孩子怎么会杀人呢，他不可能杀人的呀！那个男的他肯定是胡说的！"

李梅短时间内受的精神刺激太大，想到自己可能害了亲妹妹一家的性命，一会儿哭一会儿破口大骂，萧厉劝不住，最后只能通知医院方面来把人接走了。

折腾完这些事，太阳西沉，眼看又是一天要过去，但好在案子也有了眉目，现在范小波夫妇俩不但有极强的动机，而且也确实和刘睿发生过联系。

到了晚饭的点，姚建平那边也有了推进，虽然没有找到刘睿扔塑料袋的监控，但他们打听到，就在范楚君死后，范小波曾在早教机构附近挨家挨户询问，有人告诉他，就在出事当天，街边几家商户都看到一个身材瘦小的孩子拿着塑料袋满街疯跑，身上还穿着北苑中学的校服，因为有胸牌，所以至今还有商家记得那个孩子好像姓刘。

阎非在电话里对姚建平道:"今天晚上务必要调出来监控,你再去找一下当时那个找到沾血塑料袋的人,我马上联系杨局那边,如果可以,明天就可以带范小波夫妻俩回来审了。"

阎非挂了电话就没说话,萧厉看他这样就知道一定还有事情没想通,苦笑道:"你别这副表情,我都害怕。"

"还有几个地方很奇怪。"阎非眉头紧皱,"杀刘睿的动机有了,但是在父母不知情的情况下,为什么要用刘睿的手机将父母也引过去杀死,如果是要监护人负责,那为什么不是李梅?还有,如果是为了拍视频,那是不是代表吕鹏也有份儿?他在不在场,范小波夫妇知道这件事吗?"

萧厉一怔,忽然想起那天验尸的时候发现刘睿的头皮有撕裂伤,当时他们一直以为那是凶手强行拉起刘睿的头逼迫刘同伟夫妇就范,但如今仇恨既然是冲刘睿来的……

"为什么孩子最先被抓,却是最后死。"

萧厉只觉得毛骨悚然,他喃喃道:"他们把父母叫过来,或许只是为了当着刘睿的面把他们杀死,在一个孩子面前杀掉他的父母,杀掉世界上最能庇护他的人,大概只有这样,这个孩子才会感受到极致的恐惧和绝望吧。"

14

直到凌晨,姚建平也没有找到刘睿丢掉塑料袋的影像资料,塑料袋虽然被寻回,但因为经手太多,指纹已经很难提取,初步做了血检,与范楚君的血型一致。

另外一边,唐浩跟了范小波夫妇一天,夫妻两个人一直在忙女儿的丧事,倒是没有什么太大的动静。

接近三点，萧厉和阎非两人从刑侦局离开，定好明天一早将范小波夫妇带回来问话。萧厉手里拿着夫妻二人的资料，三十八岁的范小波身高一米八四,三十六岁的周婷身高一米六八，单从外表上看确实可能制伏刘同伟和李芳夫妇。

"他们并没有想到在九龙山等着他们的是什么，或许范小波夫妇杀他们的时候犹豫了，就是因为刘同伟和李芳并不知情，真正包庇刘睿的人是李梅。"萧厉叹了口气，"他们估计是给逼急了才会这样痛下杀手，都是老师，应该很清楚孩子在心理上的弱点……毕竟范楚君是他们三十多岁才要的孩子，突然没了，他们过不了这个坎儿。"

阎非没有说话，心里却感到隐隐的不安，他之前也碰到过，嫌疑人没有自首，同时也对警察查到自己毫无反应。这样的人或许从心底已经没有任何求生欲望，如今是女儿的丧事在支撑着他们，一旦这件事了了，之后又会发生什么呢？

…………

与此同时，立北区某小区内。

"警察要来找你你可当心一点，刘睿死了，你和他玩得好，说不定觉得是你干的。"

吕鹏在被子里缩成一团，看着何耀辉发来的微信浑身冰冷。刘睿好几天没来上学了，学校里都传他和他爸妈前两天已经死在九龙山，那天警察来过之后他也在网上查了，前两天他们确实在九龙山找过尸体，也说是立北区的一家三口死了，但没公布姓名。

刘睿真的死了吗？

吕鹏稚嫩的脸上满是恐惧，父母的房间里已经没了声音，这些他最亲近的人对他的境遇一无所知，更永远不会知道那个下午发生了什么……

"我觉得我们这次得搞个大的，或许让辉哥高兴了，他这个月能少收点。"

那天午休，吕鹏拉着刘睿去了他们的"秘密基地"——学校垃圾房旁的一小块空地。这个地方是吕鹏发现的，自从两人开始给辉哥当"小弟"，他们就经常凑在一起，关系算不上好，但也算是"臭味相投"。

吕鹏不喜欢刘睿，但他喜欢刘睿做他的朋友。

长久以来，他因为胖一直被人当作空气，可以说直到何耀辉找上他，吕鹏才发现，和他一样处境的还有另一个人。

刘睿的个子非常小，比吕鹏还矮一个头，跟班上那些女生更是不能比，在很早以前吕鹏就发现刘睿不跟其他男生一起吃饭了，但那时候他还不知道，刘睿午饭的钱都进了何耀辉的口袋。

因为家庭原因，刘睿的性格相当古怪，人来疯，且很容易被怂恿做一些蠢事，班里的人因此都不愿意和他玩，不但说他上厕所不洗手，每天身上都臭烘烘的，还说他在校外和不良学生一起抽烟，一起去那种不三不四的地方洗过澡。

可以说直到何耀辉也盯上他，吕鹏才弄明白，原来刘睿不是真的和外头的大孩子"玩"在一起，他被带进游戏厅只是为了给何耀辉跑腿买烟。刘睿的父母不管他，成天打麻将，姨妈又对他百般溺爱，即便是刘睿一百两百的零花钱花得像流水一样，家里人也还是视而不见，甚至还当他是拿这些钱请同学吃饭去了。

但是谁又会和刘睿吃饭呢？

此时距离吕鹏发刘睿扔书包的视频已经过去整整一周，点击量至今还是个位数，少了何耀辉的捧场，吕鹏的短视频账号里冷冷清清，即使一天刷好几次，数字也不见有任何变动。

吕鹏心里莫名地生出一股不甘心。

刘睿从自行车上摔下来有人看，但为什么他扔女生的书包就没人看，如果是这样，是不是他们还得做得更夸张一点，这样才行？

吕鹏忽然想起来他回家路上常常经过的一家早教中心，门口养着兔子，他本来是想怂恿刘睿去把兔子偷出来，但是又觉得这样太没意思了，无论是发给何耀辉或者发到网上都很没意思。

吕鹏绞尽脑汁想了一天，最后终于想到，他要在兔子笼旁边布一个陷阱，看看有谁会中招，到时候把他们的反应拍下来，应该会有人看。就像是在教室门口的门框上放黑板擦，吕鹏想他也可以在兔子笼旁的露台上放一袋粉笔灰，只要有人触发到底下的机关，粉笔灰就会掉下来撒人一身。

他同刘睿说了想法，谁知刘睿却说没意思，之前愚人节在班上也有人弄过，老师不但没中招，还轻描淡写地把事情带了过去。刘睿不屑道："要玩就要玩大的，我看不如在上头放个花盆，到时候掉下来吓人一跳更好玩。"

吕鹏被刘睿的提议吓了一跳，他知道刘睿玩什么都疯，之前从自行车上摔下来也是，越摔他越来劲，后来一连摔了七八次，最后一次刘睿倒在地上终于起不来了，送去医院才知道肩膀脱臼，连带两根手指也断了。

吕鹏本以为经历过那次事件，刘睿就不会愿意再拍这种视频，哪里能想到刘睿就像是丝毫不在意被其他人当作疯子，玩得一次比一次大……有一次甚至还说，等到哪一天他成了学校里的"辉哥"，又不怕疼又敢文身，就没人敢来招惹他了。

吕鹏胆子小，不敢玩刘睿这么大的，他之前去看过，那个露台少说有三米高，放个轻的东西还好说，重的东西根本不可能弄得上去。吕鹏自觉自己才是两个人当中比较有脑子的那个，耐着性子和刘睿说了两三遍这么搞不行，谁知刘睿就好像铁了心一样，最后吕鹏给他弄得来了火，直接把刘睿撂在了"秘密基地"。

反正没有他，刘睿一个人也玩不起来。

他和刘睿一个下午没说话，放学时两人也分开走，吕鹏慢吞吞走在后头，看着刘睿脚步飞快地向前跑去……他忽然觉得有点奇怪，平时刘睿明明在北苑西路就要拐弯了，结果今天却是径直往他家的方向去。

总不会是……

吕鹏心里突然生出一个念头，他跟上去，又过了两个路口，远远地他看到那个小个子男生弯下身子，一溜烟跑进了早教中心旁的巷子里。

吕鹏自然知道他是去做什么的。

15

翌日上午七点二十。

萧厉被从床上提起来的时候眼睛都睁不开，他还没来得及骂人，阎非难得失了分寸的声音便在耳边上响了起来："赶紧起来！小唐出事了。"

"什么出……"

萧厉反应过来顿时清醒了，而阎非脸色苍白，因为匆忙甚至连胡茬都没有剃："小唐刚刚给送去医院，被人发现倒在范小波夫妇所在的小区里，身上和头上都有伤，现在还不知道有没有生命危险。"

"他们跑了？"

萧厉只觉得一盆冷水迎头浇下来，两人几乎是跑上车的。听之前小唐的报告，夫妻俩算得上安分，对警察的询问也没有太多抗拒，实在不像是会突然畏罪潜逃的人，突然这样必然是遭受了什么刺激。

萧厉越想越奇怪，习惯性地打开微博，很快脸色就变了："多半是何耀辉这个臭小子坏事，'北苑中学被杀学生短视频'这个事儿上热搜了。"

阎非的脚一直压在油门上："怎么回事？"

萧厉翻着热搜，每刷新一次就能弹出新的实时评论："昨天晚上凌晨两点，应该是吕鹏匿名发了微博，说那一系列的视频都是他受人胁迫拍摄的，刘睿被杀也和他毫无关系，此地无银三百两，还暴露了他的短视频账号……肯定是何耀辉吓他，这个小鬼才想出了这种馊主意，现在网友都在往校园暴力方面联想，热度下不来，挂在前五。"

萧厉骂道："如果范小波夫妇注意到这个，他们就会知道女儿的死不止跟刘睿一个人有关系……"

阎非闻言一怔，范小波和周婷不是不通法理的亡命徒，唐浩必然是在阻止他们离开的时候被捅伤的，既然这样，两人执意离开，就说明他们有必须要去完成的事情。

"北苑中学，他们要去找吕鹏。"

阎非咬了咬牙，这下甚至顾不上马上要上高架，生生在路口掉了头，引得后头一片赶着去公司的上班族不满地发出鸣笛声。

早上七点四十，阎非和萧厉赶到学校时学生刚刚开始晨读，两人一路冲到了初二（三）班门口，发现范小波夫妻两人都刚走进去，还在和严老师说话。阎非吼了声"别动"，范小波脸色一冷，一把勒过严老师的脖子将刀抵上去，而周婷抱起第一排的一个女孩，冷声道："都出去，我们不会伤害无辜的人。"

萧厉赶上来便看到这么一幕，他呼吸一滞，当即掏出枪道："不要乱来，范楚君的死和这些人都没有干系！"

范小波长相原本有几分斯文，如今几天没有刮胡子，看上去憔悴万分，他冷冷道："你说没关系就没关系？"

阎非余光里看到吕鹏在角落里缩成一团，皱眉道："现在做这些事情也于事无补，赶紧收手，不要再错下去了。"

严老师原本以为两人都是临时来交流的老师，完全没想到事情会变成这样，脸色惨白地半倚在范小波身上，颤抖着嘴唇："范老师，你们究竟是……"

萧厉知道他们今天来就没打算活着离开，两边还在僵持，远处警笛声已然由远及近，萧厉这时注意到范小波飞快地看了一眼教室，他的余光跟着扫过去，心底便是一沉。

在之前吕鹏拍的短视频里，刘睿扔书包的视频是吕鹏坐在座位上拍的，而如今他们就身处那个教室里，只要对着视频里的角度，就能找到视频的拍摄者。

"无论怎么做，你们的女儿都是回不来的，这么做只会白白地把自己搭进去。"萧厉生怕范小波发现吕鹏的位置，只能出声转移他的注意力，然而还是很快在男人脸上发现一个可怕的信号。

范小波眼底冰冷，又抓着严老师后退了几步。

他已经找到吕鹏了。

阎非也意识到不对，扬声道："你们已经杀了刘睿，那些事情他的父母不知情，是无辜的，还要继续对无辜的人下手吗？"

"无辜？"周婷冷笑，她原本是个颇具知性的女人，连日来却在丧女之痛的影响下变得满脸阴沉，"他们的儿子在外头做了什么好事他们一点都不知道，把那个小畜生丢给什么都听不进去的姨妈，这就叫无辜吗？"

周婷如今想起那几通电话几乎气得浑身发抖，他们找到刘睿只想要一个说法，刘睿让他们去找李梅，但李梅不但毫无愧疚之意，甚至还说"你们的女儿肯定是不小心把自己玩死了"……她和范小波教了一辈子书，除了对女儿，大半的心血都放在这些学生身上，却没想到遇到这样的学生。

阎非心知现在这种情况只要动一个，另外一个可能会立刻失控，接着萧厉的话继续说道："无论你们要找的是谁，他并没有参与早教中心的事，你们根据网上看到的东西作出的推测可能是不实的，不要再错下去了。"

"吕鹏。"

周婷定定地看着他们，忽然叫出一个名字，角落里吕鹏的脸一下就白了，周婷道："他亲口说了这个名字，也说了是为拍那些可笑的视频才想出这个主意，只想看看有人被吓到是什么反应……"

萧厉一惊，他没想到夫妻二人早就从刘睿口中知道了这个同谋的存在，这样的话他们早就可以对吕鹏动手了，又为什么要等到今天？

周婷没再说下去，一片安静里，只有周婷怀里的小女孩在低声啜泣。阎非这时感到口袋里的手机震了三下，这是姚建平给他的信号，意味着狙击手已经准备好了，视野清晰，随时可以听他的信号动手。

他们在等什么？

萧厉紧盯着周婷的脸，大脑转得飞快，在已经知道吕鹏的情况下，为什么看到那些视频还会刺激到夫妻俩，刘睿扔书包，还有之后刘睿掉进学校荷花池里，画面里除了刘睿还有什么……

萧厉的神情一怔。

这些视频里都有其他孩子的哄闹声，他们来或许不是为了杀任何一个人，如果说真有一个人该死……

萧厉脑子里刚冒出一个闪念，阎非厉声道："别动！"

萧厉甚至还没反应过来，只听一声枪响，范小波应声便倒在了地上，同时严老师难以置信地捂着脖子，大量鲜血正从她指缝里涌出来……教室里的学生尖叫一片，萧厉身体的反应快过大脑，喊了句"不要开枪"便冲了上去，周婷的动作很快，范小波倒下去的时候她的刀便转而割向了自己的脖子，萧厉情急之下只能一把握住刀刃，忍着剧痛道："不要再错下去了！"

周婷已经没了生存欲望，萧厉咬着牙将她的刀抢了下来，手上已是一片鲜血淋漓，而阎非一把将他拉到身后："看一下老师的情况，疏散孩子。"

萧厉看阎非收枪才意识到，刚刚那枪是阎非开的，虽然果断但还是没能把严老师救下来。萧厉上去的时候严老师甚至已经不抽搐了，睁着眼睛倒在血泊里，一旁的范小波额心有一个血洞正在朝外汩汩流血，阎非这一枪没留活口，应该在那一瞬间已经判断出范小波对老师存在杀意。

三分钟之后，姚建平带人冲了上来，初二（三）班的学生目睹两个人惨死在自己面前，下楼时大多哭得脸色苍白，有一些甚至目光空洞，任凭如何叫都回不过神。

随后萧厉被姚建平带着去包扎伤口，疏散工作还在继续，而医院方面来了消息，说唐浩暂时没有生命危险，让他们放心。

一切尘埃落定。

萧厉坐在救护车边，看到严老师的尸体被人从楼里抬了出来，他心里发沉，范小波夫妻二人都是老师，他早该想到，在视频里严老师虽然出声制止了刘睿扔书包的行为，但最终却没能真正阻止两人继续这样的恶作剧，因此范小波夫妇此行来最大的报复对象，其实是同为老师的严萍。

萧厉越想越是气闷，坐了一会儿，阎非和姚建平说完话，冷着脸走过来："你伤口包扎好了？好了跟我走。"

16

上车之后，阎非驾车驶向医院，从头至尾一句话都没说，萧厉知道他内心多半憋着火，从早上到现在，小唐躺在医院，跟着又有两个人接连死在面前……萧厉丧气得不行，叹了口气："这可是我职业生涯的第一个案子，老实讲是不是搞砸了？"

见阎非不说话，萧厉低头看着自己受伤的手，后知后觉地感到伤口尖锐地疼起来："感觉小姚好像有点怨我，是不是因为唐浩被他们捅伤了，所以我那时候不上去会比较好？我其实已经想到了他们是冲着老师来的，对峙那么久也是为了恐吓学生，我……"

"不是你的错。"阎非打断他，满脸莫名道，"我没说是你的错。"

萧厉给他弄得一愣："你难道不觉得我很冲动吗？刚刚小姚看上去很不开心。"

阎非将车子在路口停下来："周婷和范小波最真实的状况只有我们知道，小姚或者狙击手看不全，从他们的角度，觉得你冲动也是正常的。"

萧厉没想到他会这么说，笑道："我说你阎大队长翻脸怎么跟翻书一样，刚刚在学校里你可是一副要把我立刻枪毙的嘴脸。"

阎非淡淡道："这件事虽然你的处理方法是对的，但小唐还在医院里，小姚、小林他们有情绪很正常，我要是完全表现出对你的赞同，以后腹诽的人会很多。"

"……"

萧厉瞠目结舌，心想难怪阎非一上车脸色就变了，原来他压根就没生气，之前的情绪是做给别人看的。他震惊地盯着阎非看了一会儿："你可真是刑侦局第一套路王，老实讲姚建平林楠他们被你的演技骗了多少回了？"

阎非好笑道："这不是演技，这是正确的处理问题的方法，你下次要长点心眼，你是我一手带进刑侦局的特招生，以后做事要动脑子。"

萧厉被他怼得无话可说，虽然早知道阎非的套路常温常新，自己时常中招中得猝不及防。

两人之后跑了一趟南山区第三医院，唐浩刚刚脱离了危险期，人还没清醒。萧厉看了手机后发现北苑中学劫持刚刚上了热搜榜，他还在担心杨局会不会找他们麻烦，阎非口袋里的手机便是一阵狂震，萧厉无奈道："说什么来什么，你不会被训哭吧？"

阎非摇摇头走开了，萧厉心知回了刑侦局恐怕又是一堆麻烦事，他和阎非本来就是多事的体质，解决"七一四案"时闹出的乱子现在还时不时被人挂在嘴上，结果他刚进刑侦局就搞了这么大个新闻……从某种程度上阎非说的也没错，他这个身份，以后确实应该要长个心眼。

下午两点。

两人回到队里，萧厉坐在审讯室里手疼得发慌，小声道："你下回教我怎样才能不流血把刀从人手里夺下来，要是每回都这样我可受不了。"

阎非淡淡道："换了我当时也会那么做，你疼得太厉害就去我抽屉里拿止痛药。"

他话音刚落，姚建平叩了叩门："头儿，人带来了。"

被带回来的周婷面无表情，就好像是个空壳一样，落座后，萧厉轻声问她："你们之前是怎么找到刘睿的？"

周婷沉默着不说话，阎非见状又道："我们找到那个塑料袋了，上头的血确实属于范楚君，也有人证，在当时如果报警，警方二次审理后一定会立案。"

他有意拿范楚君的事去刺激周婷，果然女人慢慢地眨了一下眼，原来空洞的眼底闪过一丝狠厉，轻声道："立案有什么用，他偿不了命。"

萧厉皱眉："你们一开始只想杀刘睿吧？为什么后来还要杀他父母？"

"那个小畜生说，他不仅仅在小君头上套了塑料袋，甚至连花盆还有晾衣竿都是他提前摆好的，还说这只是为了吓人，他没想到花盆会砸在人身上。"周婷咬着牙恨恨道，"我的女儿才多高，她比那个花盆大不了多少！他竟然说得出口，只是想吓吓她。既然这样，我和小君爸不过以牙还牙，将他爸妈找来，也就是吓吓他。"

阎非问："那为什么有些刀是从正面刺进去的，还有些刀是从背面？"

周婷像是听到什么可笑的事："不从背面刺，他怎么能看到他爸妈的脸呢，我的女儿死的时候他都敢看她的脸，他爸妈死的时候，他凭什么不敢看？"

接下来的半小时里，已经毫无求生欲望的周婷语气平淡地同他们讲完那天晚上发生的一切，末了她轻声说道："他们该死，难道恶魔披着孩子的皮囊，他就不是恶魔了吗？"

于旁人而言，刘睿只是一个人来疯的孩子，但是对于范楚君而言，他却是个亲手断送她性命的刽子手。

阎非问："你们已经从刘睿口中知道了吕鹏，但是为什么最后没有去找他？"

"因为真正该死的是那个老师。"周婷冷冷道，"她明明已经看到了，那个小畜生发起疯来会做什么样的事，但是最终她没有做任何的阻拦。就在那个视频被发上去的一个星期之后，刘睿就害死了我的女儿……吕鹏至少还有脑子，刘睿说了，吕鹏劝过他那样不行，但是他没有听。"

萧厉想起早上北苑中学里发生的一切,心口好似压着一块石头:"但你们要当着全班人的面杀了老师,其实也是为了惩罚学生吧?在你和范小波心里,这些学生其实都有责任,刘睿因为从小得不到父母的关注,是个极其容易被人怂恿干出极端事情的人,同班同学给他的刺激于他而言就像是催化剂一样。"

听了他的话,周婷似乎又有些迷茫:"我和小波后来时常想,我们是不是都错了,那么多年,我们一直坚信被好好教育的孩子是不会变成这样的,但是……"

说到最后,女人的目光再度变得阴冷起来:"不过后来我们想明白了,我们的教育只能让他们外表看起来像人,有些人注定就是教不好的,因为他们天生,就当不了人。"

审完周婷,阎非和萧厉一起进了吸烟室。周婷对警方没有任何隐瞒,但同时她的眼睛里也看不到任何想活下去的愿望,女儿死了,丈夫死了,她其实早在枪响的时候就死在了北苑中学里。

萧厉从周婷的资料上看到她在二十多岁的时候曾经生过一场癌症,和范小波结婚快十年,范楚君是他们的第一个孩子。虽说夫妻两个都挣得不多,但是在女儿的培养上却从不输人,早教班选的也是周宁排名前几的机构,最终却莫名变成了女儿的葬身之所。

"如果他俩不是老师,说不定反而不会对刘睿下那么重的手。"萧厉叹着气吐出一口烟,因为受伤,他的手指不敢伸得太开,生怕挣开伤口,"就是因为他们常年和孩子打交道,才更不能接受像刘睿这个年纪的未成年人做这样纯粹的恶……但有一点很奇怪,我们至今都没有找到确切的证据证明是刘睿丢掉了塑料袋,刘睿自己也不承认,按道理都到那种份儿上了,他应该不会骗人才对。"

阎非靠在窗户边上:"他们在塑料袋的血印里找到半个指纹,这个人没有立刻报警，说明他和刘睿可能是一伙儿的，因为心虚才没有立刻说，不但如此，还像是共犯，偷偷把塑料袋扔了。"

阎非说完，萧厉内心立刻便跳出来个名字，他皱起眉："你也觉得是……"

阎非将烟头拧碎："已经让林楠去了，采集到指纹如果匹配得上，那周婷夫妇对他的判断就是错误的。"

阎非眯起眼冷冷道："吕鹏和范楚君被杀的事情有关系，不但如此，如果不是他，可能警察当时就会发现塑料袋的异状并且立案，之后也就不会有那么多事了。"

17

一天后，萧厉和阎非最终去了一趟吕鹏家里，吕鹏的母亲接待了他们，萧厉开门见山问道："你们知道刘睿这个人吗？"

女人脸上一片茫然："是吕鹏的同学？"

"是他的朋友，也是初二（三）班的学生，之前在九龙山被害了，这次在北苑中学劫持人质的就是杀害他的凶手。"

吕鹏的母亲脸色一白，学校已经和他们说了，劫持人质的是一对夫妻，丈夫在学校已经被击毙，她哆嗦道："那，那他们为什么……"

阎非道："因为刘睿害死了他们的女儿，关于这件事，我们想再和吕鹏聊一聊。"

女人没听出他们话里的潜台词，叹了口气："吕鹏他从出事之后一直不肯出来，我们叫他也没用。"

两人对视一眼，随即萧厉走到一片安静的侧卧门前拍了拍，低声道："吕鹏，那天晚上在早教中心的事情我们已经知道了，在塑料袋上有你的指纹，躲避没有用，你做的事情不构成严重的犯罪，但是我们已经知道了。"

"犯罪？"吕鹏的母亲瞪大眼，"他犯罪了？"

阎非淡淡道："毁灭证据，但因为是未成年人，不构成严重犯罪。"

女人脸色一僵，当即顾不上他们，上去猛拍门吼道："吕鹏你出来！警察在这儿！你出来和妈妈说清楚！你在学校到底干什么了！"

她话音刚落，房间里倏然传来一阵东西翻倒的声音，萧厉脸色立刻变了。

"让开。"

阎非将他拉开，干脆利落地一脚踹开了门，只见吕鹏正手脚并用往窗外爬，在女人的尖叫声里，萧厉和阎非双双冲上去，一人一边抓住吕鹏的身子，将他从窗台上扯了下来。

吕鹏的母亲上来把吕鹏抱进怀里："你做什么傻事呀！啊？"

吕鹏哭得满脸鼻涕眼泪，此刻终于彻底崩溃了："我那天也在！我看到了！我看到了那个花盆掉下来，但是已经来不及了，如果刘睿被杀就是因为那个……我……"

阎非和萧厉对视一眼，他们要的答案已经有了，萧厉问道："塑料袋上有你的指纹，那天范楚君出事的时候，你在什么位置？"

吕鹏的母亲恳求道："他还是个孩子，他什么都不懂，要不你们……"

"事关案情，不管怎样，他的指纹已经留在上头了，这件事无法否认。"阎非冷淡地回绝了女人的求情，"未成年人的情况我们自然会考虑，但是前提是他得交代清楚那天发生的事。"

萧厉蹲下身子看着吕鹏，声音放得柔和了一些："告诉我们，那天到底发生了什么？"

吕鹏抽着鼻子，其实早在刘睿出事前他便已经不敢去想那天发生的事……因为那个女孩的脸，至今仍然会出现在他的噩梦里。

那是一个和往常一样的傍晚。

吕鹏偷偷跟着刘睿到了早教中心，下午五点，早教中心里还在上课，前台坐着一个刷手机的接待，一直低着头，完全没注意到身材矮小的刘睿猫着腰从门口钻了进去，闪身进入放兔笼的小巷子。

吕鹏没有刘睿的胆子，他知道早教中心是不许外人来喂兔子的，以前他被赶过，故而只敢躲在围墙外偷偷打量，看刘睿究竟要做什么。

吕鹏心里觉得不痛快，刘睿明明之前一直和他绑在一起，现在刘睿想丢下自己单干，这对于吕鹏而言，简直就是一种背叛。

他倒是要看看刘睿没了他能搞成什么事。

远远地吕鹏看着刘睿费劲地忙活，仗着身量轻巧攀上围墙去拖动露台上头的花盆，心里竟是忍不住盼望他这一出搞砸，最好到时候把里头那个很凶的接待员惊动出来，一定会把刘睿骂得狗血淋头。

这样刘睿很快就会知道有个人放风是多么重要，下次自然也会按照他的想法来了。

吕鹏越想越是得意，他生怕刘睿会看见他，跑上了早教中心旁的居民楼，透过二楼的楼道窗口往外看。随着天色渐暗，刘睿忙得差不多了，吕鹏耐心地看他做完最后的调整，知道刘睿的伎俩就和在门框上放黑板擦是一样的。花盆被放到了离露台边缘很近的地方，一旁压着一根晾衣竿，一旦有人碰到晾衣竿，花盆就会被撬动直接掉下来，然而由于晾衣竿放得有斜度，花盆掉下来也不会砸到人，顶多会砸在脚边吓人一跳。

刘睿忙完全部的事情后就躲到了早教中心外头，兴奋地拿着一个塑料袋满大街疯跑。吕鹏心中不屑，想要亲眼见证他的恶作剧破灭，谁知过了将近二十分钟，两人的耐心都渐渐逼近极限，却一直没有人从早教中心里出来。

天渐渐黑了，早教中心的孩子陆陆续续都被人接走，似乎在回家的吸引下，没人还惦记角落里的兔子，最后独独剩下一个扎小辫的女孩，她在门口张望了几回，没有等到自己的父母，终于往巷子里去了。

　　果然不行。

　　吕鹏看女孩走的方向不对，心知刘睿的伎俩怕是成不了，拿出手机想拍一段第二天去嘲笑他，然而却不想就在这时，镜头里却突然又蹿出一个身影，刘睿就像是彻底失去了耐心，扑上去猛地将一个塑料袋套上了女孩子的头……

　　"我看到那个女孩儿揪了一下塑料袋，第一次没能拿下来，然后她揪第二下的时候，就已经撞到了那个竿子……"吕鹏说到后头已经泣不成声。

　　阎非道："她掌握不了方向，所以在花盆掉下来的时候她并不知道，又往前走了两步，导致直接被花盆砸到，是不是？"

　　吕鹏浑身发抖："刘睿以为没砸到人，怕前台接待听到花盆掉落的声音出来训人，直接跑了，但是我知道那个女的早就吃饭去了，根本没听到外头的声音。那个女孩子，被花盆砸到之后就不动了，头还在塑料袋里，我……"

　　萧厉轻声问道："你为什么会去拿塑料袋？"

　　"我，我怕……"吕鹏满脸恐惧，"我怕到时候会说主意是我出的……我跑进去的时候，门口还没有人，那个女孩子一点声音都没有了，我太害怕，怕塑料袋被发现，就把它给拿了下来……"

　　他说完，女人几近震惊地盯着他："跟你没关系你去拿它干什么呀！"

　　萧厉心知吕鹏的心眼儿远比刘睿要多，这么小的年纪就已经知道利用刘睿给自己赚视频的热度，并不意外他会干出这样的事，冷冷道:"你那时候仍觉得自己是主心骨,所以即使事儿是刘睿犯的,你还是忍不住自己凑上去。"

吕鹏被他说得哑口无言,萧厉又道:"范楚君被砸倒之后你是第一个接触她的人,或许那个时候她还有救。"

吕鹏浑身一颤,脸色变得惨白,萧厉皱起眉:"得亏了范小波夫妇不知道这件事,直到最后都以为是刘睿扔掉了塑料袋,如果他们知道了,那天在班上死的人可能就不只是严老师一个了。"

他的话让母子二人双双一震,萧厉心中火气噌噌直冒,暗中捏了几次拳头才忍住,最后阎非说,为了让吕鹏的情绪有个缓冲期,下午才会有人带他去录口供。

如今填上了拼图的最后一块,刘家灭门案中的所有疑云都已经被解开,之后便是一些善后的事。阎非一回刑侦局就被杨局叫去了办公室,发布会拖了两天,案子了了自然是要开的,杨军希望阎非用发布会平息舆论的非议,同时也借着这个契机,告知外界萧厉确实做了警察,而且是通过正规手续进来的,免得再有人对他的身份说三道四。

一整个下午,阎非都在准备发布会的稿子,而萧厉因为手上有伤写不了结案报告,只能把活儿交给姚建平,自己去和万晓茹对接校园安全演讲的工作去了。

18

"那个……有个事能问问你吗?"

下午五点,演讲准备工作进行得差不多了,萧厉要走时忽然被万晓茹叫住,姑娘长得本来就漂亮,脸上带着几分羞赧时更是动人,萧厉看到她的表情,几乎立刻就猜到了万晓茹要问哪方面的事情。

"我听说你和阎队现在是室友，想问你，他现在是不是真的从婚房里搬出来了？"

果不其然，万晓茹问的问题和阎非有关，萧厉实在想不到警校那些漂亮姑娘都对阎非有好感，大概也是因为阎非的外表太具有欺骗性。萧厉忍了忍，没在人前直接戳穿阎非："是搬出来了，等他把老房子卖出去，可能会新买一套吧。"

"那他是放下了吗？"万晓茹明显是下了很大决心才问出了这句话，白皙的耳朵都变得通红。萧厉看这意思，万晓茹似乎很早以前就喜欢阎非了，这件事大概尽人皆知，以至于姑娘甚至没有太多遮掩，敢这样直截了当地问他。

萧厉心中叹气，就和之前的刘媛媛一样，万晓茹也以为阎非摘下婚戒搬出婚房就等同于放下，但这些姑娘却不知道阎非的所谓"放下"只是他不愿意再打扰白灵，阎非内心深处是否真正走出来，萧厉觉得实在很难说。

这样一个女人在阎非的生命里留下浓墨重彩的一笔，最后带着他未出世的孩子一起以惨痛的方式离开了人世，萧厉换位思考，换作是他自己也绝不可能轻易走出来。

萧厉暗自为万晓茹感到可惜，他斟酌了一下用词："先说好哇，我和他的关系真没那么好，撑死了我顶多算是他室友加半个司机。阎非在私生活方面的事情我知道得很少，但是他房间里至今还摆着他和嫂子毕业时候的照片，大概可以给你提供一点参考。"

"这样……"万晓茹尽量没在萧厉面前表现出明显的失望，但她不知道萧厉对人的情绪相当敏感，几乎立刻就在她垂下的眼角里看出端倪。

萧厉看不得漂亮姑娘伤心，只能再次把自己拉出来当垫背的："天涯何处无芳草，学姐，你们都觉得阎非长得帅，我倒是觉得我也不差呀！"

万晓茹一怔，再看萧厉自以为很帅地对她挤眉弄眼，扑哧笑出了声："我怎么听说你是有女朋友的，而且很是伉俪情深，你当时和阎队受伤住院的时候，新闻里她两眼通红地出现在医院，我还很感动呢。"

萧厉没想到万晓茹会突然提到罗小男，一下哑了火，这次结案了他都没同罗小男说，也不知道罗小男这些日子究竟在忙什么，微博发得少，朋友圈也发得少，微信更是没有，这个不久前还和他相当亲密的女人，短短这些时日，竟然已经变得像是陌生人一样了。

万晓茹看出他的困惑："难道你们最近吵架了吗？"

"吵架？我俩都分手两年多了。"

萧厉回过神来，赶紧扯出个笑来搪塞过去，结果这么一说万晓茹更震惊了："你们分手了？我还以为……"

萧厉实在不愿再纠缠在这个话题上，摇摇头道："分手了还能做兄弟嘛，你是不知道罗小男那个女人，虎起来跟男人没区别的。"

萧厉话说得勉强，万晓茹见状也并未再问，两人约好了几日后一同出发，萧厉随即独自回到工位，坐着发呆。

究竟发生了什么，罗小男才会这么反常？

萧厉看着手机上和罗小男停在好几日之前的对话框，心口禁不住一阵空落落地发酸。

…………

"头儿，我有句话，不知道能不能问？"

八楼吸烟室里，阎非和姚建平相对沉默地抽了一会儿烟，娃娃脸的警察终于还是纠结万分地开了口："是关于……"

"关于萧厉吗？你问吧。"阎非问得直截了当。

姚建平藏不住事儿，阎非早知道他对萧厉那天在北苑中学的做法有异议，他掸掉烟灰："我知道那天学校里的事，你觉得他太冲动，但是当时我也在场，那种情况，如果是我我也会那么做。"

姚建平一愣，他跟了阎非这么长时间，从来没见他这样偏袒过任何人，姚建平犹豫道："头儿，那种情况如果击毙一个，另外一个可能会失控，在周婷举刀的时候谁也不知道她会刺向孩子还是刺向自己，万一是孩子……"

他们做刑警的应该再清楚不过，这种事情是赌不起的，过去他们经历过无数次人质劫持的事件，许多人的生死都在他们的一念之间。周婷和范小波之前已经捅伤过唐浩，完全有暴起伤人的可能性，萧厉再怎么快也快不过狙击队的枪，如果当时周婷的刀径直扎向孩子，他可能都来不及上去救。

姚建平皱起眉："他真的太冲动，先不说当时如果狙击队没来得及反应直接开枪会是什么后果，单说周婷如果想要伤害孩子……如果是那样，可能还会白白再死一个孩子。"

姚建平说得十分认真，而阎非也知道那天的事情对于他这样的性格是很难接受的，毕竟萧厉是个机会主义者，两人第一次认识，他就敢拿自己钓鱼，冲动程度可见一斑。

他想了想道："周婷在范小波死亡时已经没了求生意志，这件事面对面观察时是很明显的，我在场，如果是我，我会作出和萧厉一样的判断，因为如果狙击队开枪，现场会死三个人，但是萧厉夺刀，伤亡却只有两个。"

"可是……"

姚建平还想再说，但阎非却没给他继续的机会："萧厉确实是一个情绪化的人，共情能力强不一定是好事，但是小姚，你在对周婷的判断上同样有情绪，只是你自己并没有察觉到。"

他将烟头拧碎在烟缸里："他才刚来，再多给他一点时间，以萧厉的能力，以后会是个好警察的。"

19

两天后，刘家灭门案出官方消息的那天，周宁市刑侦局史无前例地在蓝底白字的通报中回应了相关警员的资质争议问题，旁敲侧击地希望网络上的自媒体不要再对办案人员的身份进行造谣，以免寒了一线工作人员的心。

通报发出的十分钟之后，刑侦局八楼，阎非看着来回踱步不敢看手机的萧厉忍不住道："发都发了，你要看就赶紧看。"

萧厉干笑一声："又不是你被质疑，你管我？"

阎非淡淡道："你是走正规手续进的刑侦局，这一点毋庸置疑。"

"你当然觉得毋庸置疑啦，但是问题是外头这些人不这么想啊。"萧厉翻了个白眼，"我的事儿又绕不过去，你开的枪，我抢的刀，摆明了会被网友质疑的。"

阎非莫名道："那岂不是更好，质疑得多了之后我就去找杨局，想办法再出条通报让人知道你干得不错。"

萧厉也说不上自己内心在焦躁什么，那天的事就算是姚建平都觉得他的做法有问题，放到外界更不知要从何说起。一旦大众觉得周婷和范小波都是十恶不赦，那他阻止狙击队开枪，赌周婷不会伤害孩子的行为就会变得饱受争议。

萧厉咬了咬牙："我怕他们觉得我……"

"你没有做错。"阎非打断他，就好像知道他要说什么，萧厉被他笃定的态度弄得一愣，本还想要再说话，但阎非已经直接把手机怼到了他的面前。

和萧厉想的不一样，官方对范小波夫妇行为的定义是简单的报复杀人，在动机方面的回应就更是直白，只有一句"之后刑侦局会和教育局一起，加强对校园暴力的防范工作"。

萧厉看完刑侦局对他资质的澄清之后，鼓起勇气终于往下拉了评论，果真热门评论里还是有人在质疑他的做法，但好在也有不少理智的网友回应，认为当时萧厉如果没有抢刀，那么死在北苑中学初二（三）班学生面前的，会是三个人。

"没你想的那么可怕吧？"阎非问。

萧厉松了口气，同时只觉得兜里的手机震了震，是罗小男给他发来的信息：恭喜你进入刑侦局，叫阎非好好带你。

萧厉心头一喜，赶忙回了句"你最近在忙什么"，结果等了快半分钟，罗小男那边却已经没了动静。

萧厉心中刚刚才燃起的希望落空，脸上的懊恼被阎非看了个满眼，问道："怎么了？"

萧厉叹了口气："职场得意，情场失意，都怪你给我找的这份好工作。"

阎非一听就明白了："是罗小男？"

"不然呢？"萧厉没好气地把手机揣回口袋里，也不知道罗小男是怎么想的，原来明明非常嫌弃阎非，现在却还要叫阎非罩他。

他举起手指比了个数，胡扯道："罗小男把我托付给你，说你每个月要不给我发满这个数，她就要叫人来刑侦局门口拉横幅。"

"这个数？"阎非好笑道，"罗小男要指望你每个月能挣这个数，她不如直接换个男朋友来得快。"

"……"

萧厉被他噎得一口气上不来，憋了半天还是出于求生欲没有直接骂脏话，而阎非淡淡道："后天是高冠杰的终审，明天我要去西山，你去吗？"

萧厉这段时间也数着日子，等了一年多，总算熬到这一天，他笑笑："当然，这种好消息，我可得到我妈面前敲锣打鼓地通知。"

阎非点头："那好，今天跟我回去，我妈听说你通过特招考核，特意买了很多菜。"

萧厉打了个寒战，他现在终于知道为什么外头都觉得他和阎非的关系铁了，有事没事跑到人家里吃饭，这要放别人身上他也觉得关系不一般。萧厉干笑道："阿姨也不至于老这么客气吧，我就租了间房子给你……"

阎非看他一眼："你不想去？"

萧厉一看阎非那张脸就知道，他要敢说不去这人一定会给他下什么套，无奈道："看你妈这个架势是想认我当干儿子呀，是不是觉得我比你孝顺？阎非，你就一点危机感都没有？保不准以后你妈就成我妈了。"

阎非笑了一下："我妈毕业的时候是她们那届的女子散打冠军。"

萧厉沉默半晌："那我还是去吧。"

阎非满意地点点头："那一会儿就走，明天去西山，我还要给孩子带点东西去。"

萧厉无奈，跟阎非返回八楼去拿东西，路过工位时姚建平还在，萧厉见他头都不抬一下就知道姚建平多半还在生气。之前阎非也说了，姚建平觉得他在北苑中学的处理太冲动，但这种差异无法避免，姚建平性格踏实，凡事以大局为重，在人质性命不保的情况下，他宁可直接牺牲周婷来保全孩子，但相较之下萧厉就要感情用事得多，又有前科，作出的决定难保不会让人感到毛躁。

进了电梯萧厉实在忍不住："我看你以后还是一碗水端平会比较好，要不之后我可能会里外不是人。"

阎非道："你没有错的事情，为什么要总是想？"

萧厉也不知是不是老毛病作祟，总觉得自己搞砸了这次的救援，无奈地摇摇头："不是我有没有做错的问题，你不是也说，林楠和小姚他们可能会有情绪？我本来就是新人，容易被人当出头鸟吧。"

阎非没立刻搭话，直到两人出了电梯往车子走去，他才说："以前我因为我爸的事情在学校打过很多次架，最严重的把人打进过医院，那时候我妈总是先带着我去认错，从医院出来的时候又说是你的错你才认，不是你的错就永远不要低头……做警察也是这样，要坚信自己觉得对的事，你不能让这个事情影响你的判断。"

"道理我都懂……"

萧厉无奈，想说认怂总比硬刚好，然而阎非却没给他继续说话的机会，他将车子驶出停车位："在你没做错的事情上，我不需要一碗水端平，你现在已经是一个警察了，要有自己的判断，你没错。"

20

两天后，周宁市中级人民法院，时跨将近二十年的"七一四案"终于彻底落下了帷幕。

"被告人高冠杰非法剥夺他人性命，行为已构成故意杀人罪。高冠杰因对二十年前一桩盗窃案调解结果不满，为报复先后杀害李简明、刘洁、王宝怡、胡新雨、黄波、熊有林、白灵七人，先后鼓动帮助他人杀害阎正平、马骁骁，手段残忍，犯罪情节极其严重……"

听到胡新雨的名字，旁听席上的萧厉鼻子发酸，狠狠闭眼才将涌上眼眶的热泪憋回去，这场噩梦他做了将近二十年，如今萧厉甚至有点难以置信它走到了终点。

高冠杰没有提出上诉，也没有死缓，整个宣判期间他都只是目光空洞地垂着眼。在这一年多里，阎非和萧厉又见过他几次，随着媒体曝光的日益增加，高冠杰的话也越发少，几个月前他们最后一次去的时候，高冠杰从头至尾只说了一句话："什么时候结束？"

就像是一只藏身在黑暗中的怪物，如今叫人拖出来见了光，生命自然也该走到尽头。

走出法院，萧厉在深秋的阳光下长长出了口气，一时间竟然觉得头晕目眩，阎非走到他身边："你没事吧？"

萧厉苦笑道："没想到我有生之年还能看到这件事结束，我总觉得死刑都是便宜他了，死了这么多人，他死十几次都不够。"

他紧跟着又觉得阎非的问题可笑："拜托，这也是你爸的案子，你不该比我激动？"

阎非道："我只是完成了我爸没完成的事，这件事我早晚会做，只不过有你的帮忙，解决得比我想的还要快。"

终审前的一天，他和萧厉一起去西山看望了那些逝去的故人，阎非还在白灵和孩子的墓前放了花和玩具。转眼四年过去，这个本该和他白头偕老的人终究变成了汉白玉墓碑上不会动的照片，阎非将心口隐隐的钝痛咽下去，轻声道："这样一来，我也可以向白灵和孩子交代了。"

两人慢慢顺着法院的台阶往下走，打算解决了午饭再回刑侦局。周宁的秋季很短，等到十月下半月，天气就会凉下来，因此在这座城市生活的人都会分外珍惜这几天晴朗又凉爽的好日子，一路上，两人迎面碰上不少结伴出游的家庭和情侣，这些人大多都对发生在这个城市里的罪恶一无所知，享受着现下美好的时光。

一对容貌姣好的情侣从两人身边走过，女孩儿长发飘飘，笑起来有两个酒窝，萧厉想起了万晓茹，一时嘴快道："过两天我和晓茹两个人去做那个什么校园安全演讲，你就一点都不介意？"

阎非神情古怪地看了他一眼："我介意什么？"

萧厉坏笑："我是说人家漂亮姑娘喜欢你，这么明显，在我面前都不藏，这个事儿你不知道哇？"

萧厉问得直接，意外的是这一次阎非却只是别过头："我知道。"

萧厉一看这架势，猜这两人多半早有纠葛，他眼底浮上一抹促狭，用胳膊肘怼了一下阎非："快说说，人家是不是在大学里就开始追你了，校花？你怎么忍心拒绝的？"

阎非凉凉看他一眼，半晌却是忽然笑了，萧厉心知不妙，阎非很少笑，但通常来说一笑都没好事，现在这种似笑非笑的表情更是糟糕，基本等同于动了杀心了。

萧厉决定立马认怂："爸爸我错了，我不问还不行吗？您别搞我了成吗？"

阎非把他上下打量了一遍，像是在审嫌疑人："说起来上回罗小男来家里待了不到二十分钟就走了，最近你也都没和她吃饭，这次北苑中学你受了伤之后，她知道吗？"

阎非使出侦查那一套，萧厉像被揭了老底，脸色一下就难看了起来："人家问你有没有走出来，老子还给你打了掩护，你就这么对我，你说要不是当了警察，我至于抽不出空去找她吗？"

阎非问道："那这两天没加班，为什么不去找她？"

"我……"萧厉被问得语塞，他过去和罗小男吵架也没少低声下气去哄，但是也没一次是这么莫名其妙的。罗小男不是不讲理的女人，事实上许多时候她比萧厉还要理性，从来都是萧厉低头，她就会立马顺着台阶下来，两人过去吵架还从来没有冷战超过三天的。

阎非像是会读心一般："你不敢去找她？"

萧厉瘪嘴，小声道："万一她是真的另有新欢了，那我岂不是自讨没趣……本来以她的条件，看不上我也是正常的。"

阎非倒是没想到萧厉在罗小男面前还有这么自卑的一面，现在回想起来，似乎很久以前两人在萧厉家里喝酒，他就说过，也不知道为什么罗小男会看上自己。

阎非想了想："因为她爸是罗战？"

马骁骁的案子里萧厉曾经说罗小男的父亲不是什么人人都敢招惹的人物，后来阎非稍微查了一下，发现罗小男的父亲就是周宁知名新闻主持人罗战，这个名字在他们这儿几乎能说得上家喻户晓，阎非小时候也看过他主持的节目。

萧厉叹了口气："她爸常年在国外，没见过我，不过估计见了也看不上我，差不多就在我俩查'七一四案'的那个时候，她爸突然回国，之后罗小男就把我推到你这边来了，然后最近，你也知道了……"

阎非道："她爸回国之后，罗小男对你的态度就有转变？"

"谁知道呢？"萧厉自暴自弃道，"她那天倒是给我发了信息，但是我总觉得……"

总觉得罗小男是在和他告别。

萧厉的话卡在嘴边，最终没能说出口。他还是想什么时候再去见一次罗小男，最近《新闻广角》在做一系列欧洲的专稿，看罗小男上次来的样子就知道她忙得脚不沾地，现在问她恐怕不是个好时机。

等再过几天杂志新一期上线，在萧厉的经验里，罗小男应该能休息几天……他深吸口气，抬头去看周宁的天空，冬天降临前的最后两周，周宁一直都是晴空万里的天气，天空澄澈得看不见一丝阴霾，像是一面高高悬起的明镜，印出一片干净无比的城市。

"希望还能多太平几天吧。"

萧厉叹气一般道："太平到我去找她的那一天。"

一 夜班杀手 一

1

长假过后的第一个周末，晚上十点半，下城区的鱼市街上还有不少人在吃夜宵，这条热闹的小街毗邻地铁站，周围都是一片 20 世纪 80 年代建成的小区。在巷子深处，不少一楼的店铺在这个点都亮起了暗红色的灯，磨砂玻璃中间留了一条透彻明亮的区域，行客匆匆路过时往里头看上一眼，便能看见几个身材姣好的姑娘百无聊赖地跷着两条雪白的腿，正在玩手机。

刘晓君从公司下班的时候办公室里整片工位上已经空无一人，她疲惫地拖着脚步，慢慢穿过公司旁边的马家巷。这是一条通往车站的近路，还有十五分钟就是六十七路末班车的时间，如果赶不上，她就得再花四十块钱打车回家。

迎面吹来的夜风带着些许寒意，刘晓君打了个寒战，裹紧了身上的薄西服外套，而随着远处的巷子口越来越近，她却忽然想起了一件事。

似乎就在前两天，有个女的就在前头不远的青龙巷里被人奸杀，是晚上加班走夜路才被盯上的，被发现的时候下身都被树枝捅烂了，差点把早班的清洁工吓出心脏病来。

据说好像穿的也和她现在这一身差不多？

刘晓君越想越怕，脚下更不敢耽搁，赶着往前奔去。她穿着矮跟的高跟鞋，身上穿着迈不开步子的工装，这一路跑得歪歪扭扭，眼看着出口就在不远的地方。

"啪。"

一块石子倏然砸在她的身上，刘晓君浑身一震，猛地刹下了步子，下意识低头去找刚刚那块砸到她的石头，却不想一低头，就见在她背后相隔不远的地方，有个拉长的影子安静地伫立着，一动不动。

…………

翌日早上八点。

"又是鱼市街？"

萧厉甚至没去刑侦局，还在路上阎非就接到了通知，让他们直接去下城区鱼市街。马家巷里又发生了一起奸杀案，是一个星期里的第二起了，一早被清洁工发现了尸体，派出所封锁现场还算及时，现在还没有太多媒体介入。

阎非将手机递给他："和之前那起的情况差不多，在闹市区，影响恶劣，分局领导为保险交到我们这儿来了。"

萧厉原来还处在没睡醒的状态，一点开照片顿觉背后一凉，照片上的女人满头是血，双目圆睁，裤子被完全撕烂，下半身赤裸，大腿上也都是干涸的血迹。

阎非道："也是被砸死的，在死者的包里还发现了她的证件，刘晓君，27岁，在附近的传媒公司上班，现在还不知道她最后一次被目击的情况。"

萧厉反复看了几遍现场的照片："连穿的衣服都很像，都是晚归上班族，每天去鱼市街上班的白领那么多，一旦有人知道了凶手专挑这种类型下手，恐怕要引起恐慌。"

两人赶上上班高峰期，堵了足有四十分钟才到鱼市街附近，如今整条马家巷都已经被警方封锁，老郭和物证科的人已经到了，之前在阎非申请下，杨军给老郭配了个新人，如今正在不远处拎着塑料袋低头猛吐。

"你行吗？"进棚之前阎非看了一眼萧厉，明显还记得他上一回的惨状。萧厉被他问得一阵尴尬，心想照片都看过了，不至于还像几天前那么没出息。

"还能每回都出问题吗？"萧厉硬着头皮戴上护具和口罩，一矮身便钻进了棚里。

一股呛人的血腥气味扑面而来。

萧厉本以为提前发来的现场照片已经让他有足够的心理准备，不会再像上次那么毫无防备，却不想一下进入相对封闭的空间，里头的味道大得甚至连口罩都挡不住，萧厉忍不住用手背又在口罩上压了一层。

就见在巷子拐角处，受害者两腿张开靠坐在地上，下体插着一根拇指粗细的木棍。

阎非淡淡道："凶器已经找到了，是一块砖头，被丢在现场附近，致命伤在脑后。她包里有工作证，蓝海传媒，就在离这里不到八百米的地方。"

萧厉心想他还是不要在这个地方久待的好，即便出了棚子，那股血腥气味也像是一直勾在他的鼻腔里，散都散不去。萧厉逼着自己分散注意力："估计去一趟公司应该能知道她昨晚的行动轨迹，看这条巷子也不像是能找到任何监控的样子。"

"上一个死者也是，受害地点处在巷子里的监控盲区，凶手应该对这一带的地形非常熟悉，知道在哪里可以伏击被害者，也知道犯案之后怎么离开。"

阎非领着他往巷子的另一头走去，萧厉脸色恢复了一些，无奈道："没想到血腥味这么冲，戴口罩都没用。"

阎非道："你尸体见得太少。"

萧厉自知理亏："这事儿我也没办法，我又不像你，都看了五六年了……我就不信你第一次看尸体不吐。"

他说得相当笃定，半晌不见阎非说话，萧厉一震："老哥你真没吐哇，你这心理素质怎么练的？"

阎非低声道："我父亲说过，警察对尸体要尊重。"

萧厉翻了个白眼："我真的很尊重，但是我的胃不争……"

"我见过我父亲，在他走了之后。"

阎非摇摇头打断他，紧跟着又说起一件旧事，在他十四岁时，坚持要跟着黄海涵去看阎正平的遗体，那时阎正平虽然已经做完尸检，但遗体还没有经过葬仪师的修整。阎非至今还记得黄海涵推开停尸间铁门的一瞬间，一股骇人的冷气将他整个人笼了进去，而在不远处的铁床上放着一只巨大的黑色尸袋，拉链是拉开的。

"你，亲眼看了……"萧厉瞠目结舌，"为什么要看？"

阎非淡淡道："我不想忘记我父亲离开时的样子。"

就像所有第一次看到尸体的人一样，阎非还记得自己第一眼看到尸体上的刀痕时便觉得一股酸水涌上了喉咙……阎正平走时的模样很可怕，他下意识就要去捂嘴，但又在那时意识到，袋子里躺着的是自己的父亲。

"做警察对尸体要尊重。"阎非语气平淡道，"下次不要再发生今天这样的事情了，姚建平、林楠他们也就两次，第三次要是再这样，就回去写检讨。"

萧厉原本还想扒一扒阎非的黑历史，却没想到他竟然这么淡定，他心里后悔万分给自己挖了个坑，举起三根指头："这是最后一次了，再吐是孙子。"

"走吧。"

阎非没理会他的豪言壮语，两人一起走出了巷子，刘晓君工作的写字楼就在左手边，是一栋十二层的高层建筑。按照老郭初判的死亡时间，就在昨晚十点半前后刘晓君离开了这栋楼，而在那之后不久，她便成为巷子里那具冷冰冰的尸体。

2

技侦简单查过，刘晓君所在的蓝海传媒是一家负责地铁广告位的传媒公司，LOGO 上有一只飞翔的海鸥。

"他是不是好这口哇，办公室白领，第一个死者徐曼是电信公司的，公司也要求每天着正装上班。"萧厉现在对强奸案的了解还限于警校教科书上的那些，经验远没有阎非丰富，"你以前办过的奸杀案一般来说指向性有这么明确吗？"

阎非摇摇头："不会，强奸犯顶多在年龄上有选择，但更多是看谁好得手。"

因为工作性质相对保守又偏向国企，蓝海传媒是为数不多八点半就开始上班的传媒公司。两人很快通过刘晓君的上司了解到这几天刘晓君刚接了一个大单子，几乎每晚都是十点钟左右才走，这次也是因为错过了常坐的末班车的时间，才要抄近路从马家巷去另一边坐六十七路。

上司领着两人去看了刘晓君的工位，上头甚至还有两块没有收拾掉的饼干，萧厉看得一阵难受，又问了一下周边同事，发现刘晓君的情况竟然跟第一个受害者徐曼如出一辙。因为性格内向，刘晓君在公司的人缘十分一般，平时也不爱打扮，同事们完全没想到这种事情竟然会发生在她身上。

阎非道："短发，正装，人缘一般，两个受害者在特征上都属于保守的女性。"

萧厉回想起前两天死在青龙巷的徐曼，因为家就住在鱼市街附近，晚上十点四十从公司离开后，徐曼在步行回家路上被伏击，头被砸了数十下，身体里也找到了被捅进去的树枝。说到底，两个受害者的情况还是有些不同，徐曼每天回家都走青龙巷，但刘晓君走马家巷只是临时起意，如果说提前锁定受害者，这件事放在刘晓君身上就并不成立。

阎非道："两次击打被害者头部的砖块都和案发现场的砖块匹配不上，是凶手带来的，他就是冲着她们的命来的。"

连出了两起案子，这一带人心惶惶，许多年轻白领都对他们透露出想要辞职的想法，除此之外竟没什么有效信息了。眼看蓝海传媒这条线是死胡同，两人查过监控后便下楼，顺着街道走访，结果就和前几天他俩去调查徐曼时的困境一样，没有目击者，没有监控。

早上十点，随着现场勘查人员的撤离，渐渐有一些媒体被吸引过来，萧厉拉着阎非往阴影里撤了一点："看来一个星期发生了两起奸杀案的消息是按不住了，估计一会儿你在车里就要接到杨局的电话，做好心理准备吧，阎队。"

现场初步勘查结束，接下来就是尸检。回到刑侦局后，萧厉站在尸检室门口连做了三个深呼吸，也不知是不是阎非的话起到了一定作用，他再看到刘晓君的尸体时已经没有之前那么大的反应，老郭忍不住打趣："胃里清空了？"

萧厉尴尬地笑笑，和一旁的新人女警交换了一个同病相怜的眼神。姑娘名叫陈雪，原来是普西刑侦局的，郭兆伟这边人手实在不够用，阎非打过申请后便给调了过来。

"吐两次就习惯了。"老郭习以为常，"小雪你来讲吧，尸体的情况都知道了吧？"

陈雪点头："死者的死亡时间在晚上的十一点左右，致命伤在头部右侧，但是与此同时，后脑也有钝器击打留下的伤口，但应该只造成被害人昏迷，不致死。"

阎非皱起眉："树枝是在什么阶段放进去的？"

老郭叹了口气："和徐曼的情况一样，是活着的时候放进去的，能看得出放进去之后被害者还因为疼痛有过挣扎，身上有挣扎留下的擦伤，但是没有太多，估计在被害者开始挣扎之后不久，凶手就用石块重击了她的头。"

"也没有精液？"

"没有发现，而且这个死者，处女膜不是陈旧性撕裂。"

萧厉转而看向阎非："之前说的，死者都相对保守。"

阎非没说话，在他的印象里，确实已经很久没有发生过针对性这么强的强奸案了。虽说第一个受害者徐曼本身不是处女，但根据他们的走访，徐曼今年 26 岁，但只谈过一段恋爱，上一段恋爱已经是三年前的事情，平时的社交极其简单，因为还和父母住在一起，所以基本上过着家和公司两点一线的生活。

萧厉奇怪："这作为奸杀案来说也太暴力了，凶手是在这方面存在障碍吗？"

阎非淡淡道："大多数强奸案的基础都是暴力，无论是用暴力胁迫受害者就范，还是在过程中使用暴力，对于受害者来说结果都是一样的。"

他又想到大半年前，高冠杰在审讯时非常详尽地告知了警方白灵被害的全过程，包括他是如何将人掳走，又是如何让白灵失去了腹中的孩子……阎非听完四十分钟的审讯，结束后才发现指关节早已被捏得生疼。

"阎非？"萧厉抬眼见阎非脸色铁青，轻轻推了他一下，"想什么呢？"

阎非回过神："还是要先看社会关系，虽然大概率不是熟人作案，但是一旦确定随机选定被害人，我们就只能花费大量人力进行撒网式搜查，会非常耗时。"

从尸检室里出来，萧厉伸了个懒腰："除了外表上的相似还有都在鱼市街附近工作，受害者之间应该没什么交集，不过真要是随机选择就麻烦了。"

阎非简单地应了一声："下午再去走访一下刘晓君的家人，看看她近期有没有在家里透露过什么。"

两人正要走，身后有人叫了一声"阎队"，陈雪从房间里追出来，着急道："阎队，我这次来这边，是你提出的调动申请吗？"

阎非满脸莫名："老郭人不够用，我跟杨局提的。"

陈雪有点尴尬："就队长他知道我过来之后好像很生气，我有点担心因为我调令的事情李队打电话过来，阎队你和他是同学，应该知道李队他那个脾气……"

"你说李松？"阎非一愣，"他怎么了？"

陈雪无奈道："李队他好像一直很介意手底下的人被调去周宁，那天调令下来的时候他还发了脾气，我其实挺高兴李队这么看重我，但又担心他会因为这个事情来找阎队你，毕竟李队脾气还挺暴。"

李松？在旁吃瓜的萧厉隐约觉得自己好像在哪儿听过这个名字，再看阎非的脸色明显比刚才阴沉一点，猜到这俩人过去可能有什么过节，陈雪叹气："反正万一李队打电话来说什么，阎队你也别挂在心上，他就是刀子嘴豆腐心，阎队你千万别在意呀。"

陈雪说完转身回去了，只留下萧厉一脸促狭地盯着阎非："听起来有故事？"

"李松就是那时候要来带你去普西的人，是普西刑侦支队的队长。"

阎非并未和他说太多，两人随即动身前往刘晓君在普西的家，单看刘晓君的消费记录，她每周末都会买回普西的车票，最近一次回家就是上周六。

在车上，萧厉终究还是按捺不住好奇："我想起来了，这个李松之前在警校的时候我有听你和周楠说过，和你有仇？"

阎非吃了胃药，闭目靠在副驾上闭目养神，就在萧厉以为阎非不会回答这个问题的时候，却忽然听他道："在警校的时候，我把他打了。"

3

"啥？"

萧厉虽然隐约知道阎非一直是能动手绝不吵的路子，但也没料想这过节这么简单粗暴："打得有多惨？"

阎非道："未来如果在工作里碰到李松，不要和他起正面冲突，李松脾气很急躁，容易钻牛角尖。"

萧厉心想吃饱了撑的，自己既然是阎非的人，自然也得绕着他以前的仇家走，又问："你为什么打他？总得有原因吧，总不会是他胆子肥，惦记嫂子吧？"

萧厉被自己的猜想惊到，然而阎非却已经不再理会他。下午四点，两人找到刘晓君在普西的家，老两口早些时候已经接到了周宁警方的通知，定好再过几天就去周宁领尸体。

刘母从早上到现在已经哭了无数次，萧厉想到刘晓君桌上没收拾掉的饼干袋子，心里不由得难受起来，而阎非问起刘晓君最近的情况，刘家父母能提供的信息却也不多，只说刘晓君曾经在半月前提过一次想要辞职，说是因为鱼市街附近的老小区夜排档太多，到了晚上鱼龙混杂，觉得不安全。

萧厉受刘家父母的情绪感染，出了老两口家也没缓过来。原本没当警察的时候他还不理解，电话里就可以问清楚的事情，为什么很多时候非要来跑这一趟，但如今他才切实意识到，刑警还有一部分职责是要安抚这些活着的人，让他们知道有人确实在为真相而奔波。

阎非带着他往车的方向走去："刘晓君性格内向，对这方面敏感也是正常的，但她就像许多人一样存在侥幸心理，觉得这样的事不会发生在自己身上。"

萧厉无奈道："感觉我们现在纯粹是在死马当活马医，之前你办这种案子，是不是到了后期群众举报都比咱们这么查有用？"

阎非道："现在放弃太早了，你记不记得，之前我们去徐曼和刘晓君的公司走访的时候，最常听见的一种说法是什么？"

萧厉一愣，回想起几天前他们去电信大厦时，徐曼的案子刚刚发生，几个坐在徐曼工位旁的女同事七嘴八舌地抱怨这段时间人人都想要辞职，鱼市街这一带一到晚上就满大街奇怪的人，大家都怕死。

萧厉意识到他想说什么："这么说辞职这个事不是个案，我们那天去刘晓君公司的时候，也有人说了同样的事情。"

"有很多人都说的时候，就意味着之前肯定发生过什么。"阎非打开导航，本是要搜最近上高架桥的路，结果看了一眼眉头便皱起来，"宁西高速封路了。"

他刚说完，萧厉的手机就收到了宁西高速因为发生了重大车祸暂时封道的推送，萧厉翻了个白眼："怎么办，这不是把我们困在普西了吗？”

阎非想了想，竟是相当果断地开始看附近的酒店，萧厉一愣："你也放弃得太快了吧？"

"天气不好，封道至少得到九点钟过后，你想等？"

阎非说得理所当然，萧厉却觉得不对劲，疑道："阎队，按照你平时就算封到十二点也会为了案子赶回去的，你不会有什么老情人在普西吧？"

"小姚最近有些情绪，大概是觉得我太偏袒你。"阎非翻看着手机上的酒店名单，"既然这样，就给他个机会。"

萧厉恍然："你是想趁着不在，干脆放他来安排工作好安抚他的情绪？老实讲，小姚这么老实的性子，以前是不是有很多次着了你的道？"

阎非不置可否地沉默，萧厉心知阎非这个人看着不通人情，其实却相当知道队里人际交往的分寸，自从上次灭门案之后姚建平对他的态度一直有些奇怪，萧厉还一直以为阎非没注意到。

左右离不开普西，阎非和队里打过招呼，两人便趁着第二场雨浇下来之前赶去了酒店。萧厉在这方面不是讲究的人，晚饭之后，阎非还在给姚建平打电话，萧厉躺在床上刷着微博，也不知是不是因为最近太累，竟然就这样囫囵睡了过去。

…………

晚上七点，外头的雨刚下完，罗小男将邮件发出去的一瞬间，整个人如同松了弦一般，竟然还感到轻微的头晕和心悸。

她在椅子上缓了一会儿，习惯性刷起新闻，发现"鱼市街发生第二起奸杀案"已经被顶上了热门词条。这件事社里推了线上，同时《大众视点》那边也报了，罗战似乎从中敏锐地嗅到了热点的气息，安排了两个好手去跟，看这架势，估计很快就会在线上推长篇幅的分析报道。

也不知道萧厉有没有查到什么线索。

在灭门案结案的时候，罗小男忍不住去看了直播，刑侦局还专门为他出了澄清，大抵说明了一个信息，萧厉第一个案子办得还不错。

对这个结果罗小男颇有几分意外，她本来以为萧厉不会适应得这么快，而刑侦局为了避人耳目，也不会上来就去回应外界的质疑。

接近两年前，她最初提议让萧厉去找阎非，是希望趁着自己还能帮他，让萧厉放下这个心结。毕竟萧厉这个人她再了解不过，虽说成天念叨着自己有多记恨阎正平，但要是不给他一个契机，估计这辈子萧厉都不会去找阎非。

萧厉需要一个能"说服"自己的理由去接近阎非，罗小男便决定给他一个。虽说结果和她想的并不一样，但这似乎是个比想象中还要好的结局。

罗小男脸上的重压和阴霾在这一刻一扫而空，但也只是一瞬，很快她的神情便又冷峻了下来。罗小男从包里拿出一只小巧的U盘，从中找到了一份清单，这是之前她假借去欧洲，"借"了罗战的卡打出来的流水，自从回国以来，他在哪一天做了什么，在这上头一清二楚。

半年前，绿都地产被曝质量安全问题后的第二周，罗战在绿都地产董事会副主席旗下的高端会所里有消费，而后很快，《大众视点》便出了长篇的报道，曝光绿都地产的竞争对手白银地产名下房产的质量问题，转移了大众的视线。

四个月前，周宁市连锁餐饮奇食居被顾客爆出食品安全问题，在那之后不久，罗战曾经去奇食居老板旗下的另一家高档连锁餐饮富华吃饭，而后《大众视点》再次顺应食品安全问题的大众焦点，爆出一家连锁火锅店的后台卫生问题，转移了大众的视线。

在罗小男的统计中，自从罗战一年多以前回国，这样的"巧合"发生了至少有七次，用的方法都差不多，爆出同类型企业的相似问题转移视线，实则是帮大型企业进行公关遮掩。

很明显，《大众视点》作为一家以新闻真实性为第一守则的报刊，有这样的行为已经严重违背了职业道德，更不用说其中恐怕还有包庇违法犯罪的嫌疑。

罗小男看着电脑屏幕上的黑字，细白的指节慢慢捏紧。

她不愿意去相信，但如今却也不得不承认……这一切确实和罗战有关系，而且，这样的事情，恐怕他已经瞒着自己做了很长时间了。

4

在普西的酒店里，萧厉做了一个久违却又熟悉的梦。

那是多年前的老房子，长长的日光灯管摇晃着，他回到了十二三岁的时候，手脚都没有后来那么长，骨头尖尖地戳着皮肤。他想要努力爬远一点，但地上全是他的汗和血，膝盖在地上直打滑，竟是连爬都爬不动。

"要不是你，那些警察会来抓我吗？你要是陪着你妈，你妈能死？"萧粲大抵是喝了酒，萧厉单是听他说话便开始出冷汗，哆哆嗦嗦地缩成一团。

真的是他的错吗？

这个念头沉沉地砸下来，萧厉周遭的景象颠倒过去，水波绕着他晃，他捧起来一些，发觉原来是他的手腕在汩汩流着血，将水都染成一片鲜红。

"萧厉。"罗小男坐在浴缸边上，黑暗里她的神色无悲无喜，"你真的不知道，这一切都是你自己造成的吗？"

萧厉伸手想去拉住罗小男，但他没想到自己拉住的却是浑身是血的阎老师。萧厉浑身血液在那一瞬间仿佛结了冰，他急切又惶然地叫了一声，猛地睁开了眼，目光所及的酒店天花板上倒映着一些天刚亮时的青色光线，外头下了一夜的雨还没停。

　　阎非还没有醒，现在是早上五点十五分。

　　萧厉没有想到，这个久违的梦里竟然还添了新人。

　　当天中午，萧厉和阎非回到周宁刑侦局的时候已经接近下午一点，萧厉没睡好，头隐隐作痛，刚出了八楼，林楠便急急迎上来："头儿，你看微博了吗？早上杨局还为了这个事情发脾气，因为你不在，姚哥白白挨了一顿训。"

　　萧厉心想这可真是弄巧成拙，本来阎非是想给姚建平表现机会，没想到反倒连累人背锅。他凑上去，只见微博热搜"周宁鱼市街奸杀案"已经给炒到了第三，原因是老牌报刊《大众视点》在线上推了一篇名为《鱼市街奸杀案背后》的长篇报道，其中提出了"穿着保守的女性也不再是安全人群"这个话题，在网上一石激起千层浪，短短两个小时，热搜热度已经过了九十万。

　　"果然是有人来凑热闹了。"萧厉叹了口气，再一想，《大众视点》不就是罗小男父亲罗战任职的新闻报刊，虽说这些年纸质刊物的销量下滑，但由于罗战本身的缘故，对《大众视点》的影响力依然很大。

　　萧厉放下手机："怎么办？催命的来了，估计由不得我们慢慢来了。"

　　阎非道："先去蓝海传媒核实，看看刘晓君想要辞职的真实原因是什么，排除掉熟人作案，我就去向杨局要警力进行撒网式的排查了。"

　　有了媒体搅浑水，两人不敢耽搁，几乎立刻就回了蓝海传媒问情况，说起刘晓君之前遭遇的怪事，一位刘晓君隔壁工位上的女性职工还有印象："她好像和我说过，有一天下班的路上，好像碰到过鱼市街的变态。"

萧厉皱眉："怎么回事？"

"我们这边都说，有人专门跟踪'小姐'，觉得她们不会报警，但是因为晚上巷子里路黑，所以有的时候也会看走眼骚扰到其他的姑娘。晓君之前好像碰到过一次，有个男的一直在盯着她看，戴着口罩特别恐怖，她胆子小，当时就说想要辞职了。"

阎非和萧厉在公司里问了一圈，这才发现鱼市街附近有变态跟踪猥亵"小姐"的传闻已经流传已久，阎非道："没人愿意承认自己看起来像'小姐'，所以去徐曼公司打听的时候，没有人和警察说起这个事。"

萧厉心知棘手，现在案子陷入了僵局，加上媒体跟进，警方身上的压力骤然增大，如果短时间内不破案，恐怕鱼市街一带的传闻会越闹越凶。

为防止事态进一步恶化，下午两点，阎非联系杨局增派警力，打电话时，萧厉从阎非的脸色里就能看出来，这个方法是下下策，兴师动众不说，还非常容易吸引舆论的关注。就和当年的"七一四案"一样，媒体开始集中报道之后，警方在案子里投入的警力往往和民众期待破案的程度是直接挂钩的，一旦期满无法成功侦破，那恐怕阎非面临的又会是难以想象的压力。

萧厉越想越苦，同时阎非的脸色也越来越难看，到最后竟然直接回怼了一句："杨局，我觉得这个方法行不通。"

萧厉心中正好奇，就听电话里的声音也骤然往上提了一个八度："我告诉你阎非我不是段志刚！不会惯着你！你要不今天把案子给我破了！要不就按照上头安排的来！"

萧厉给吓了一跳，片刻后，阎非放下手机，脸上难得露出一种非常烦躁的神情，转头就往车子走去，萧厉追了两步："哎，咱们现在也没线索，你往哪儿去呀？"

阎非头也不回："上头担心这个案子最后会弄成另一个'七一四案'，不赞成立刻开始大规模的排查，他们要钓鱼，但是现在媒体对案件进行了大规模的报道，对于一般的凶手来说这时他会停手，靠钓鱼根本就是大海捞针。"

两人上了车，阎非挂挡的动作都比平时粗暴了不少，一到刑侦局，阎非甚至没回八楼，径直就往局长办公室去了。

"萧厉哥，头儿人呢？"

林楠比他们早一步回来，见萧厉一个人回到工位不由得奇怪，萧厉想到阎非那张冷若冰霜的脸叹了口气："估计去局长办公室吵架去了。"

林楠和姚建平一样，都是阎非的直系师弟，性格虽然也老实，但总的来说比姚建平要随和一些，他摇摇头又道："杨局果然还是对头儿很严。"

萧厉觉得奇怪："我之前看杨局脾气也没这么暴哇，按道理就因为这个事儿，还不至于说成是段局惯着阎非吧？"

林楠无奈："杨局这两天脾气不好，因为之前李松和上头说阎队抢他那边的人用，电话都打到杨局办公室了，杨局不知道他俩以前有过节，哪知道调令惹出这么多麻烦。"

萧厉已经听了很多次李松和阎非之间的过节，忍不住好奇："阎非和李松到底什么过节？我听说他俩在学校里打过架？"

"萧厉哥你不知道哇？"林楠睁大眼，"在学校里没人和你说过吗？"

萧厉心想他拿着阎非的推荐信进的学校，要有人会当面和他说阎非的八卦就怪了，摇了摇头，林楠顿时一脸可惜："萧厉哥你错过太多了，当事人现在可都在咱们局里。"

"都？"萧厉奇怪道，"李松不是在普西吗？"

林楠摇头："不是李松，是晓茹学姐。"

"晓茹，万晓茹？"萧厉心想果然阎非和万晓茹在大学里就有牵扯，促狭道，"是个爱情故事哇？"

"是哇。"林楠叹了口气，"虽然阎队那时候已经和白灵姐在一起了，但是因为学姐被阎队救过所以满心只惦着头儿，不管谁来追都不行，那时全校都知道这个事。"

萧厉听得津津有味："继续。"

"晓茹姐其实从来没说过她喜欢阎队的事，但是同时也一直没接受过任何人的表白，当时几乎整个学校里都在猜，学姐究竟喜欢谁，又是什么人一直不接受她。在学姐的这么多追求者里，脾气最火暴的就是李松，后来他喜欢上学姐，发誓掘地三尺也要把伤害学姐的渣男给挖出来。"

"渣男。"萧厉听到这两个字终于忍不住笑出了声。

林楠不好意思地笑笑："反正李松当时是这么讲的，他后来找到学姐的朋友问到学姐高中时被人搭救的事，说那个男生长得很帅，成绩又好，还不爱笑，说到这份儿上，李松也不傻，稍微一猜就猜到了。"

萧厉拼命憋着笑："那他俩打架也是因为这个？"

林楠点点头："那场约架全校都知道，不过具体细节我不清楚，反正最后头儿赢了，但是两个人都进了医院。"

萧厉心想阎非也有这么一天，又听林楠道："那段时间白灵姐每天都去医院照顾他，全学校都知道他俩感情好，也就再也没有人敢把事情闹到白灵姐面前去……而且晓茹姐在那之后也开始交男朋友，没轮上李松，他就更生头儿的气了。"

5

萧厉听完阎非的八卦，心知以阎非的性格多半是故意受伤进的医院，也不知道是为了让李松占不上理还是为了让白灵来照顾他，总之在这个事情里他不可能完全处于被动，而李松可能也没想到阎非这么阴险，后来想明白自己被当枪使，换谁都会爆炸。

林楠千叮咛万嘱咐不要告诉阎非是自己说的，萧厉满口答应下来，心里却想改天找到机会一定要好好挤对阎非一番。

二十分钟后，阎非下来时脸色好了一些，萧厉不怕死地迎上去："怎么样？"

阎非冷冷道："再给一天时间，查不到明天就调人进组，我看了一下，鱼市街附近确实发生过尾随猥亵事件，但是报案后并没有抓到人。"

"什么时候的事？"

"三个月前，和传闻有一些差别，被猥亵的并不是从事色情职业的女性，只是一个从夜店回家的大三学生。受害者有提到过凶手曾经拿砖块吸引她的注意力，然后趁她不备从后头进行袭击。"

阎非转向林楠："你去找一下三个月前鱼市街案子的受害者，安抚一下情绪，再详细问一下有没有记住凶手的什么特征。"

"好。"

林楠点头应下便匆匆离开，萧厉道："一天时间，就算是查三个月前的案子也……"

"先查再说。"阎非直接把钥匙丢给了他。

两人赶到三个月前的案发地郑家巷附近，相比于马家巷和青龙巷，郑家巷毗邻鱼市街小区，街旁开着不少足疗美发的店，白天只能看见几个姑娘懒懒地睡在躺椅上。

　　阎非领着他走到一家面馆旁的死胡同前，深处散发着一股酸馊的气味，阎非道："受害者是从前头一家名为魔方的夜店走出来的，因为喝了酒，神志不清晰，就是走到这个位置的时候，凶手从巷子里抛出了一块砖头吸引了她的注意力，就在受害者转头去找的时候，凶手直接把她抱进了巷子里进行猥亵。"

　　萧厉四顾望去，周遭有三四家白天歇业的足疗美发店，说道："有没有那种可能，就和传闻里一样，凶手把她认作了在附近工作的'小姐'……"

　　阎非顺着他的目光看去，看到一家足疗店里，有个姑娘正偷偷拿着手机往他们这个方向拍照，萧厉见状无奈地笑了笑，干脆直接冲镜头比了个剪刀手，两人随即一起过去叩了门，姑娘没想到他们会过来，惶恐道："现在不营业，老板也不在。"

　　"不用紧张，不是来砸你们场子的。"萧厉道，"就想问问你们最近有没有碰到什么奇怪的人在门口转悠？因为前几个月这边有个姑娘被人猥亵了，这个事情你应该知道吧？就在你们对面的巷子里。"

　　姑娘犹豫了一会儿，最后才战战兢兢地点了头："有的。"

　　阎非皱眉："有什么？"

　　"变态。"姑娘小声道，"这边的人都知道，有时候这边会有戴着口罩的人在门口转悠，有时候还会扒在门上往里看，我们晚上根本不敢一个人出去。"

　　萧厉道："那有没有人真的碰到过他？"

　　"有。"姑娘点头如捣蒜，"就上个月吧，那边有个姐姐去上厕所的时候碰到那个变态，还拿砖头砸她，后来姐姐跑掉了。"

　　两人对视一眼，立刻便联系了林楠，这才发现他被受害者那边拖住了。因为三个月前的事不了了之，受害人的精神状态出了很大问题，急躁易怒还有一定自残倾向，受害人的父母对此更是难以释怀，导致林楠在她家里待了两小时还没有脱身。

"头儿，我又仔细问了一下，她那天喝得有点多，加上巷子里太黑，她也看不到什么，只记得有人在摸她，还有，她说那个人亲她的时候好像隔着一层什么，有点糙。"

林楠说完，凑在阎非身边听的萧厉几乎瞬间就反应过来："是口罩！"

阎非挂了电话："应该是同一个人，在这一带跟踪女性已经超过半年，三个月前有猥亵女性的前科，可以把他列为嫌疑人。"

萧厉犹豫道："看这些姑娘的描述，就这段时间还有人看到过这个人在附近转悠，这么说起来的话，好像确实……"

"确实什么？"

萧厉小声道："确实，钓鱼可能是个好办法。"

眼看阎非眼神变冷，萧厉赶忙举起手："别别别，我服从你的安排，你要觉得钓鱼不行，那我就坚决反对。我就是弄不明白，当年咱俩可都是当过饵的人，为什么你这么反对这个事儿，已经到了要跟杨局翻脸的地步了。"

阎非冷冷别过眼，根本懒得理他，萧厉自讨没趣，也只得默默地把疑问都咽回去。两人在郑家巷附近又问了一圈，果然有不少人都记得这个"戴口罩"的怪人，然而即便如此，对他的描述也都很模糊，只说戴口罩的人是个看上去约莫二三十岁的男人，穿深色帽衫，经常在几家洗头房门口徘徊，但似乎没看他进去过。

晚一点时候，阎非带着萧厉回到队里，姚建平也回来了，他们从早上开始就在鱼市街一带寻找两起凶案可能的目击者，但是收效甚微，在警力不够的情况下进行走访无异于大海捞针。姚建平跑了一天，满脸疲惫。"除了外貌和都在鱼市街附近工作，实在找不到受害者之间的联系，也没有目击证人，这么下去不行。"

整个八楼一片寂静，所有人都知道，现在摆在他们面前的只有两条路，要不像杨局说的，钓鱼碰运气，要不就在媒体的关注下开始大规模搜查。

"我再去和杨局申请一次。"阎非打破安静，"不管怎么样，现在破案才是最关键的，不能因为媒体盯着我们，就不按照原有的节奏来查案，这样这个案子永远破不了。"

阎非说完便又去了九楼，萧厉心里始终觉得阎非对钓鱼这件事的抗拒有些奇怪，毕竟无论是网红案还是后来高冠杰的案子他们都用过这手，虽然兵行险招，但是容易出奇效，这一点阎非应该再清楚不过才对。

萧厉叹了口气："看样子又要和杨局吵架了。"

"吵不起来的，杨局不是段局。"姚建平摇摇头，"而且杨局本来就卖过头儿一个面子，现在头儿不可能不服他。"

"什么面……"萧厉对上姚建平的眼神，忽然意识到姚建平说的面子恐怕指的就是自己。他能进刑侦局本身就是一种特例，杨局刚刚上任就默许阎非把他招了进来，确实能说得上卖给阎非面子了。

姚建平又道："早上杨局说要借调一个女同事进组协助我们调查，应该是晓茹。"

"啥？"萧厉一惊，"你说万晓茹？她又不出外勤，借调过来做这么危险的工作？"

姚建平叹气："晓茹之前实习的时候就帮过这样的忙，杨局觉得她是有经验的。"

萧厉这才明白为什么阎非这么反感这事儿，虽然他不知道阎非怎么看待万晓茹，但想想以两人的关系，用这种方式在组里重逢还是尴尬了些。

阎非这一次上去的时间不长，下来时脸色铁青，萧厉一看这架势就知道刚刚在九楼的对话肯定说不上愉快。阎非大步流星地走来，冷声道："按照我和萧厉今天问到的情况，在鱼市街附近有跟踪女性的可疑人员出没。明天万晓茹进组，小姚你带她一下，先让她熟悉一下案子的大体情况，然后我们这个星期开始在可疑人员常出没的地带布置警力，准备钓鱼。"

阎非也不知在上头和杨军究竟说了什么，语气冰冷至极："万晓茹不是应该出现在外勤的人，明天小姚你带着林楠去把嫌疑人出现过的地段了解清楚，晓茹是你的同学，你应该很清楚，我们现在做的准备工作对于她有多重要。"

萧厉愣了一下，不知道为什么阎非会突然和姚建平说这个，却见姚建平极度郑重地点点头："我知道，阎队你放心。"

他说到最后，脸上的神色又柔和了起来："我会照顾好晓茹的。"

6

翌日早上，萧厉打着哈欠上八楼时，万晓茹已经在认真听姚建平讲这次的案情了。

从长相来说，万晓茹和罗小男不属于一种类型的女人，罗小男五官精致，圆眼薄唇，瞪人时不怒自威，远远走来时就像是只慢慢逼近猎物的豹子。相比之下，万晓茹长得就要柔和多了，哪怕本身带着几分因为长相姣好而自小养成的冷清矜持，但只要笑起来便会露出两只酒窝，一下就能把距离拉近不少。

萧厉吸着豆浆走近，看白板上写得密密麻麻，都是姚建平给万晓茹做的笔记，他忍不住笑道："这么看来小姚可真是个好老师呀。"

两人都没注意到萧厉从后头走过来，给吓了一跳，万晓茹无奈道："你这个人走路怎么一点声音都没有的。"

"我们干记者的不就这两个专长吗？"萧厉逗她，"第一跑得快，第二脚步轻。"

"都到了？"阎非跟在萧厉后头上来，看了一眼白板道，"小姚你今天带着晓茹去熟悉一下鱼市街，设计一下之后的路线。"

他说完从萧厉的塑料袋里把他那份早饭拿了去，还没来得及吃上一口，办公室里的座机就在这时尖锐地响了起来。

萧厉心里咯噔一下，在过去，这个座机如果响了多半就没好事。阎非走过去将电话接起来，果不其然听了两句脸色就变得铁青，挂了电话很快说出了一个所有人意料之中的坏消息："又死了一个。"

这一次的情况和之前都不同，在派出所封锁现场之前已经有媒体介入，赶过去的路上萧厉不住刷着微博："这下好了，我们不想惊动媒体，结果凶手自己来了。尸体放在一家十点开门的店铺旁，被发现势必会引起邻里恐慌，这种做法简直跟高冠杰一模一样，看来杨局不想下这步棋也不行了。"

两人一路风驰电掣到了案发现场附近，大量的媒体已经被派出所的警戒线隔离在外，发生了第三起命案，被害者看不出关联且手段凶残，案子的性质已经趋近于当年的"七一四案"，甚至就在他们接到电话后，杨局也从楼上下来，让他们火速去现场看情况。

阎非一边穿着鞋套一边问主事的民警："谁报的案？尸体被发现时是什么情况？"

警察道："这次用塑料布盖了一下，就放在服装店外头的空调外机底下，路过的人都以为是建筑垃圾没在意，但是服装店老板一来就知道不对。"

萧厉心知这是凶手的手段又升级了，他随阎非一起撩开蓝布进入了棚里，毫不意外，面前的一切让他的胃立竿见影地拧巴了起来。

新的被害者头部血肉模糊，比起前两名受害者，颅骨肉眼可见的凹陷，几乎面目全非，而下半身的情况和之前差不多，树枝捅到深处，只露出短短一节沾满血肉的枝干。

阎非蹲下身子仔细看了一下受害者的头部，意识到这一次凶手击打的次数比前两次都要多，皱眉道："他可能因为某种原因被激怒了，在拿这个受害者发泄。"

就在受害者的尸首旁，一块沾满脑浆和血的红砖块滚落在一边，萧厉道："这具尸体是被移过来的吧？这附近有很多商业设施，很容易被发现。"

两人从棚里出去，民警道："没有找到受害者的包，所以现在没办法确认身份，但是看样子应该也是在附近上班的白领。"

两人出来后，姚建平带着万晓茹也准备进去看一下大概情况，萧厉见状赶忙拉住万晓茹："你还是别进去了。"

"她比你见识的多。"阎非凉凉看他一眼，"晓茹马上要执行任务，要对这件事的危险性有考量，让她进去。"

"你也太不怜香惜玉了吧！"萧厉一愣神的工夫，万晓茹已经挣脱了他的手，撩开蓝布进去了，萧厉没好气道："一会儿你看她吐了怎么办。"

"这对她而言也是工作。"

阎非话音刚落，万晓茹脸色苍白地从棚里出来，匆匆对着阎非低了低头便走到一边去，虽然没立即吐，但是明显也忍耐到了极点。萧厉见状瞪了阎非一眼，本来想上去安慰，结果竟然又被阎非拉住了："让她自己待一会儿。"

两人走到僻静处抽烟，萧厉还有点耿耿于怀："晓茹第一天进组，你也不至于对她这么苛刻吧？"

阎非没接话，只是问道："你觉得他被什么激怒了？"

萧厉心知阎非就是成心不想聊万晓茹的话题，哼道："多半是媒体呗，还能是什么？可能是有哪家媒体给他做了错误的画像，觉得丑化了他的形象，心里不痛快就出手报复。"

阎非皱眉："在舆论声势这么大的情况下还敢继续犯案，要不是想挑衅警察，要不就是有着极强的执念，就像高冠杰，明显希望尸体被发现的。"

"不管怎么样，这下肯定是要出通报回应了，外头肯定会说刑侦局巡查力度不够，到了下午，全网肯定都是这种东西。"萧厉叹了口气，想到之后的麻烦事连烟都有点抽不下去。他也不知道最近是怎么搞的，案子就好像跟他过不去一样，他每次一动了心思要去找罗小男，案子就自动找上门来。

再这么拖下去，只怕罗小男真的要跟别人跑了。

萧厉咬了咬牙，决心今天下班不管怎么样都要去见罗小男一面，而这时老郭带着陈雪也到了现场，对阎非道："刚刚连杨军都来找我了，你回去可要做好心理准备。"

初检花的时间不长，不出二十分钟，老郭一边摇头一边从棚里出来："有个比较大的区别，这次凶手在第一次击打的时候就用了很大力气，很有可能第一下或者第二下的时候就把被害者砸死了，树枝明显是在死后捅进去的，出血少，而且尸体也被人动过，这个地方不是第一现场，她身上有拖拽留下的擦伤。"

"果然。"萧厉和阎非对视一眼，"这个抛尸地点是他选定的，他之前来这儿看过。"

阎非问道："死亡时间呢？"

"比前两个都要晚，大概是凌晨两点到三点之间吧。"

阎非让老郭先把尸体带回局里进行进一步尸检，其他人分开三队，去周边寻找案发的第一现场。既然被害者身上有拖拽伤，第一现场应当和抛尸地点相隔不远，而且被害者的私人物品也可能被丢弃在附近。

萧厉心知他们动作要快，现在他们不敢直接把这一带整个封锁的最大原因就是怕再引起媒体的过度关注，目前还没办法确定凶手对舆论的态度，如果真的和高冠杰是同一类型的凶手，那热度越高，他可能会越兴奋。

"第三名受害者还是保守打扮，所以要找的包，很可能和前两个受害者差不多，容量大，不是名牌，更加偏重功能性。"

阎非同萧厉又强调了一遍，两人找完一片区域，正要往一旁的兴隆街走，阎非口袋里的手机发出狂震，他接起来听了几秒，眼底竟浮上轻微的惊讶："第一现场，还是在马家巷里。"

7

两人步履匆匆走到马家巷，现场已经拉起了警戒线，大量民众聚集在周围，阎非脸色铁青地挤进去，只见物证科的同事们正从一个大型垃圾桶里将一只绛红色的背包提出来，在一旁的地面和墙上还有大量喷溅血液。

姚建平道："如果是直接走到巷子口再绕到耿家巷，那动静应该会很大。"

萧厉摇头："不可能是按照常规路线走，这些巷子之间都有小道，有些不通有些通，他肯定是绕了近路，凶手对这一带非常熟悉，要不他也躲不过巡逻的民警。"

阎非顺着地上的血迹往前走了不到十米，路边倏然出现了一条暗巷，走到尽头后他发现这条看似是死胡同的小巷实则并没有封死，只是因为被空调外机和杂物堵住了，所以在耿家巷那一边看也很像是一条死胡同。

萧厉叹气："要命了，看起来这人一点都没打算要收手。"

在刘晓君的尸体被发现过后，刑侦局虽然让街道派出所加强了这一带的巡逻，但巡逻的力度却还是不够同时覆盖所有巷子和时间段，最终导致在他们眼皮子底下发生了凶案。早上的消息传回刑侦局后，阎非在案发现场就接了杨局那边三个电话，不但要出警方通报安抚群众情绪，还要求在一个星期内至少案情得有比较大的进展和突破。

到了上午十一点半，现场的勘查已经完成得差不多，受害者身份也很快得到核实，二十二岁的李楚楚，在鱼市街附近一家传媒公司实习，最后离开公司是凌晨一点五十左右。

阎非将其他两组人留在现场，和萧厉先行回刑侦局和杨军商量和外界公布进展的事，同时等老郭出一个详尽一些的尸检报告。

在车上，萧厉脑中还满是之前在巷子里看到的景象，隐约觉得这个案子有些古怪："东西被扔掉，尸体被搬运，而且死后才放入树枝，是因为李楚楚有什么特别吗？"

"李楚楚确实很特别。"阎非忽然说道。

萧厉一愣："怎么说？"

阎非淡淡道："除非她不看新闻，要不为什么会在深夜走进一条死了人的巷子里？"

萧厉反应过来："你是说她可能是被诱骗进去的？"

"现在无法排除是模仿案的可能，但是一般来说模仿案都比较粗糙，得看老郭尸检后的结果，说不定能找到一些线索。"

接近中午，两人回到刑侦局后阎非几乎立刻便被叫去了局长办公室，萧厉则直接去了老郭那边："怎么样？"

老郭刚忙活完，说道："确实是死后捅进去的，从伤口看不出挣扎，同时有一点很奇怪，这次死者头上的击打伤都在正面，也就是说凶手第一下打中她就是在正面。"

他把萧厉叫到面前，虚虚地用拳头对着他的鼻子打了一下："第一下应该是这样的，紧接着凶手就着被害者倒地的姿势重击她的头，导致她的颅骨四处骨折，受害者这个时候就已经死了。"

萧厉看着一旁铁床上李楚楚的尸体，这个年轻的姑娘在不久前还有心跳和呼吸，老郭说道："没有精液，只有头上的伤口里有一些黑色纤维，现在还在查具体的成分，身体上有拖拽伤，但是挣扎的痕迹很少，因为凶手动手很果断，压根就没想让她活着。"

萧厉心头一跳，对于凶手来说，被害者是必须要死的，用树枝进行性侵只是一种他必须要完成的形式。

换句话说，这可能根本就不是性犯罪。

阎非一个下午都忙得不见踪影，媒体催得紧，刑侦局的动作就得更快，发生了第三起凶案，杨局最终还是同意给他们增派警力，也要求钓鱼任务同步进行。

杨局认为，凶手作案手法缜密，很可能在鱼市街一带有过类似的行为，要求他们排查近五年在鱼市街附近发生过的强奸案和猥亵案。

萧厉听阎非布置完任务，心知上头虽然没有明说，但破案已经是迫在眉睫的事。阎非的抗压能力萧厉倒是不担心，罗小男曾经说阎非这个人骨头都像是铁打的，过去有不少媒体都分析过阎非，可以达成的共识就是，"七一四案"重查这种压力落在任何其他人头上，恐怕都不能如此圆满地解决掉这个案子。

阎非安排完所有人的工作，最后转向萧厉："你去调档案，今天晚上把过去五年的相关案件都翻一遍，把所有嫌疑人列成清单，之后我和你一起查。"

萧厉简直毫不意外地发现自己要去找罗小男的计划又泡汤了，他将阎非拉到一边，小声道："反正明天早上活儿干完了就行吧，那我先去处理点私事？"

"见过罗小男回来不要影响工作。"阎非像是早知道他要干什么。

萧厉毫不掩饰地翻了个白眼："我们要是彻底分手了全都怨你。"

他说完又想起自己之前的猜测："等我回来跟你说个事，现在没证据，但是可能咱们的思路有点问题。"

"好。"

阎非应了一声，也不知听进去多少，萧厉见他放行哪还敢耽搁，出门打了辆车就直奔罗小男的公寓，刚出了新刊，以萧厉对罗小男的了解，这两天她大概率不会离开床。

萧厉在出租车里想了好几遍，一会儿他见到罗小男，第一件事就要把人搂进怀里顺着毛好好哄。罗小男向来是个吃软不吃硬的女人，如果真是要说服她，萧厉这张嘴还比不过罗小男，过去不管是纯吵还是讲理都没有赢过。

他急急地奔进了罗小男的公寓楼，感到自己的心跳倏然加快，如今再叫萧厉回想，他甚至想不起大学里的女朋友长什么样，只记得罗小男笑得弯起来的眉眼，还有在日光下被照得透亮的瞳孔。

可以说在他成年之后，罗小男是第一个让他觉得自己还活着的人。

门铃响了没几声，门被从里头拉开，罗小男探出一张苍白的脸，看到他明显一愣："你怎么来了？"

萧厉没想到一段时间不见罗小男竟会憔悴成这样，惊道："老高怎么虐待你了！"

他声音里不自觉带上几分震怒，把罗小男吓了一跳，她心知不妙，再这么下去如果萧厉联系了老高，就会知道她前段时间请假请得有多频繁。

"我没事，赶稿熬夜罢了，你又不是没熬过。"

罗小男心里惦记着她屋里铺了满桌罗战的照片，下意识往门外走了一点，而萧厉像是看出端倪，冷冷道："不想让我进去？"

罗小男心中无奈，萧厉察言观色的工夫是小时候练出来的，要怪就只能怪她对萧厉一直都没有把话说死……罗小男感到崩溃，事情已经到了这一步，她不想让萧厉知道这些，哪怕嘴硬到最后一刻，她也希望萧厉能远离这些与自己有关的不光彩的东西。

她再开口时语气十分疲惫："萧厉，这是我家，不是你家，里头有任何的东西任何事，也是我的事情，你是不是忘了我们已经分手两年了？"

果不其然，萧厉面色一僵，罗小男不给他喘息的机会："你没有自己的事要忙吗？微博上天天说那个奸杀案，难道不归阎非管？"

萧厉没有说话，只是眼里的一腔热情都凉了下来，罗小男心中苦笑，她太了解她这个前男友了，好在萧厉现在也不是一个人，如果真做出什么傻事，还可以有人拉他一把。

"走吧。"沉默许久后，罗小男转过头，退回了门里，"既然大家工作都很忙，萧厉，你也放过我吧，以后别再来了。"

8

夜晚十点半的鱼市街附近。

万晓茹在发凉的夜风里裹紧了身上贴身的工装，低着头慢慢走在东门道的小巷里，现在这个点，巷子里静谧无声，只有街边的路灯安静地矗立着，昏黄的光线笼罩着整条小巷，除了万晓茹，看不到有第二个人的影子。

她紧张地攥紧了手里的背包带，同为女性，万晓茹似乎对被害者的遭遇更加感同身受，相比于视觉上的触目惊心，更让人不舒服的是去想被害者死前遭遇到的害怕和惶恐……在面对凶手的砖块时，她们一定没想到自己会在这样平凡的一个夜晚殒命于此。

万晓茹的呼吸随着想象的蔓延而变得沉重起来，而这时耳麦里传来一个沉稳的声音："不要害怕，也不要低着头，我们是能看到你的，一旦出了问题，他伤害不到你。"

这声音叫万晓茹下意识挺直了背，她是认得阎非的声音的，不论是在她十八岁又或是二十岁的时候，这个声音都曾经指引过她。

万晓茹在寒风里恍惚回到那个夜晚。

那是她第一次帮刑侦局做钓鱼任务，观塘街一带出现了专抢年轻女性的犯罪团伙，由于万晓茹的相貌和第二名受害者极其相似，在上头急于破案的情况下，被当时的队长选中来帮支队这个忙。

几次的抢劫案里，被害女子大多是轻伤，但也有两个被送医后昏迷了近一个星期才恢复意识，任务危险性可见一斑。当时校领导再三同她保证，如果拒绝了也不会影响到她的学业，然而就在接到通知的当天下午，万晓茹便答应了。

大二那年，万晓茹在刑侦局再见到阎非时，阎非看上去比原来在学校里还要瘦，看到她也只是点点头，脸上看不出一丝情感变化。

"不要害怕，深呼吸，往前看，我们就在旁边。"

那个夜晚，阎非的声音她还记得清清楚楚，转眼将近七年过去了，她又在耳麦里听到了那个低沉的声音。

"小姚，你之后几天注意一下，不管看到有任何人出现在她周围，第一时间都是保证万晓茹的安全，不要为了等待所谓最好的抓捕时机拿她的安全开玩笑。"

万晓茹听到阎非在耳麦里的嘱咐心里一暖，她知道阎非一点都没变。在大二那次抓捕任务里，他们都没想到钓鱼的第二天晚上就碰到了犯罪嫌疑人，那三个人尾随着她将近三百米，到最后，阎非在耳麦里不顾反对要直接动手，即便那时他还是个相当年轻的刑警，资历比不上任何人，但阎非从始至终，从来不愿拿别人的安危当作赌注。

⋯⋯⋯⋯⋯⋯

当晚十一点。

阎非回到八楼就看到萧厉的工位上亮着灯，他过去还没见过萧厉这么认真干活的样子，走过去问道："档案室那边给了你多少资料？"

"我让他们直接给了我过去十年的，都是判得比较重的。"萧厉面无表情，"八十多起，我现在理了大概三分之一，你要不想等就先回去。"

萧厉爱笑，如今眼睛里竟然完全没了光彩，阎非一看就知道是罗小男那儿出了岔子，问道："你之前要跟我说什么？"

萧厉心里乱糟糟一片，回了一下神才道："你有没有觉得这个案子可能从根本上就不是性犯罪？"

阎非点点头："是第三个案子？"

萧厉强迫自己集中注意力，说道："没有性侵痕迹，砸死之后特意搬动尸体到显眼容易被发现的地方，并且在人死后还要完成这个引人注意的仪式，这更像是为了特意告诉外界，插入树枝不是一种性侵的方式，而是他杀人的形式本身，无论怎样受害者都会死，这是一种信息。"

阎非盯着他看了两秒，忽然道："我发现不应该叫你念刑事理论。"

萧厉现在全身心都在案子上，忽然被他打了个岔不由得茫然："该念什么？"

"犯罪心理。"阎非好笑地看他一眼，"你这种共情能力，挺像是以前大学请来的那些教授，很会讲，但也完全找不到任何证据，照以前段局的说法，就是瞎扯。"

萧厉听前半句的时候还当他是抬举自己，听到最后才发现果然还是那个阎非，没好气道："那我有什么办法。"

阎非摇头："我也没说你做得不对，只是共情多了，对你自己不见得是件好事。"

萧厉不知他想表达什么，阎非也没再和他多说，直接把他面前堆积如山的资料拿过去一半："既然你想加班，那就赶紧把这个弄出来，明天开始挨个去查。"

萧厉有了人说话，原本惨到极点的心情稍稍好转，现在回想，似乎两年前罗小男和他提分手的时候他都没有感觉这么糟，甚至当时两个人还在互相开玩笑，想看看对方的下一任长什么样，萧厉从没想过他会真的失去这个人。

凌晨三点半，萧厉看完手头的最后一份档案，伸了个懒腰直起身："鱼市街一带发生的这种案子可真不少，就是特别恶性的没有，这次这个案子也算是开了先河了。"

"这样的案子在哪儿都不少，强奸和猥亵之类的犯罪和地点还有被害人毫无干系，只要具有犯罪的主观意识，无论对谁，在哪儿都会实施。"阎非手上还有四五份案宗没看，抬起头来捏了捏鼻梁，明显已经困倦到极点，眼底布满血丝。

萧厉难得效率更高："这么看起来，还是失恋的魔力比较大。"

"哪儿来的比较？"阎非揉着眼角声音沙哑，结果脑子倒是一点没糊涂。

萧厉叹了口气："还是说案子吧，今天后来尸检报告你看了吧？"

"看了。"阎非淡淡道，"你是觉得正面击打很奇怪吧？"

萧厉点头："你也发现了，而且就像你说的，马家巷已经死过人了，之前李楚楚的消费记录也显示，就在出事之前，她才网购了防狼报警器，这说不通。"

他想了想又道："小林下午说这个案子可能是模仿案，李楚楚之所以会进入巷子，很有可能是因为她面对的是熟人。"

"这个林楠也和我说了，明天他会先查李楚楚那边的社会关系，和李楚楚产生过矛盾并且没有办法提供明确不在场证明的人都会带回来，争取早点找到突破点。"

阎非一句话没说完便打了两个哈欠，萧厉难得见阎非表现得不那么铜皮铁骨，想来平时查案都很少见他累成这样，反倒是一要应付舆情阎非就殚精竭虑，他好笑道："赶紧睡觉去吧，别一会儿在这儿猝死了，明天觉得我有嫌疑。"

阎非两眼通红地看他一眼："剩下的这点……"

"当然是交给我了，谁叫我失恋又失眠，现在浑身是劲，恨不得出去绕着南山高架桥跑两圈。"萧厉把剩下的那几份档案从阎非跟前抽了回来，最近在他的强烈要求下，八楼总算换了个舒服些的折叠床，他看阎非走到床边要躺，说道，"前人栽树后人乘凉，阎大队长，你要睡舒服了，可千万要记得当时是我力排众议买这床的。"

"报销不可能。"

阎非翻身睡下去，大约是累到极点，很快便没了动静，而萧厉见状伏回桌上，下意识看了一眼手机，接近凌晨四点，没有新消息。

罗小男当真没有后悔。

八楼至此彻底安静下来，萧厉恍惚想到他当年第一次见罗小男，她穿着一件看着价格不菲的衣服，头发用发蜡一丝不苟地梳到脑后，眯起眼睛就好像一只猫。

"帅哥，我点你怎么样？"罗小男那时的声音轻佻。

她再也不会回来了。

9

翌日一早，一夜没睡的萧厉脸色发青地上了阎非的车，最后和他对了一遍手头有的嫌疑人名单："这几个人是有严重暴力行为前科的，目前也还居住在鱼市街附近，原本应该有九个，但是有两个已经死亡了。"

他说到最后又摇摇头，哑声道："我要是个女孩，知道鱼市街附近有这么多强奸犯，肯定上下班都胆战心惊的。"

阎非沉默地启动车子，他向来讨厌这种类型的犯罪，有时单单看案宗，他眼前都会浮现出白灵被害时的样子，而这种情绪并不利于查案……过去林楠和姚建平甚至都很怕有强奸案报到支队来，其中的缘由阎非自然也是明白的。

一个上午，两人先后排查完三个有前科的嫌犯，但因为都有不在场证明，很快就排除了嫌疑。中午两人在路边的饺子店随意解决午饭，一夜没睡，要换作平时，萧厉这个点已经困得睁不开眼，但如今偏偏有罗小男的事在撑着他，萧厉催促道："我们还是抓紧吧，查完下午四个，之后还有时间把其他人过一遍，我们现在找的都是当时重判的，还有一大批判刑在两三年左右的，今天我怕都看不完。"

阎非看了一眼萧厉眼圈下的乌青，点了点头，两人吃完饭后便赶去一家棋牌社，名单上一个叫孙龙德的人住在这里，差不多十年前，他曾经因为放高利贷猥亵女性被捕，最终被判了四年。

萧厉强撑着精神问完几个问题，确定孙龙德在刘晓君案发当晚正在龙都化工厂里监工，他的嫌疑也很快被排除，出了门，萧厉连抽了两根孙龙德递来的烟都没有缓过劲，阎非给他递了瓶水："一会儿上车睡一个小时，下一个我去就行了，你这么下去不行。"

"怎么不行？"萧厉十分不适应阎非这种突然的人文关怀，喝了口水，却隐约觉得有股苦味儿，"难不成阎大队长你还嫌我拖后腿了？"

阎非摇头："人在太疲劳的情况下反应能力会下降，上车睡觉。"

阎非不给他任何反驳的机会，萧厉实在没办法，在刑侦局的这段时间已经让他彻底认清，跟阎非犟下去没有好处，无奈之下也只能听阎非的话，乖乖地上了车。

萧厉原来的如意算盘打得很好，眯十五分钟就去找阎非，争取工作休息两不误，然而他怎么也想不到，自己的身体比他想的还要不争气。萧厉几乎一躺下去意识就陷入了混沌，等再睁开眼的时候外头天已经暗了，他的脑袋清爽了不少，而阎非正在驾驶座和人打电话，声音冷峻："李楚楚死的时候，她前男友在什么地方？"

四点了。

萧厉看到车上的时间彻底清醒了过来，他猛地支起身子，心中不无挫败地想，他到底不是干警察的好料子，要换了阎非，胃疼还能连追嫌犯两条街，不可能在手上有任务的情况下倒下去睡三四个小时。

"怎么了？"萧厉问。

"有嫌疑人了。"阎非放下手机，松刹挂挡一气呵成，"李楚楚的室友曾经在李楚楚死前一天听到她和前男友肖平在电话里发生过激烈争吵，具体原因还没弄清，现在李楚楚的前男友没有接电话，小林那边直接去请人了。"

"死前一天，那不就是刘晓君死后的第二天？"

"小林上午排查完李楚楚的社会关系，她刚来周宁实习不久，社交圈相对狭窄，可以说除了室友外，唯一和她有联系的就是前男友肖平了。"

萧厉心中了然，阎非急着回去，恐怕是杨军那边觉得李楚楚的前男友会是个突破口，希望能直接交到阎非手上审。毕竟现在这个案子没有任何可以往下查的线索，手头抓到什么就是什么，在萧厉的经验里，刑侦局拿出这种迫切的态度，往往代表舆论的形势已经相当严峻，逼迫警察不得不加快所有进度。

说到底，他一个不适合当警察的人究竟是为什么要来受这份罪？

萧厉想到自己过去提笔就能胡诌的逍遥日子，心中又忍不住发出了一声叹息。

…………

下午五点半。

李楚楚的前男友肖平被带回刑侦局，调取的相关记录显示，李楚楚出事当晚肖平在周宁有开房记录，虽然肖平自称整晚都待在房间里，却没有任何监控视频可以证明这一点，缺少不在场证明，肖平不得不到刑侦局配合他们的调查。

"好好审。"

肖平被带入审讯室，杨军也特意从九楼下来，显然是对案子极度重视，而萧厉习惯性地想跟进去，却不想这次阎非对他摇了摇头，转头带着林楠进了审讯室。

说到底还是正规军比较能入领导的眼。

萧厉心中腹诽，跟着其他人进了隔壁房间。五分钟内，监控打开，阎非开门见山问道："李楚楚死的那一晚你在哪儿？"

坐在他对面的肖平脸色发僵："我那几天来周宁玩，住在下城区的一家民宿里。"

"我们查到你家是普西的，现在也还和家人住在一起，并且在周宁没有找到任何的工作或者实习单位，为什么要来？"

肖平眼神开始出现躲闪，阎非毫不客气道："现在编故事也晚了，我们和李楚楚室友了解过，你和李楚楚纠缠不清，在她死前还发生过争吵，你是不是因为这个杀了她？"

"我真没有！"肖平的情绪激动起来，"我来周宁确实是因为她，她和我分手之后就跑来周宁了，说是想来这儿工作，谁知道她在这儿是不是有别人？我们就是吵这个。"

萧厉皱起眉，他们之前在李楚楚的背包里找到了日程本，里头满满当当都是工作任务，几乎没有给私事留出空间，很明显李楚楚非常在乎她这份实习工作，否则也不可能在公司加班到凌晨一点多。

阎非问道："你和她是什么时候见的面？和她吵过架之后有没有再见过？"

"我真的就见了她那一次，她起初不肯见我，后来还要跑回去加班，我觉得她根本不可能这么忙，不想让她走，就是那之后，我和她晚上打电话吵了一架。"

肖平说到激动的地方几乎破音，萧厉看着监控屏幕上男生急忙辩解的表情，心中只觉得无奈，肖平恐怕完全不知道那份工作对于李楚楚来说意味着什么。

"好。"阎非冷冷道，"那你能不能解释一下，在李楚楚死亡当晚，监控为什么会拍到你深夜从民宿里出来？"

这招对于心理承受能力差的嫌疑人几乎屡试不爽，肖平直接给阎非诈得傻在那里，脸色惨白地张了半天嘴，拳头捏紧了又松，过了很久才道："我，我去买烟。"

"买烟需要这么久吗？"阎非冷冷又补了一句，"你是去哪里买烟，是鱼市街吗？"

肖平浑身一颤，半晌颓然地垂下脑袋："我那天晚上是想去找她来着……"

来了。

萧厉心下一松，刚觉得这事儿有戏，却不想肖平这时又突然激动起来："可我真的没杀她！楚楚说她的公司加班得厉害，我那天晚上喝了点酒，睡不着，就想去找她，我在她公司楼下等了一会儿，她出来的时候车不好打，我答应送她到好打车的中央路上……"

阎非道："中央路和鱼市街平行，你是带着她穿了马家巷过去的吗？"

肖平满头虚汗："我是带着她走了那条巷子，说是死了人的，我想让她知道有一个男人有多重要……但是我真的没杀她，中间她和我说她喜欢这份工作，而且不想大学毕业很快就结婚，所以才和我分手，我当时不信，我俩越说越气，我一气之下……"

阎非道："你就拿砖头打了她的脸？"

"不！"肖平激动道，"我，我当时就是气昏了头，加上喝了酒，就想要让她知道一个女孩根本不可能在大城市里独自生存下去，一定得有个男人！最开始我就是想吓吓她，但那天晚上喝得有点多，我后来也不知怎么就直接打车走了，又去了酒吧，第二天才想起来我是把她丢在那条巷子里，再打她的手机，却已经关机了……"

10

晚上九点，阎非从审讯室里出来便回队里开了组会，萧厉道："这下就可以解释为什么李楚楚会出现在巷子里，应该也可以部分解释为什么她没有戒心，可能听到脚步声的时候以为是肖平回来了，结果一转头就被凶手击倒在地。"

他看着白板上肖平的照片皱起眉："他不像是说谎，如果真像他说的，他后来去了一家酒吧，酒吧老板应该也可以给他做证。"

阎非道："只能先当作嫌疑人扣着，现在我们手上没有任何可以用来核实嫌疑人身份的东西，只能靠口供。"

萧厉定定地看着白板上几个受害者的照片，每个人旁边都写了一连串数字，那是她们后脑上的伤口数量，萧厉看了一会儿，忽然道："阎非，你说我们早上去见的那些人，他们制伏受害者需要几下？"

阎非道："一般来说，普通男性第一下打中受害者面门，受害女性就失去反抗能力了，也有不少会反复重击面部，两三下内可以让被害者鼻梁骨骨折，很快陷入昏迷。"

萧厉疑惑道："那你有没有觉得，我们这个案子里，凶手的力气很小？除了李楚楚外的其他两个受害者，都是被砸了至少三四下之后才被砸昏的，凶手力气太小了……李楚楚的尸体上还有拖拽伤，以一个成年男人的力气，这么短短一条路，抱着身高只有一米六二的受害者，会搞出这么多伤痕吗？"

萧厉现在总算知道在老郭那儿看尸体时，那一丝违和感来自哪里。如果是当面给受害人一击，为防止她大喊大叫，必然要争取一下就到位，绝不可能还要砸两三下才让她彻底失去行动能力。

见阎非没有回应，萧厉急急去翻他之前整理出的档案，在过去十年鱼市街一带的性罪犯里，身材瘦小的有不少，一些身高存在明显劣势的男性，作案动机就是因为在相亲中百般受挫，最后产生仇视女性的心理，走上犯罪这条不归路。

萧厉道："反正现在也没什么其他线索，要不去试一试？"

阎非正要说话，口袋里的手机剧震，萧厉扫了一眼，来电人是姚建平。

按道理，这个点姚建平应该在带着晓茹执行钓鱼任务，萧厉在一旁看阎非的神色突变，下意识道："不至于吧，之前一直没线索，现在一来就来一堆啊？"

"晓茹说抓到一个跟踪她的人。"阎非挂断电话，"为了增加对方上钩的可能性，晓茹下午六点会出来绕一圈买饭，刚刚她很确定，下班后跟踪她的人，和之前六点时跟踪她的是同一个，戴黑色的口罩，一直在距她十米之内。"

"这才第一天，不会这么巧吧？"萧厉难以置信。

"不是没可能，晓茹上一次钓鱼任务就是这么巧。"阎非皱起眉，"她不是会夸大事实的人，如果说有，那就一定有。"

短短一天，之前一直没有进展的奸杀案忽然有了两个重大的突破，所有人都觉得难以置信。不多时姚建平带着万晓茹回来，万晓茹的脸色发白，见到阎非便匆匆迎上来："阎队，虽然才第一天，但我肯定他是在跟着我的……如果是单纯一次可能是巧合，但是是两次，我每次回头他都躲避我的视线，不可能是巧合。"

萧厉一听这意思，之前应该有人质疑过她，他看不得姑娘受委屈，安抚道："学姐你先别慌，今天事儿有点多，谁也没想到之前啥也查不到，今天一窝蜂地都冒出来了。"

萧厉原本是想劝慰两句，却不想他这么一安慰，万晓茹却像是会错了意，愠怒地皱起眉："破案难不成还得赶日子吗？他到底有没有问题，审审不就知道了？"

"……"

萧厉脸色一僵，当即顶了阎非一肘子，让他打圆场。

阎非问道："为什么确定是他？"

万晓茹认真道："凶手在动手之前肯定已经见过被害者，至少对她们的行走路线是有了解的，既然这样，那我不如再演得像一些，在下午就在鱼市街附近都绕一圈，这样也增大凶手咬钩的可能性。"

她说着忐忑地看了一眼阎非，担心他脸上会出现和那些人一样的不屑。长相于她既是优势又是劣势，毕业后她本来一门心思想来刑侦局做外勤，但最终在派出所实习了一阵就被分配做了窗口，很长时间以来，万晓茹每每想起这件事，心口都像堵着一口气。

阎非还没有说话，万晓茹生怕他也不信，急着便要再作解释：

"阎队，你之前说嫌疑人戴口罩……"

"你做得很好。"阎非出声打断她，"我刚刚想了一下，几个受害者平时在公司社交情况都相对较差，应该也是一个人出来吃饭，你的行动轨迹符合她们的情况，因此如果接连两次碰到同一个人，确实大概率有嫌疑。"

万晓茹惊喜道："阎队……"

阎非道："虽然是第一天开始行动，但是也有可能会碰到真凶，破案确实不挑日子，你先休息一下，马上我带人审一下你带回来的人。"

他示意姚建平陪一会儿万晓茹，带着萧厉径直往审讯室去了，走出一段距离，萧厉促狭道："这次怎么不叫'正规军'来陪审了？"

阎非看她一眼："你是想留在那儿陪着万晓茹？"

萧厉叹气："那还是算了吧，没看我刚刚一句话没说对，差点把她惹毛吗？我想着她应该不喜欢被人当花瓶，本来想安慰她两句的。"

"她本来就不是花瓶。"阎非忽然道。

"嗯？"萧厉坏笑，"之前还没怎么听你评价过晓茹，听起来有故事呀，阎队？"

他说完，阎非眼神立即不友善起来，萧厉心知在八卦面前还是小命重要，赶忙道："那怎么办？晓茹好像认定他有问题，万一审出来真是个路人，你打算怎么和她交代？"

"实话实说。"阎非丢下一句，推开了审讯室的门。

在桌子的对面坐着一个身材偏胖的男人，真名叫宋佳亮，今年32岁，方脸寸头，一身都是黑色的卫衣运动裤，见到两人进来，男人两只眼睛不安地四处瞄着。

两人已经不是第一次一起审讯了，碰上这种本来就已经是惊弓之鸟的嫌疑人，萧厉一般不会上来就说话，将这个唬人的机会交给阎非。

"交代吧。"阎非冷冷看着他，"之前都是怎么做的？"

男人的视线左右飘忽了一阵，最后口中发出蚊哼般的声音："我，我没……"

"没有什么！"阎非一拍桌子，"跟过几个人？都干过什么？来了这儿还不老实交代，你当刑侦局是什么地方？"

阎非这一套拿捏得轻车熟路，宋佳亮给他吓得浑身一颤，哆嗦道："我，我没跟人。"

没想到居然还是个死鸭子嘴硬的。

萧厉心中翻了个白眼，又道："有人报警说你跟踪她一路了，我们已经在调监控，你确定要在我们面前撒谎吗？"

宋佳亮低着头不说话，萧厉顿了顿又道："三个月前，有个女大学生在郑家巷被人猥亵，她当时虽然没看清楚嫌疑人的相貌，但如果当面见到，她应该是可以认出来的，我是说，光从体型就可以。"

宋佳亮的喉结一动，身体不露痕迹地颤抖了一下，萧厉见状眼神立刻冷了下来："自己做的事要敢认，郑家巷一带还有很多见过你的人，难道你需要我们把她们一一请到刑侦局来，和你当面对质吗？"

11

一墙之隔的监控室里，万晓茹安静地盯着屏幕上男人的脸，思绪就好像回到了高二时的那辆公交车上，她下意识地将指节攥得发白。

"你自己穿这么少往我身上靠，你说我往哪儿躲去呀？大家评评理，小姑娘年纪轻轻的，怎么还不要脸了？"

男人咋咋呼呼的声音响起时，半车人的视线都转了过来，还有几个月才满十八岁的女学生一下只觉得脸上犹如火烧，白皙的脖子因为愤怒绷出了青筋，咬着牙道："你再胡说，我马上就报警！"

男人嗤笑一声："你报哇，到警察那儿去验验，小妹妹，我看你就是高中生吧，是不是破案电视剧看多了。"

一整辆空调车上鸦雀无声，一时间不管是上学的孩子还是上班的成年人都紧紧地盯着他们，万晓茹气得嘴唇发抖，坚持要去拉男人的衣服："你跟我去见警察，我不管他们要不要证据，我就是人证。"

"大家看清楚了呀，不是我对她动手动脚，是她对我动手动脚。"男人闪身躲开，周围原来拥挤的乘客一下散开，像是对这样的事情避之唯恐不及，万晓茹的心顿时凉了大半。

"有什么事情下车吵。"

车的最前头传来司机的声音，万晓茹咬着唇一言不发，男人又笑道："看到没有，没人看到，没人……"

"我看到了。"

男人话音未落，后座却忽然有个年轻的男生挤了过来，又重复了一遍："我看到了。"

男人没想到当真会有人站出来，当即骂道："你站在那后头，看到个屁呀，想要见义勇为也看看场合。"

男生看上去也不过才二十岁上下，神情却相当老成，淡淡道："下一站是大光路，那儿有个派出所，剩下的话你到派出所去说，如果继续在公共场合信口雌黄辱骂他人，还会再加治安处罚，会拘留的。"

万晓茹怔怔地看着男生的侧脸，很快便鼻子发酸，她刚刚当众把男人揪出来全凭一腔血勇，如果再有几分钟让对方占着话语权不放，她也不知事情会变成怎样。

"去就去，我就不信她拿得出证据。"

男人听来人短短几句已经把利害关系摆得明白，心里也不由得打鼓。不久，公交车在大光路的站台前停了下来，男人装模作样地走在两人前头下车，结果脚刚沾上站台，却是忽然拔腿就跑，万晓茹惊道："他要跑！"

"跑不了。"男生拉着她下了车，整个人也跟着飞奔出去，还不出一百米，男生一下将跑在前头的矮胖男人扑倒在地，动作利索至极，万晓茹甚至还没看清，男生已经拧住那人的胳膊，擒得人惨叫连连。

那一天，男生陪着她在派出所走完了全部流程，正午时两人才一起从派出所里出来，男生一言不发地要打车离开，而万晓茹这时鼓起勇气，急急跑上前把他拉住了。

"今天谢谢你，能问下你在哪里上班，叫什么名字？"她的心脏咚咚地在胸腔里跳动不停，几乎像只鸟，要从她的身体里飞出来。

男生在阳光下转过头，阳光在他的眼底镀上一层透明的光晕。

"我叫阎非，是警校的学生。"

阎非的声音犹在耳畔，万晓茹将自己从久远的记忆里扯出来，只见监控里萧厉对宋佳亮说了什么，男人很快颓然地垂下了头："我什么都没做，就是跟着她而已。"

万晓茹内心涌上一阵狂喜，真的会是他吗？她没想到她能帮忙查出这些，哪怕杨局让她来完成这个任务只是因为她的外貌，但至少，她尽到了一个警察的本分。

一墙之隔的房间里，萧厉还在对宋佳亮处处紧逼："你之前都是去偷看那些足疗店里的女孩，为什么会突然开始跟踪上下班的白领？最近鱼市街附近有人死了，这件事你应该知道吧？"

阎非冷冷道："被害者都是在鱼市街一带上班的白领女性，特征就是身穿工装，和你今天跟踪的女性类型一模一样，刚刚问你的几个时间点，告诉我们你都在做什么？"

宋佳亮脸色发白："我没杀人……"

阎非不欲听他分辩："不要说没用的，问你的话就回答，这三天你都在哪儿，做什么，有没有人可以给你证明？"

宋佳亮额头上渐渐沁出一层冷汗，此时竟像是哑巴了一样一句话都说不出来，萧厉见状皱眉："所以说这三天晚上，你都没有任何的不在场证明，是这样吗？"

宋佳亮哭丧着脸，破罐破摔地道："前头的事情确实是我做的，但是我真的没杀人啊，就是看她太漂亮了……虽然最近这一带很多警察巡逻也怕出问题，但是出了这个谋杀案，我觉得就算我做了什么，大家也会往那个人身上想……"

"你可真行。"萧厉差点给气笑了，一拍桌子骂道，"你干这事儿的时候就没想过如果被抓到，前几次案件也会被算到你头上吗？你也太盲目自信了吧？"

"但是我真的没杀人！"宋佳亮急得满头大汗，两只被铐住的手腕在桌上敲打不停，萧厉见他弄出这种动静心中一动，喃喃道："他的力气……"

阎非知道他想到什么，按住萧厉的肩膀让他少安毋躁，紧跟着又高压盘问了几轮，他们却始终不能从宋佳亮口中问出任何关于三起凶案的信息，阎非到最后也不愿继续耗着，让人把宋佳亮带下去了。

人一走，萧厉几乎立刻转向了阎非："不可能是他，看他刚刚砸桌子那个力气，要拿着砖头去攻击受害者，需要三四下才能把人打倒吗？"

"有可能是他。"万晓茹这时从外头推门进来，鼓起勇气道，"如果他只想要被害者失去反抗能力，那上来必然会收着力道，第三个受害者有可能就是因为他力道没掌控好才会在被性侵之前就死亡的。"

萧厉摇摇头："凶手根本不在乎受害者的死活，如果他下手轻了，受害者不但可能叫，还可能会跑。"

"但这样也不能完全否认他的嫌疑，他有前科。"万晓茹就像是梗着一口气，态度异常强硬，"现在三个受害者死亡的时候他都没有不在场证明，至少，宋佳亮也应该有重大嫌疑才对。"

"我这不是也没说立马就放他走哇……"萧厉不愿把气氛搞这么僵，笑道，"我是觉得我们不要一下让外界对我们马上就能破案产生巨大期望，这样万一抓错了人，也不至于搞得太难堪是不是？"

万晓茹不说话，但表情清楚地写着不服，萧厉只能转头看向阎非，却听他淡淡道："抓了两个人回来，马上肯定是要公布一些进展的。"

"哈？"萧厉没想到阎非也拎不清，皱眉道，"现在不能给宋佳亮定性为重大嫌疑人，如果我们错了，你是想让他当第二个洪俊，还是当第二个高冠杰？"

"不要乱说话。"这下阎非几乎立刻抬起眼冷冷看着他，"这件事后续会怎么做现在还轮不到你来操心，我们不会让媒体牵着鼻子走。但无论如何，公众是有知情权的。"

"你还知道媒体会牵着我们的鼻子走哇？"

萧厉冷笑一声，这下终于火了，也懒得再和他多废话，起身便从审讯室里出去。他去吸烟室抽了两根闷烟，没过一会儿背后有动静，萧厉连头都没转，烦躁道："别问我借火，我不想借给你。"

阎非走到他身旁："我知道你在担心什么。"

萧厉心想你知道有什么用，没吭声，阎非道："就算万晓茹不坚持，杨局也会希望我对外先安抚民众，哪怕后果是抓错人，也好过现在让外界觉得刑侦局动用大量警力却始终没有任何进展。"

萧厉翻了个白眼："反正对外交代的是你，到时候挨骂的也是你，抓错人碍我什么事？"

"抓错人担责的是我，确实不是你该操心的事。"阎非平静道。

萧厉差点给他气笑了："你跑来就是为了再和我说一遍这个？"

阎非摇摇头："我有我要操心的事情，你也有你要操心的事情。你刚来，要管着一点自己的嘴，现在不是所有人都把你当自己人……之后你要查什么就继续查，这件事的后果我可以担，但你要想这个案子不走上老路，光靠一句不可能，是没有办法服众的。"

12

官方出消息的时候，萧厉顶着淅沥的小雨从鱼市街一栋老式的居民楼里出来，从刚刚开始，微博一连给他推送了四五条相关内容，大体都是什么警察取得突破性进展，甚至连他上门去见的嫌疑人都问他，不是已经抓到了吗，为什么还要查。

但凡真凶有点脑子，他从这个时候开始就不该再犯案了。

萧厉抖出一根沾了湿气的烟点上，无奈地叹了口气。整整一个上午，萧厉这边追着过去的老案子查遍了鱼市街一带，但至今没有一个人符合他的猜想。

萧厉猜过不了多久阎非的电话就要来了，毕竟早上他是偷跑出来的，在这方面阎非简直操心得像个老妈子，本来他进刑侦局就够剑走偏锋，现在阎非和他跟连体婴一样，恐怕换谁都会觉得他开了什么绿色通道。

要想改变这件事，他就必须要拿出点什么来让外界闭嘴。

萧厉急匆匆往车那边赶了两步，正打算启程去见下一个嫌疑人，然而一脚油门下去，随着一阵电动车防盗锁尖锐的鸣叫，这一带的共享单车受到波及，就像多米诺骨牌一样，瞬间倒下去一片。

"真是喝凉水都塞牙缝。"

萧厉咬着牙从车上跳下去，刚扶起两辆，却听一个姑娘惊奇道：

"萧厉，怎么是你？"

萧厉转头，看到一个撑伞的姑娘瞪大眼睛看着他，正是之前在警校里认识的刘媛媛，以前还问他要过阎非的微信，萧厉一愣："你怎么会在这儿？"

"我家就住这儿啊，周末我回来看看我妈，最近发生那个案子，我妈不放心我。"刘媛媛看出他的窘迫，上来帮他一起扶车，而萧厉不爱白受别人的人情，见雨下大了便提出要送刘媛媛一段，将她一直带去能直达警校的公交站台。

"这是阎队的车吧。"

上了副驾驶，刘媛媛的第一句话就让萧厉忍不住乐出声："这么关心他，知道他最近正忙得焦头烂额吗？"

"知道。"刘媛媛瘪嘴，"反正外头肯定不会体谅他的辛苦的，尤其是那些媒体。"

萧厉莫名有种被骂进去的感觉，苦笑："要是外头这些人再催，我都要掉头发了。"

"那学长你可要争气呀。"刘媛媛给他自暴自弃的口气逗乐了，"你们这一届拿到周宁刑侦局特招的可不多，我们还都指望着你能帮阎队排忧解难呢。"

"排忧解难？"萧厉摇摇头，心想他不给阎非添堵都算三生有幸了，把车在路口拐了弯，"现在想想，还是在学校里挨你们这些小丫头片子的揍好，打了我两学期也没让我断胳膊断腿，哪里像阎非，上来就把我胳膊拧——"

萧厉说到最后忽然哑了火，在警校的时候，他虽然从来没从这些姑娘手里讨着过好，但似乎也没受过太大的罪……这些小妮子的功夫虽然好，但是力气没有那么大，在收着手的情况下顶多就是把他打出过鼻血。

"怎么了？"刘媛媛奇怪地看着他。

萧厉将车子在路边停下来，若有所思道："在实战里，女性的力气是明显小于男性的，一些对于男性来说徒手就可以完成的事情，女性却要借助工具。"

他之前一直想不通，凶手第一次攻击时如果单纯只是想让受害者昏过去，又为什么会选用砖块，他明明可以用致死率相对小一些方法去制伏受害者，比如说扼住受害者的脖子，这样还可以阻止她们叫出声。

现在他想明白了，凶手对自己制伏受害者的能力不自信，最终才会选择这个方法。换句话说，只有在凶手的身材比受害者还要矮小的时候，他才会下意识地用相对暴力的手法去制伏受害者。一旦他本身足够强壮，他在潜意识里就不会使用工具了，也难怪他们至今都没有找到任何精斑。

凶手，可能压根就是个瘦小的女人。

萧厉将刘媛媛送去车站后立刻掉头回了刑侦局，一路上雨下得极大，整个前挡风玻璃上一片模糊，但萧厉却是一刻都不想耽搁，甚至在某个路口还差点闯了红灯。

为什么凶手的力气很小，而且对制伏本就瘦弱的受害者毫无自信。

为什么搬运李楚楚尸体的这一路凶手走得很艰难？

为什么李楚楚会毫无防备地回头，被正面击中？

如今一切之前想不通的问题都能够串联在一起，萧厉想到官方刚发的通报，心里没来由一阵烦躁，连带着脚下的油门都踩得重了些，几乎是一路冲进了刑侦局的停车场。他心急火燎地上了楼，看到阎非正在工位上，二话不说将他拉到了相对僻静的吸烟室里去："我知道问题在哪儿了。"

阎非见他还知道借一步说话，欣慰地笑了一下："算长了点脑子，怎么了？”

萧厉急道：“我之前一直想不明白，三个受害者都是身高不足一米六五的瘦弱女性，如果凶手单纯要让她们失去反抗能力，应该完全不需要使用砖块就能达成他的目的，除非他一上来就想杀了她们，但是这又不符合前两个受害者的情况。”

阎非看着他：“你想说什么？”

萧厉道：“我想说的就是，只有在面对比自己看上去要强大的人时，才会上来就动用砖块去制伏她们，而我们到现在都没有找到任何确实发生性侵的证据，也就说，凶手可能比受害者还要瘦弱，并且他没有性侵受害者的能力……阎非，你有没有想过，凶手可能根本就是女性。”

阎非难得露出惊讶的神情，重复了一遍：“女性？”

“对，我们压根就没想过这个，应该之前也没发生过。”萧厉烦躁道，“如果凶手是个身材十分弱小的女性，她本身就不会引起被害者的戒心，而且在深夜里想要尾随受害者进入巷子也更加容易，不会引起别人的怀疑，那一带毕竟是有巡逻警察的。”

阎非皱起眉：“这些现在还是推测，你得找到实际的证据。”

“我当然知道要证据。”萧厉不耐烦道，“我找你来就是想问问，我觉得咱们抓错人了，这件事你是不是完全管不了，如果完全管不了，我就自己一个人查。”

其实萧厉已经猜到阎非这一次恐怕不能和他站在一边，毕竟在全然没有证据的情况下，如果要证明他这种推测，就意味着之前的调查可能需要全盘推翻……阎非作为队长，立场不可能如此偏颇。

“你暂时只能一个人查。”果然，阎非再开口时叹了口气，“小林他们正在调查肖平和宋佳亮的背景，帮不了你，你的推测本身没有问题，但是……”

"我知道我的身份尴尬嘛，这种东西估计也没什么人信。"萧厉知道他要说什么，自嘲道，"早知道这么不好混，当时特招就应该搞砸的，也免得弄得你里外不是人。"

大约他话中的自暴自弃太过明显，阎非盯着他看了一会儿，忽然道："你还记不记得我以前说你很适合当警察？"

"忘不了。"萧厉没好气，"把我这个大好青年骗进沟里的话谁能忘？"

阎非道："我没有骗你，你确实很适合当警察，我不是指你的共情能力强，而是说，在这种情况下如果你能继续做你该做的，那你就是适合当警察的……我不会给你安排任何事，尽快查出点名堂，一旦有了证据，我会调人来帮你。"

阎非说完推门便出去了，留下萧厉一个人站在吸烟室里，他点上一根烟，忽然意识到，阎非过去顶着压力做这种事，其实面临的都是和他一样的困境。

当所有人都觉得"七一四案"的凶手就是洪俊的时候，阎非心里恐怕从来没认过。

"不管如何，这次你不会再需要被动地接受了。"

萧厉想起很久以前阎非似乎同他说过这么一句，不多时竟笑出了声，只觉得被坑进刑侦局这个事恐怕确实是阎非和他一个愿打一个愿挨，早在阎非最早来问他的时候，其实他就已经动了这个念头了。

"这个老狐狸。"

萧厉摇了摇头，像是叹气一般地吐出了最后一口烟气。

13

一整个下午，萧厉没有回工位，他重新问档案室要了案卷，这一回，重点看受害者。

就像三个月前因为猥亵出现精神问题，转而开始自残的女大学生，这些受害者在审判结束后究竟会踏上什么样的道路，他们一无所知。

法律只能维护公正，但是却无法弥补伤害。不管施害者付出了什么样的代价，受害者的生活也永远不可能完全恢复到从前。萧厉摸着手腕上的疤痕，深吸口气，开始一页页翻找，因为一起事件可能会对应两到三名受害者，所以数量远比之前要大得多。

一个因为性侵案受到伤害的受害者，究竟为什么会去转而伤害别的女性？萧厉面前浮现出三名受害者死时的惨状，凶手到目前为止最显著的特征，就是会寻找身穿工服的女性下手，如果说这是一个信息，那会说明什么呢？

像之前阎非说的，在大多数性犯罪里，受害者的类型都不会像这个案子一样那么具有针对性，长发短发消瘦微胖都有可能，如果非要说，好下手就是绝对的标准。

萧厉心头一动，关于"好下手"的标准，最近这段时间因为鱼市街频频发生的奸杀案已经引发了网络上的热议。大多数人对于奸杀案的刻板印象就是凶手会寻觅穿着暴露的女性下手，如今出现了"正好相反"的受害者类型后，许多人都是第一次意识到原来自己也可能会变成受害者，一时间自然人人自危起来。

凶手在第三个案子里有意将李楚楚的尸体放在会被民众先发现的地方，这代表她希望舆论注意到这件事，如果说"性侵"只是凶手选用的一种形式，她借由受害者的身体只是为了说明一件事。

即使穿着保守的女性也会遭遇到性侵害。

萧厉豁然开朗，如果说高冠杰是因为曾经受过舆论的伤害，最终才会拿起舆论做刀，那么凶手必然也是切身体会过大众对于性侵害刻板印象的人。

"荡妇羞辱。"萧厉喃喃出声。

这四个字对于媒体人来说早不算是新兴词汇了，虽然越来越多的人已经意识到丑化性侵案里的受害者，让犯罪变得合理化是一件极其不公的事，但是整个社会对性侵的刻板印象依然很难扭转。至今依然有大批人认为，穿着暴露的女性更容易招致性侵，在这样的事情发生后，他们依然会第一时间去怀疑是女方主动勾引。

萧厉翻了几本案卷，在刑侦局留档时，除了一些大家都耳熟能详的案子，他们自然不会刻意标明有哪一桩案子曾经在舆论上引发轩然大波，因此他只能暂时依照受害者出事时的衣着来进行一轮筛选。

整整一个下午，萧厉在档案室里梳理之前所有的受害人，到了将近八点才理出一个三十人左右的名单，受害者都是身高低于三名受害者的女性，同时在出事时身着相对容易惹起非议的服饰。

档案室在地下室，萧厉对时间流逝毫无感知，最终回过神来是因为腹中饥饿难耐，他伸了个懒腰，感慨自己怕又是一晚没法睡。他在这方面虽然也熟，但到底不是行家。这种涉及舆论的东西，如果罗小男在的话，一定立马就会反应过来，毕竟在新生代的媒体人里，罗小男在专业方面无人能及。

"要是她在这儿就好了……"萧厉最终只能苦笑着摇摇头。

凌晨一点。

阎非第四次审完宋佳亮依然是一无所获，刑侦局近来严查"熬鹰"，到了这个点，一切的审讯工作都得停。他看了一眼萧厉的工位，见东西没拿走，一个下午又都不见踪影，估计现在还在档案室里待着。

阎非将其他人打发回去休息，果真楼下档案室里的灯还亮着，萧厉正在对着笔记本忙活，面前的桌上摊满了资料，连个空地都找不着。

"查到什么了？"

阎非在萧厉背后看了一会儿，冷不丁地开口吓得萧厉险些没从椅子上跳起来："你又来，是警察还是贼啊？"

"警校学的东西都忘光了？"阎非好笑似的看着他，"今天晚上打算睡在这儿？"

萧厉两只眼睛盯着电脑太久，现在一看别处就累得不行，叹了口气："刚查了一半都不到，很多东西时间过了太久，内容都失效了。"

"你在查什么？"

"我后来想了一下，如果凶手是女性，很可能就是以前性侵案里的受害者，大概率因为被害时穿着不够保守，被曝光后遭到舆论羞辱，所以才会通过杀穿着保守的女性来向外界传递一种信息。"

阎非一愣，其实在重查"七一四案"的时候他就发现了，萧厉这个人因为共情能力过强，所以总能莫名揣测到一些警方调查盲区里的东西："这些猜测都是你凭空想出来的？"

"不然呢，我也没证据！"萧厉以为阎非又是在质疑他，没好气地翻了个白眼，"一个女人，如果精神上没有问题，为什么要去用树枝强暴另一个女人？在网上的讨论激化后，她刻意把尸体丢在会被大众注意到的地方，又一定要完成这个形式，说明她就是有心要让外头发现，原来穿得保守也没用。"

阎非顺着他的逻辑往下想："所以你现在在查之前这些案子发生时的舆论形势？"

"对，先受到舆论伤害，再通过舆论来报仇，只可惜我以前没怎么报道过这种类型的案子，根本记不得这几年有没有发生过什么特别轰动的性侵案了……"

萧厉想得头痛，而这时阎非忽然道："近六年内有四起。"

"什么？"萧厉一愣。

阎非面无表情道："近六年内，特别轰动的性侵案只有四起，陈家红奸杀案，李媛媛强奸案，还有就是三年前网红叮当喵的案子。"

"不是四起吗？而且你怎么知道得这么清……"

萧厉还没说完，对上阎非眼底一闪而过的阴郁神色，他一下就明白了。

阎非没有说的第四个案子恐怕就是白灵。

萧厉后来多少也知道一些，在当年出事后，阎非曾经不眠不休地查了好几个月，其中究竟查了什么萧厉虽然不清楚，但想必也就是他们现在所做的，去找有前科的嫌犯，然后看他是否和白灵的案子有关。

萧厉想到这儿忍不住叹气，小声道："早知道就来找你了。"

阎非拉过他的电脑输了一个名字，陈家红，一下子网页上出来了大量相关报道，阎非道："陈家红是在大光路附近工作的一名钢琴老师，容貌姣好，出事时身穿短裙。这个案子本身没有太多可说的，但因为陈家红的父亲在女儿死后曾经在媒体面前坦露，觉得女儿会出事完全是因为她受到同事的影响，买一些不三不四的衣服穿，一经报道就引起了轩然大波，后来陈家红的父亲自杀，这个案子在陈家红死后两年才破，凶手是在案发当时在大光路修建地基的工人。"

阎非紧跟着又打开李媛媛的相关主页："李媛媛，是周宁一家连锁餐饮老板的千金，三年前从夜店出来后被人拖入自己的车内强暴，因为李媛媛处在醉酒状态，虽然有不少人目睹她被拖进去，但所有人都以为事情是你情我愿，没有阻止。此事曝光后也引发了轩然大波，李媛媛的父亲曾花重金悬赏施暴者无果，事后查清强暴李媛媛的就是附近的停车场管理人员，在李媛媛之前也曾经用同样的方法强暴过至少五位女性，但由于受害者大多烂醉如泥，所以没有被告发。"

阎非说这些案子的时候连个磕巴都没打，明显就是对案情倒背如流，最后他又打开叮当喵的链接："叮当喵是微博上知名的美妆博主，三年前晚归时被人强暴，案发后因为凶手没有第一时间被抓到，她曾经在网上自己说了这件事，同样，也是因为出事时打扮相对暴露被认为是'自作自受'，后来叮当喵因为承受不了网络暴力，在网络上直播自杀，被民警救下，随即案子告破，凶手是偶然路过的民工。"

萧厉沉默了一会儿："这些案子最后都是谁破的？"

"是我。"

阎非静静地看着他："还有其他十来件，如果你想知道，我都可以告诉你。"

14

凌晨两点，两人回家时萧厉已经困得两眼发蒙："早知道我一早就来问你了，害我一个人折腾好久。"

阎非看他缩成一团，把窗子缝合上："陈家红已经死了，你明天可以看一下李媛媛和叮当喵，都符合你说的，受害者因为出事时的穿着被网络舆论攻击，尤其是叮当喵，她的真名叫冯殿，因为本身在网络上就有一定知名度，这个案子在当时非常有名。"

萧厉靠在窗子上眼睛都睁不开："你说陈家红和李媛媛的事儿我都还有印象，但是这个叮当喵怎么……三年前什么时候哇？我想想那时候我是不是失忆了。"

"六月中旬。"阎非记得相当清楚，"七月初案子就破了，我带着姚建平查的。"

"六月。"萧厉微微睁大了眼，下意识道，"六月，难怪。"

阎非看他一眼："怎么了？"

"没什么。"萧厉扭头看着窗外，"那段时间我运气不太好，在医院里躺了几天，估计是药吃多了，所以给忘了。"

阎非的目光落在被他紧紧抓着的手表上，罗小男和他说过，萧厉割过两次腕，第一次是十三岁，第二次是二十六岁，萧厉因为断药出现严重戒断反应，神志不清下割腕，后来被罗小男救醒，但这次伤口远没有第一次深，只在他手腕上留下了浅浅的疤。

三年前六月，应该就是萧厉第二次割腕的时候。

车子里沉默了一会儿，阎非道："如果再过一两天这边始终没有进展，我会把你的猜想提出来，但是最好能有证据。"

"我也希望能有。"萧厉闷闷道，"要是对了，你得把功劳算在我一个人头上。"

…………

翌日早上八点半，萧厉到了刑侦局第一件事就是去找张琦要李媛媛还有冯殷的全部资料，虽然他自己也知道，他现在做的事纯粹就是碰运气，但萧厉心中却莫名有种预感，他这次可能碰对。

从资料上来看，三年前，李媛媛出事时只有二十一岁，身高一米六一，身材瘦小，在出事后便转学去了国外，今年刚刚回国，目前在她父亲的公司上班。

另外一个冯殷，出事时二十三岁，身高一米五八，在三年前出事后自杀过，之后被民警救助送入中心医院，抢救后恢复意识，现在在经营一家网店。

萧厉心想阎非不愧是老刑侦了，给他提的这两个人从外形和遭遇上和他之前的猜想几乎完全契合，他拿了车钥匙正欲要走，忽然有人匆匆在背后叫住他："萧厉哥你等下，我和你一起。"

林楠跑过来和他一起进了电梯："阎队叫我来的，说你调查的方向不太一样，一个人去怕不安全，叫我跟着一起。"

萧厉没想到阎非到底还是给他调人了，这虽然是个好事，但一想到他去见两个身高才到他胸口的姑娘阎非都不放心，萧厉又不由得有些挫败："你们阎队一直这么老妈子吗？我马上要去见的姑娘我可能单手就能抄起来。"

林楠道："萧厉哥，你也别怪阎队操心，其实他带新人都是这样的，阎队不喜欢自己手底下人受伤。"

萧厉暗中叹气，要怪只能怪阎非这个人生命里发生的悲剧实在太多，如今他虽然很烦被人二十四小时看管，但也实在说不出拒绝的话。两人上了车，林楠道："萧厉哥，我可是真的不知道咱们在查什么，你要不先跟我说说，阎队说你的思路和我们不一样，叫我也来听听。"

"我看他就是挤对我。"萧厉无奈，"现在还只是推测，一点证据都没有，你一会儿听了可别笑我。"

"怎么会呢？"林楠认真道，"你和头儿可是一起抓到高冠杰的人，别说周宁了，全国哪儿不知道这个事？萧厉哥你进队里之前，阎队和我们说，要不是你，很多事情他一个人也不可能想到的，当时是你说，高冠杰最大的报复目标是刑侦局，之后想明白了动机，你们才抓到的人。"

"他……"萧厉这下是真没想到，他本以为阎非应该瞧不上他这种野路子才会硬逼着他去警校学习，干巴巴道，"他还会夸人哪。"

林楠笑道："那当然了，阎队很看重你的，我之前也觉得萧厉哥你想案子的思路确实跟我们不太一样，就算暂时没有证据，但只要最后能把对的人抓到就好了……对于警察来说，最重要的难道不就是这个吗？"

林楠的话已经说到这份儿上了，萧厉没办法，只能道："我怀疑凶手可能是个女人。"

"什么？"

果不其然，林楠踩油门的脚都顿了一下，萧厉硬着头皮继续说下去："从凶手的力气来看她可能是个女人，而她传达出的信息则表明她之前可能有过类似的经历。通过这两条在过去发生的性侵案里筛查，你们阎队给我提供了两个过去曾经在舆论上引起风波的案子，我们现在去见的，就是当时的受害人。"

萧厉说完全部的推测，心想还好阎非没让他在所有人面前讲这个推测，要不他大概会紧张得原地去世。

林楠不知是不是因为太过震惊，一时间没有说话，萧厉心虚之下只能自己缓解气氛："小林你也别多想，反正就是先去见一下，现在也说不准是不是……"

"萧厉哥你这么一说，好像真的……"不等萧厉念叨完，林楠忽然满脸惊讶道，"我们之前没有想过奸杀案的凶手可能会是女人，难怪头儿说你的思路在我们的盲区里。"

萧厉心中再次感慨阎非手底下这几个小孩一个比一个好骗，捂着脸道："小林，咱还是不瞎聊了，先去看看有没有什么证据吧，现在手头这两个人，要是真给咱们碰上了，那才是中彩票了。"

午饭前，两人到了李媛媛的公司，萧厉让林楠伪装成来回访的心理医生，看林楠紧张得背都绷直了，萧厉好笑道："你们阎队可是很会演戏的，当年一通套路把我骗得晕头转向，你要学着点。"

为了不惊动李媛媛的同事，两人将她约到了附近的咖啡馆，李媛媛长得很漂亮，见到两人神色十分不快："这都多长时间了，还要因为这种事情做回访？"

萧厉赔笑道："对不起李小姐，我们这也是例行公事，不会打扰你太久，就是问几个常规问题就可以走了。"

"那就快点吧。"李媛媛满脸不耐烦。

萧厉细细看了她露出的两截手腕，没有任何伤疤，又问道："在案子告破后，您的心理状况怎么样？会出现失眠或者焦虑的情况吗？"

李媛媛皱眉："你这问的是什么废话，换你碰到这样的事，你能睡得好觉？"

萧厉又问："我们知道当年在事发后有大量的媒体报道了此事，也产生了不少争议，这件事有对你造成后续的影响吗？"

"没看出你们警察还要管这档子事。"李媛媛冷笑道，"要不是因为你们破案破得慢，会弄得我必须要出国吗？你们抓不到人，还要我爸出钱，凭什么？"

"事后有人因为当初的争议纠缠过你吗？"

"争议什么？说我是愿意的呀？他们倒是去问抓进去的那个畜生啊，前头那几个女人是愿意的吗？我穿成什么样关他们屁事，你们警察没有管好这些满地跑的畜生，现在还有脸来问我这个？"

李媛媛越说越生气，最后狠狠地瞪了他一眼："我知道你是谁，走后门当的警察，现在就被他们派来做这种破事？我告诉你，你也不必再例行什么公事了，回去直接告诉你们领导，我这辈子都不可能回到以前那样了。你们抓到人，我谢谢你们，但是我过得不好，请不要再因为这件事烦我，要再有下一次，我会让我爸的律师找你们麻烦的。"

李媛媛说完，直接起身出了咖啡厅，萧厉远远看着女人大步流星地往写字楼的方向走去，摇了摇头："恐怕不会是她了。"

林楠不解："为什么？"

"一个能靠自己老爸摆平一切麻烦的姑娘，不会需要靠杀人来泄愤的。"萧厉叹了口气，"就当白挨一顿骂吧，走，咱们吃个午饭去，下午再去见一见那个叮当喵。"

"说起来我一直有点好奇。"

吃饭时萧厉还是没忍住:"阎非那几年里是个什么状态?那天他跟我说起那些性侵案,简直倒背如流啊。"

林楠叹了口气:"你说嫂子出事后吗?其实头儿不会逼着我们查,大多数时候都是我们看不下去,所以帮他一起查的。"

"看不下去?"萧厉每次听到有人这么形容阎非都觉得惊奇,"什么样子?酗酒?"

林楠摇摇头:"酗酒都能算小事了,头儿非常讨厌这类案子,我跟了阎队这么长时间,他最严重的一次违纪就是在白灵姐走了之后……观塘街附近发生了一次强奸案,被害人是个还在派出所实习的警察,抓人的时候嫌疑人有反抗,头儿直接把他肋骨打断了,后来也是差点被停职。"

萧厉倒吸口凉气,又想起刚刚案发时阎非那副随时要跟杨局掀桌子吵架的架势,在他看来已经相当失控,要说阎非放下,萧厉倒宁可相信他是当队长当得久了,所以在其他队员面前把情绪藏得越来越好。

明明一心想要早日破案,却迫于外界的压力不断绕弯路,对于阎非来说,估计这两天过得也十分煎熬。

萧厉想到这儿不由得暗自下决心,无论这条路是不是对的,他都至少得查个明白。

吃完饭,萧厉和林楠两人来到冯殷的实体店,进入店内发现冯殷不在,两个导购员说这几天冯殷都在黎阳的厂子里打版盯货,萧厉心想刚好,当即借口说要了解一下冯殷的心理状况,在店里闲逛起来。

"说起来，你们店里的衣服还挺好看的。"萧厉这时已经注意到导购员身上穿的都是店里的衣服，明明已经是秋天，但全都是短裙和吊带，他问道，"店里的衣服都是冯小姐自己搭配出来的吗？我要有女朋友，肯定得给她买。"

导购员道："老板就是卖这种款式，老实讲，一开始我就是因为她家卖的衣服才来当导购员的。听说老板以前好像搞直播，这方面品位挺好，就是她身体不好，一个人忙不过来，所以才要找我们来帮忙。"

萧厉正在翻一顶黑色的帽子，闻言动作一顿："身体不好？"

另一个导购员道："好像是手受过伤，说是以前被碎玻璃把肌腱给切断了，所以她力气特别小，平时弄货都弄不动，没我们在，连衣服都挂不上去。唉，谁年轻的时候没碰到过个渣男啊……"

萧厉不动声色地套着话："她在感情方面很坎坷？"

"不知道，但是隐隐约约有这种感觉。"导购员回忆，"大概就前不久店里来了个顾客，应该是上班族，穿着那种上班的衣服来的。当时老板也在，后来那个顾客挑着挑着就说我们家的衣服根本穿不出去，还说什么穿这么暴露的衣服容易出事什么的，反正我们听得也不太舒服。但没想到老板听了她的话，一下子就炸了。"

"她怎么了？"

"老板和她吵了一架，然后那个顾客摔门走了，后来我们才知道，好像老板以前谈的男朋友劈腿劈了个在银行工作的女的，就跟那天那个顾客说了差不多的话。老板那天发完火就哭了，还说她根本不知道那种女的优越在哪里，明明就只是穿衣品位土，就以为自己有多了不起一样……"

不久后，两人从冯殷的店里出来，萧厉问道："你觉得呢？"

林楠神色凝重："她和那个顾客吵架的时间，应该就是徐曼被杀之前……"

"没错，我之前也一直在想，如果性侵案是很久以前发生的，为什么凶手在近期会忽然开始密集地杀人。"萧厉叹了口气，"不管怎么样先回去，我可能找到一点线索了。"

下午三点，萧厉回到队里直奔检验科，他还记得他们曾经在李楚楚头上伤口里找到的黑色纤维。之前老郭一直觉得是凶手在移尸的时候搂抱被害者，导致伤口不小心接触到凶手胸口的衣物粘下来的，然而，一旦凶手是女性，她便绝不可能直接将尸体打横抱起来，最多是搂着肩膀将尸体扶起，这样的话为了掩盖尸体，凶手一定会用东西盖住被害者的头，这个东西如果是一顶帽子，不但可以掩盖尸体头上的伤口，还可以在搂抱的时候掩人耳目。

他将从冯殷店里唯一一顶黑帽子上扯下来的纤维送进了检验科，紧跟着回了八楼，远远就听工位那边传来万晓茹的声音："女性？怎么可能是女性做的？太荒唐了吧。"

萧厉脚下的步伐一顿，又听林楠道："但是我觉得萧厉哥说的也没错，如果是男人做的，不可能打三四下才把受害人击昏的，从一开始他就不会选择这种方式制伏受害者。"

"可是……"

萧厉听着工位上的动静，心中万分后悔这个时候上来，回头正欲走，却发现阎非就站在离他不远的地方，萧厉一时愕然："你……"

阎非上来拍拍他的肩膀，走到工位上道："审了两天，宋佳亮和肖平都没有开口，不能这么拖下去。我把人手重新分配一下，小林、小姚，你们跟着萧厉去查他现在在查的线索，小唐身体还没彻底好，不能出外勤，继续跟进我这边。"

萧厉哪能想到阎非突然来这一出，急道："现在还没有证据，你要不还是先……"

"你查你的。"阎非打断他，"等到检验科出了结果你和我说下进展，之后如果涉及直接和嫌疑人的接触，必须要带林楠和姚建平两个人去。"

萧厉内心骂了一连串脏话，他本来就和姚建平不对付，现在石头都看得出姚建平喜欢万晓茹，这几天两人处得正好，这个时候阎非棒打鸳鸯，他要是姚建平心里也不痛快。萧厉心中着急，但偏偏一堆话没有一句可以放到台面上来讲，最后噎得萧厉只能翻了个白眼，没好气道："要是查错了方向，可别怪我占着你两个得力的属下没办成事。"

"你要相信你在做对的事。"阎非还是那句话。

之后在阎非的要求下，萧厉只能硬着头皮给队里讲了一下他的思路，他心里不爽阎非这么让他下不来台，最后说道："现在也只是瞎猜，毕竟咱们鬼打墙了这么久，说不定换个思路能通呢？"

"可这……完全能说得通啊。"一片安静里，唐浩第一个打破了沉默，震惊地看着萧厉在黑板上写的逻辑关系，"你们上午去见了那个冯殷，如果那些事情是真的，她可能真的有重大嫌疑。"

阎非给了个"继续说"的眼神，萧厉得了些鼓舞，又道："我猜在李楚楚头上伤口里发现的黑色纤维可能来自一顶帽子，我在冯殷的店里看到了一顶，她是开服装店的，一定还有其他的货，如果是同样的帽子，成分应该是一样的。"

姚建平想了想："这样的话，也能解释为什么李楚楚被正面击打……如果身后站的是一个个子比她还要矮小的女人，那么她的戒心一定会减轻，凶手便是趁着这个时机连续重击她的脸把她打倒在地。"

萧厉见姚建平也应声了，心情放松不少："现在我唯一想不明白的就是为什么她要把李楚楚的东西扔了，我可以理解为什么她要把尸体搬到有人流量的地方，因为前两次现场都是很快就被警察封锁了，对外流出的消息太少，她觉得不够……"

萧厉说到一半就哑了火，喃喃道："如果说抛尸是她要传递给大众的信息，穿着保守也可能会性侵，那她特意扔掉被害者的东西就也是一条线索……"

阎非这时已经跟上萧厉的思路，说道："你是说，这只是个形式，是为了告诉所有人，其实被害者的身份和她被杀是无关的，有关的，就只有她身上穿的衣服而已。"

<h1 style="text-align:center">16</h1>

为了进一步确定冯殷的嫌疑，萧厉去核对了资料，发现就在她出事前的两个月左右，曾经办过财产公证，和她办财产公证的人名叫蔡远威，如今已经和他人成婚，妻子宋慧，在周宁建设银行工作，应该就是之前导购员所说的"第三者"。

有婚前财产公证，就说明在三年多以前，冯殷和蔡远威两人已经到了谈婚论嫁的地步，然而因为冯殷出事，两人没能成婚，大半年之后蔡远威便和宋慧领了证。

"好渣呀，这个男的。"张琦同萧厉一起过资料，越看越气愤，"不就是觉得未婚妻出了这样的事情不光彩，所以连婚都不肯结了嘛。"

萧厉随意点开宋慧的照片，结果一瞬间他背后便起了一层鸡皮疙瘩，他让张琦调出从冯殷店里拷出来的监控，对比之下发现，宋慧和那天同冯殷吵架的客人从发型到穿着习惯几乎一模一样。

萧厉怔怔地看着监控上冯殷和女顾客神情激动地争吵，半晌长长吐了口气："如果真的是她，一切都咬得上了。"

他指了指女顾客胸前："这边有个胸牌，能放大一点吗？"

"你要求还挺高的。"张琦撇撇嘴，"我尽量试试吧，这毕竟不是道路监控，可能放大了也看不太清楚。"

她虽然这么说着，但是手底下的动作却是半点也没停，很快女顾客的胸牌在屏幕上渐渐清晰起来，张琦凑上去看了一会儿，不确定道："好像是个钩。"

"那不是个钩。"萧厉咬牙，他已经认出这个标志了，"那是一只海鸥，这个女人是蓝海传媒的人。"

萧厉现在总算知道为什么这些受害者都是鱼市街附近的了，他们之前一直以为凶手是住在鱼市街附近，为此还排查了鱼市街附近所有有前科的嫌疑人，现在想来，这一步从根本上就错了，因为凶手可能一开始，就是冲着蓝海传媒去的。

这样也就能说通，刘晓君在遇害前曾经在公司楼下碰见的那个黑影。

一切的线索在这一刻好似勾连在一起，只要能再找到一点点证据，他就可以理直气壮地说这起奸杀案的凶手是个女人，到时也不会再有人质疑他。

萧厉此时心中倏然翻涌上一股冲动，来不及同张琦多说便往检验科赶了过去，他爬了两层楼，推开五楼安全通道的门，抬头便看到阎非靠在门口，似乎也在等待结果。

"电梯坏了？"阎非看他爬得气喘，莫名回头看了一眼还在正常使用的电梯。

萧厉不知该怎么同他解释，想想如果让阎非知道了自己这种莫名的好胜心也是件麻烦事，于是干脆选择闭口不谈："我来看结果，你怎么也在这儿？杨局叫你盯的事情不盯了？"

阎非淡淡道："我审了两天还没审出结果，应该换人了。"

萧厉喘匀了气，把取得的进展和阎非大概说了一遍。

"所以，顾客和宋慧长得很像，这件事刺激了她。"阎非听完脸色也变得凝重起来，"这是徐曼被害前几天的事？"

"三四天吧。"萧厉道，"现在所有东西都能对上，我也让导购员不要和冯殷说我们登门的事，只差证据，我担心……"

"还没到要担心的时候。"阎非打断他，"你现在怕打草惊蛇，几乎还没开始搜证，只是在碰运气，不需要有太大负担。"

萧厉被他噎得翻了个白眼，一到这种时候，他简直比阎非还要像是个支队队长，没好气道："还不是想要早点破案啊？不然你天天被骂，好玩是不是？"

"你倒是比我想得爱岗敬业。"阎非看着他，嘴角勾出一丝笑来，"我原来还以为，你是急着要证明你的猜测并不荒唐。"

萧厉被识破心思，一时尴尬得没接上话，而这时两人面前的门被人推开，负责物证检验的李华从里头走了出来，摘下口罩摇了摇头，"对不上，从李楚楚伤口里找到的纤维是马海毛，但是这个是腈纶纤维带一点兔毛，除了摸上去类似，成分完全不一样。"

萧厉皱起眉，一瞬间觉得有点泄气："怎么办，运气可比我想的要差。"

阎非倒是没有太大的情绪变化："只是你的一个推测错了，还是要盯死冯殷。"

萧厉深吸口气："得想办法知道冯殷在出事那几天有没有不在场证明，实在不行还是带来问吧。"

"实在不行？"阎非扬起眉，"没有证据也可以带来询问？你在警校没学吗？"

萧厉心中懊恼，走到走廊上才低声道："我是怕我猜错得太离谱，到时候把人带回来，万一找不出证据岂不是打自己的脸，就像晓茹说的，人人都会觉得刑侦局办案荒唐。"

阎非没想到萧厉不自信到这个地步，这种习惯性的退缩和他小时候的经历脱不开干系，他想了想，却是一把拉住萧厉的胳膊："你跟我来。"

萧厉本以为阎非是要带着他去抽烟，却没想到阎非直接领着他上了天台，阎非一言不发，带着他走到天台一角。这里乱糟糟地摆着一些长得不太齐的植物，大多被秋雨打得七零八落，凑近了便能闻到一股腐烂潮湿的气味。

萧厉被阎非这一出弄得莫名其妙："这个不会是你养的吧？"

"是。"阎非居然当真点了头，"是我母亲退下来之前在这儿养的，后来她离开之后就交给了我。"

萧厉瞪大眼，随即扑哧笑出了声："养成这样伯母没抽你呀？"

阎非淡淡道："我妈说以前我爸喜欢来这儿，'七一四案'压力最大的那段时间，他每天都来上头待一会儿，里头有两盆花就是我爸那时候养的，虽然一直都半死不活，但是从来没枯过，到现在春天都还会抽芽。"

阎非站在生锈的铁网边往外看去："你自从进了刑侦局之后就很焦虑，偶尔可以上来冷静一下，其实在这件事上你应该相信你自己，就算是你的猜测再离谱，但只要有一丝可能查出真相，那就不能低头，更不能被媒体绊住手脚。"

萧厉听出阎非安慰的意思，苦笑道："所以我还是喜欢当拿笔的人，反正瞎写就行了，也不用管别人怎么说……现在倒是好，话语权都在人家那儿，我又是半路出家，连你手底下的人都不怎么服我，在没有证据的情况下，我想直起腰杆都没办法呀。"

阎非看他一眼："你已经说服他们了。"

"希望吧。"萧厉还是心虚，"说起来你怎么这么瞎，人家小姚和晓茹相处得好好的，你非要叫姚建平跟着我，这不是给人家找不痛快吗？"

"小姚分得清主次。"阎非道，"他并没有怀疑你的能力，只是觉得你做事太冲动，你要想办法改观他对你的印象。"

萧厉没接话，他当然知道阎非带出来的人不至于这么不上道，但姚建平从某种程度上也并没有说错，他的冲动，确实会把事情搞砸。

阎非道："下午你带着小林、小姚去找冯殷，我不能跟着你去，因为……"

"为了让人看看没有你在，我能做到什么地步是吗？"萧厉上来被冷风一吹现在脑子倒是绕明白了，"到时候让你失望了怎么办？又不是我觉得对就一定是对的。"

阎非好笑道："就算是抓错了，后果也是我来担，有我在这里，你怕什么？"

萧厉心想要是到那一步他的人情欠得也未免太大，但这事儿本来就不是考试题，对错可以直接预判，他笑了笑："那到时候我也得一起，这事儿再欠你人情，我以后的日子岂不是更不好混了？"

17

接近傍晚，林楠将车停在了位于黎阳市郊的服装加工厂外，这是第一次萧厉离开阎非配枪出任务，临进门前，他再三摸过别在后腰的枪，林楠被他逗乐了："放心吧萧厉哥，头儿叫我们来就不会让你出事的。"

萧厉被他说得尴尬，但也知道这不是个露怯的时候，干笑道："万一要用上我三脚猫的枪法呢。"

三人穿过长长的车间，现在正是上新的旺季，工人们正有序地按照"大货"进行成衣打版。萧厉带人找到办公室，冯殷就像照片里一样，是个个子娇小的年轻女孩，这个天依然穿着短裤露脐装，见到萧厉她微微睁大了眼："你们是？"

近些日子萧厉见多了冯殷脸上这种神情，他心下一动："周宁市刑侦局，想找你来问些情况。"

冯殷满脸惊讶："刑侦局？是出什么事了吗？"

她将三人迎进简陋的屋子里，萧厉开门见山地问道："百忙之中打扰了，就想问一下，这月十二、十六和十八号三天晚上，能知道冯小姐你人在哪里，都在做什么吗？"

冯殷满脸莫名："我应该都在家里研究上新的打样，熬通宵，也没怎么出去，我晚上和厂工打过电话算吗？"

"不算，得有人看到你。"姚建平的语气生硬，"或者说，这三天晚上，你都无法给自己提供不在场证明？"

"不在场证明？"冯殷更加震惊，"你们找我到底什么事？我犯罪了吗？"

冯殷的个头娇小，睁大眼时颇有几分楚楚可人的意味，若是寻常在大街上碰见这样长相的女孩，萧厉怕是会忍不住多看两眼，然而此刻他却只觉得心底生寒。

这个姑娘，从见他第一眼就认出他来了，应该早就知道他们是刑警，如今却对他们的调查内容表现出极大的震惊，前后矛盾，就说明她后来的这些模样都是演给他们看的。

冯殷的心理素质远比他想的要好，他们之前对这个女孩的预估也有偏差。

林楠道："在鱼市街附近接连发生了三起凶杀案，现在需要你配合问一些情况，冯小姐方便吗？"

"鱼市街？"冯殷又是一怔，"那不是强奸案吗？我又不是男的。"

萧厉听她毫不避讳这个案子心里更觉不妙，冯殷对警察来找她并不意外，甚至可能早就有过预演，这样下去他们可能什么都问不出来。

他心思动得飞快，冯殷知道如何利用舆论来造势，早在当年强奸案发生后就通过公共平台来申过冤，要是最终他们什么都没问出来，又无法羁押冯殷，那很可能会让刑侦局在外留下一个巨大的话柄。

萧厉想到这儿咬了咬牙，没等姚建平说话，他突然冷冷道："都是因为你穿得太暴露才被盯上的，苍蝇不叮无缝的蛋，说白了，会碰上这样的事都是你自作自受。"

冯殷闻言脸色一下变得铁青，而萧厉直勾勾地看着她："案发后是不是有人对你说过这些？你恨对你说这些话的人吗？"

他发难得突然，连林楠和姚建平都有些吃惊，冯殷画得精致的眉毛狠狠拧在一起，语气生硬："那个案子已经结束了，我现在不想提。"

"我们现在怀疑当年的案子和鱼市街的案子有关，冯小姐，还请你配合我们的工作。"萧厉不依不饶，"在上上周，有一个身穿工作服的女性在你的店里和你发生过争吵，在争吵过程里，她说出了'只有'鸡'才会穿这样的衣服'，'穿这样的衣服出门不怕被强奸吗'这样的话，冯小姐，我猜过去也有人同你说过差不多的话吧。"

"你……"冯殷这下连呼吸都变得粗重起来，带着哭腔道，"我说了我不想说这个，警察难道就可以随意为难以前的受害者吗？"

"萧厉哥……"

林楠看冯殷脸涨得通红，担心地想要上来拉萧厉，却被萧厉甩开胳膊，他逼到冯殷面前，冷冷道："你在网上说出了你的故事，没想到换来的却是大规模的网络暴力，所有人都说你大半夜穿这么少走在路上，摆明了就是要勾引男人对你下手……后来你一气之下割了腕，还有人说你是为了红无所不用其极，使出这些手段都是为了让自己一晚的价格更高。这整件事里你明明是受害者，但是最后却闹到和订婚男朋友分手的地步，冯小姐，这一切，其实你内心一直很生气吧。"

冯殷看着他一言不发，眼圈通红，萧厉又道："为了老家的父母，你逼着自己振作起来，开了现在这家网店，告诉自己，那不是你的错，你坚持卖你喜欢穿的衣服，但是却又碰到了这样的人，觉得穿性感衣服的女人都是活该被人侵犯的……"

"不要再说了！"听到最后，冯殷崩溃似的推了他一把，她的力气很小，这一下甚至没能将萧厉撼动，只让他晃了一下，"我都说了，我不想再提这件事……"

冯殷说完便捂住脸在原地大哭起来，至今她的手腕上都戴着将近三指宽的腕带，萧厉心中再明白不过那是用来遮什么的，本来还想说话，姚建平却一下用力拉住他的胳膊，冷冷道："这么回去是会被处分的。"

萧厉心知他之前好不容易挣回来的形象怕是又崩塌了，但是事已至此，开弓没有回头箭，他只能硬下口气："小姚、小林，你们两个到门外等我一下。"

"不可能。"姚建平一口拒绝，"要问就一起在这儿问。"

萧厉心中叹了口气，却也顾不上这么多了，又说了一遍："出去！"

他这次几乎是在用命令的口吻说话，林楠被他倏然拔高的声音弄得面色一僵，伸手来拉姚建平，然而拉了两次才拉动，两人都不情愿地出了门，门随即被草草地掩上。

"萧厉哥，我们就在外头。"林楠隔着门板对他说。

萧厉也不想弄成这样，但冯殷是一个戒心很强的人，萧厉本以为用话激激她便能让她失控，却没想到小姑娘的心理防线远比他想的强大，既然这样……

他把手腕上那只宽表带的手表摘了下来，将那只伤痕累累的手腕直接往冯殷面前一伸，淡淡道："我跟你是一样的，我知道这很不好受。"

冯殷还在闷闷地抽泣，一看他的手腕也愣住了，萧厉笑笑："我比你要好些，没有把肌腱割出问题，所以后来凑合凑合，还能正常从警。"

"你对我说这个做什么……"

冯殷不明白他为什么会有这样反复的态度，在办公室昏暗的光线下，萧厉脸上的神色晦涩不清："你做的那些事不能让你解脱，因为其实你内心深处是相信的吧，那些人说的话……你是为了要证明给你自己看，穿这样的衣服没事，所以才在店里继续卖这些性感风格的衣服。"

冯殷脸色越发苍白，萧厉见状轻声道："因为你其实内心也觉得，你是因为穿得暴露才碰到那种事，所以当有人当面说出你内心的想法时，你才会恼羞成怒，那是连你自己都不愿意承认的事。"

冯殷的眼圈发红，她本就生得瘦小，如今在接连的刺激下，连肩膀都塌了下去。

"你一直反抗的，其实就是你内心相信的，如果不去做那样的事，你大概还会再切一次手腕。"萧厉凑近她，冷冷道，"你知道其实就是你的错，那些人说的是对的，要不是因为你穿着那样的衣服，根本不会有男人来强奸你，他就是一时兴起，然而那些穿工服的女人，她们天生就是安全的，没人对她们有兴趣。"

冯殷的低啜声至此戛然而止，萧厉轻声道："没有人对她们有兴趣……除了你。"

18

萧厉等了一会儿，冯殷却还是一声不吭，他心中暗自对这个姑娘的心理承受能力感到惊讶，他反反复复去戳冯殷的痛处，说了难听的也说了安慰的，尽可能地让她失控，最终却没有结果。

唯一的可能，就是她之前预演过很多次警察来找自己时的情景，但是她没有想到来的人会是认识的，因此没有控制住一开始看到他的反应。

萧厉决定最后再试一试，轻声道："我们之前在第三个受害者的伤口里发现了一种黑色纤维，如果和你没关系，那我想我们应该不可能在你家或者这个地方找到一模一样成分的衣服吧？"

冯殷依然一言不发。

萧厉见冯殷还是没有要开口的意思，只能无奈地将手表戴回去，叹息道："冯小姐，其实大多数强奸案里犯罪分子的唯一标准就是好不好下手，所以当年的事，我想可能和你的衣服确实没有什么关系，只是因为你个子瘦小，所以他才会觉得你比较好制伏罢了。"

萧厉扣上表带，转身要叫姚建平和林楠进来，然而这时冯殷却忽然低声道："既然这样，那为什么不是她们？"

女人的声音让萧厉背后骤然起了一层鸡皮疙瘩，他还未来得及出声，腰上骤然被抵上了什么尖锐的东西，冯殷稍微一用力，那东西便顶破皮肉，萧厉吃痛地倒吸口凉气，意识到冯殷手里的东西是一把剪子。

"冷静一点，冯小姐。"萧厉深知冯殷的力气虽小，但将剪刀送进他的身体还是绰绰有余，此刻姚建平和林楠虽然就站在门外，但他赌不起，只能压低声音尝试和冯殷攀谈，"是因为那天的争吵，所以才开始杀人的吗？"

萧厉背着身，他看不见冯殷此时的脸，自然也不会知道这短短数秒内，冯殷脸上的所有神情都消失不见，双目出神地看着手里的剪子，喃喃道："太像了……"

"像谁……"萧厉刚说完便感到剪子的尖端又往里捅了一点，背后冷汗直冒。

冯殷轻轻冷笑："那天来店里的那个，看上去和那个女人太像了，你说得没错，其实这些该死的强奸犯根本不管你穿什么样的衣服，他们只看好不好得手，而那个女人明明和我差不多高，一般男人轻轻一推就能倒，但就是因为我运气没有她好，所以最后她才有底气说那样的话，说我穿得太暴露什么的……"

冯殷将牙咬得咯吱作响，手中的剪子也越发不受控，刀尖拧在皮肉里，萧厉吃痛地吸着气："你果然是因为那个顾客像宋慧……"

"不要跟我提这个名字！"冯殷咬牙切齿，"那天晚上蔡远威没来接我，就是去接的她！明明她也可能会碰上这样的事的，为什么最后会是我，为什么不是她们……"

"既然这样，你为什么不直接去找宋慧呢？"萧厉渐渐感觉腰上温热一片，暗暗蓄着一股力道，准备抢下冯殷手上的剪刀，"如果不是因为那个长得像宋慧的女人出现，其实你也不会萌生杀人的念头，不是吗？"

"我想找她，但那个女人怀孕了，天天一堆人围着她转，我根本没有机会……"冯殷冷笑一声，"你以为我想杀这些替代品吗？我杀她们只是为了让外头那些人知道，穿成什么样都会被强奸，都会死！如果，如果我能杀了宋慧的话，我早就——"

"萧厉！"

这一次不等冯殷说完，姚建平猛然推开了门，萧厉见状哪里还敢耽搁，趁着冯殷分心反手一把捏住她纤细的手腕，猛地便将剪刀抢了下来。他之前对剪子捅进去多深毫无概念，如今拿到剪刀才发觉刀刃有半截都是鲜红色的，萧厉捂着腰跟跄地撞在匆匆赶来扶的林楠身上："抓人，她擂了！"

"你……"

姚建平瞪着眼，根本想不到就这么几分钟就能搞成这样，他看着萧厉几度想张口，最终却只是恶狠狠把话吞下去，而林楠一摸萧厉的后腰满手是血，急道："萧厉哥你怎么不喊啊！"

"我怎么喊啊，她剪刀都捅肾了，枪都没空拔好吧！"萧厉后知后觉地感到腰钻心地疼起来，心里也不由得后怕，谁知她早不失控晚不失控，偏偏就在他放松警惕的那几秒忽然暴起。

"我先把人带下去，小林你通知局里。"姚建平将冯殷像只小鸡一样地提起来，脸色铁青。萧厉心知自己恐怕又犯了姚建平心里那个"冲动"的大忌，刚想开口，姚建平却已经步伐匆匆地带着冯殷从他面前大步走过去，径直下楼了。

…………

几个小时后。

就像萧厉想的一样，他再见到阎非的时候后者脸色难看得可怕，萧厉努力想将身子往下趴一些，无奈他腰上有伤，稍微一动便疼得倒吸凉气。

完了。

萧厉脑子里满是这两个大字，阎非特意叫两个人跟他去，结果还被他晾在外头，这种程度的作死，估计至少得要个五千字往上的检讨才能解决了……萧厉想到这儿压根不敢抬头，半晌阎非的靴子停在他的工位前："你跟我进来，她现在不肯开口。"

"什么？"萧厉一愣，冯殷已经被带回刑侦局快一个小时了，萧厉本以为以阎非的本事该问的都问得差不多了，谁知道竟然会碰钉子。

阎非面色铁青："只说了攻击你的事情，其他一概不肯开口。"

萧厉震惊地直起身子："都到这个地步了，非要我们找到物证她才能说实话吗？"

阎非一言不发将他直接从椅子上拉了起来，萧厉牵扯到伤口，疼得龇牙："对我就不能温柔点吗？"

"你不该冒险把他们支开去激冯殷。"阎非冷冷看他一眼，他虽然平时也不怎么笑，但真正生气的时候还是能看得出来的。

萧厉心里发毛，只能硬着头皮接道："我错了，我老老实实写检讨还不行吗？"

"没有下一次了。"阎非冷冷道，"我不可能一而再再而三地拿冲动来给你当借口。"

他说完也没再搭理萧厉，推门进了审讯室，萧厉跟进去，一看冯殷低着头委屈地坐在桌子的另一边，他原本就谈不上好的心情进一步恶化了。

萧厉拉了椅子坐下，冯殷看到他眼圈立刻就红了，瘪着嘴道："我本来……就因为之前的事情在看心理医生，我也不知道自己被刺激之后会做出什么事来……"

萧厉这下总算知道为什么之前阎非的脸色这么难看了，原来冯殷仗着当时房间里只有他们两个人，直接把这个锅扣在他头上，还改了口供，因为事发时姚建平和林楠都在门外，这事儿确实有扯皮的余地。萧厉冷笑一声："你是以为我们当真找不到任何物证，所以才敢在我面前这么演？"

他的语气极是不善，而冯殷像是被他吓到，脸色苍白地直接哭了起来，萧厉看得火冒三丈，连带着腰上的伤口都开始尖锐地疼起来，咬着牙道："真是我小看你了，没想到自己说的话还能不认……"

"我说了，我的精神状况不好，现在还在吃药，你要是一直逼我，我也不知道自己会说出什么话来。"

冯殷抽噎着解释，萧厉听她拿病出来当挡箭牌，当即冷笑："我怎么没听说过吃抗抑郁的药会出现你这么严重的副作用，还能胡说八道，你——"

"萧厉。"阎非这时突然一把按住他的胳膊，"从什么时候开始失控的？"

萧厉整个人还处在震怒下没缓过来："什么？"

"在她捅你之前，你说了什么？"

阎非忽然慢条斯理地同他梳理起逻辑，萧厉正莫名其妙，余光里又见女人脸上一瞬间闪过的惊慌失措，他一下子就明白了。

冯殷不仅仅是因为当时他说的那套理论才失控的，导致她破罐破摔的很有可能还有另外一层更加现实的原因。

萧厉回忆道："我说的是，'应该不会在那个厂子里找到和李楚楚伤口里一样的黑色纤维'，这么说的话，你是以为我们已经找到了物证……"

审讯室的白炽灯下冯殷的脸色一片苍白，阎非看着她冷冷道："所以说，李楚楚头上伤里的黑色纤维真的来自你厂里的某种织物……你没有把它扔掉，如果我们现在去找，它应该还在那里才对。"

19

"工厂里的人说，这顶帽子是她从时装周上借来的版。"晚上八点，林楠回到刑侦局时带着一个密封袋，里头是几片已经被拆散了的黑色毛呢料子，"厂里的工人说为了压成本，所以原来大货的料子是马海毛，他们拆版重做之后就换成了腈纶加上兔毛。"

"这一次总归不会再有问题了吧。"萧厉苦笑，因为腰伤他整个下午都在发晕，隐隐觉得他可能已经发烧了。

阎非一早察觉出他的不对劲："你是不是不舒服？"

"气的。"萧厉自嘲，"谁能想到她还能来这套，要是说不清楚，那我搞这些才真是荒唐到家了。"

萧厉的声音虽小，但还是让坐在邻座的万晓茹脸色一僵，萧厉也知道自己失言，赶忙笑了笑，打圆场道："我就是腰疼，讲出来的胡话别往心里去。"

万晓茹盯着他不说话，萧厉心知恐怕是不能在这儿待着了，顺势摸了桌上的烟，艰难地起身去了吸烟室，一根烟抽了半根，阎非跟进来，说道："你应该趁这个时候休息一会儿，晚上还得连夜审冯殷。"

阎非二话不说就拿走了他手里的烟盒，萧厉知道他又开始老妈子上身，无奈道："那怎么办，我这次算是把人都得罪完了，怕是以后连组里的漂亮姑娘都不会给我面子了。"

"以后的事情以后再想。"阎非走过来将他面前的窗子打开，顿时一股凉风灌进来，萧厉昏涨的头脑瞬间便清醒了一些，阎非轻声道，"这一次确实是你太冲动，我让林楠和姚建平跟你去本来就是为了避免这种情况……"

"结果被我搞砸了。"萧厉不想听他说完，不耐烦地打断他，"我看出冯殷是有备而来，你还记得之前那个富二代吴严峰吗？她的感觉就跟吴严峰很像，估计就算直接请来了刑侦局也会把我们耍得团团转。"

阎非道："问不出来就再去找物证，为什么这么急？"

萧厉有点累了："因为我发现冯殷比我想的城府要深，过去她在出事后第一反应就是到网上去争取网友的同情，掀起水花来迫使警方加快调查进度……这种事情她能做第一次，就会有第二次。"

"你是怕到时候问不出来，放她回去之后还会被她反咬一口？"阎非这时才总算有点明白萧厉在顾虑什么，他无奈又好笑道，"如果每个嫌疑人你都要担心这个，那警察根本没办法好好调查。"

萧厉抖掉一些烟灰，疲惫地摇头："话是这么说，但有些时候我们一念之差做的决定，可能会引发非常可怕的后果，高冠杰和我父亲不就是个最好的例子？对于警察来说，当然只是例行公事，但是这件事可能会因为舆论而发酵得很复杂……你能想象吗，当外头听说警察在缺乏证据的情况下，抓一个女人当奸杀案的嫌犯？"

阎非难得被他说得哑然，萧厉淡淡道："与其把这件事上升到刑侦局，不如变成是我个人的决定，这样的话后期也会比较好解释一些。"

阎非皱眉："所以你是因为这个才把姚建平和林楠支出去的？"

"毕竟他俩也没主张要带个女人回来当嫌犯。"萧厉笑笑，"主要还是冯殷的戒备心很强，我和她一样割过腕，比较容易攀谈，但是再多两个人就难了。"

吸烟室内安静了一会儿，半晌阎非道："你没必要为了不连累别人做到这种地步。"

阎非如今才渐渐明白萧厉的思考模式是怎样的，从小的经历把他变成了一个内归因的人，喜欢将错都算在自己头上，坏事都往自己身上揽，也难怪之前那么多麻烦事，别人避之不及，只有他在自己停职的时候还一个劲儿地来帮忙。

阎非道："你是一个警察，无论怀疑谁，只要有理由就可以怀疑，至于舆论怎么看、怎么说，那有整个刑侦局和你共同承担后果，有我在这里，你不需要担心这个。"

萧厉叹了口气，腰上的伤在隐隐作痛："我只是不想让'七一四案'的任何细节再重演一次了，想得多也好，至少不容易再出那种事后连后悔都来不及的错。"

他顿了顿又道："我大概会成为一个非常累的警察，但是没办法，我这人天生就这样，操心得很，阎大队长，你就多担待些吧。"

"现在就在担待着。"阎非轻哼。

"那也怪不了别人。"萧厉笑道，"反正是你把我弄进刑侦局的，现在要是觉得我不适合当警察，也已经来不及后悔了。"

…………

一个小时后。

再审冯殷时，女人已然没了之前的气焰，萧厉叹了口气，在冯殷厂里找到的呢料成分比例和他们在李楚楚伤口里找到的纤维完全符合，不光如此，在已经被拆散的帽子上还找到了血迹。

"这下可以说实话了吧。"萧厉淡淡道，"那顶帽子其实就是你杀李楚楚那天自己戴的，你将李楚楚砸死之后，为了掩人耳目把自己的帽子戴在了她的头上，拖抱尸体穿过马家巷和耿家巷之间的小巷，应该是这样吧。"

阎非问道："为什么杀李楚楚的时候要转移尸体？为什么要丢掉她的包？"

审讯室里的惨白灯光下，冯殷闭上了眼："你来之前，就想到要和我说那些话的吗？"

萧厉自然知道她在说什么，摇摇头道："原本没打算的，不过你在看到我的时候其实就认出我了，但之后你却表现得像是不知道我们是警察一样……我从那一刻就知道，你那些反应都是演出来的。"

冯殷摇着头笑笑："难怪……你这个问题很傻，我只是觉得那些媒体的猜测太好笑了，明明都有这么显而易见的特征了，那些媒体还在猜测什么寻仇情杀，我实在是看不下去。"

"抛尸也是为了这个？"

"前两次不是发现尸体之后立马就报警了，我上网看了也没什么照片，所以才会有这些乱七八糟的猜测。"冯殷冷笑一声，"我费了这么大工夫把她搬过去，还特意放在店门口，就是希望这一次警察能来得晚一点，最好就像之前'七一四案'一样，先有照片才好。"

听到熟悉的名字，萧厉和阎非同时皱起眉："你这个手法是跟高冠杰学的？"

"我只是觉得他很聪明。"冯殷冷淡道，"他不像我，还想要让网上那些人替我主持公道，结果却变成了一个笑话，在这一点上，他比我聪明得多。"

"你从一开始就没想要留她们活口是吧？"

"这样的女人，单纯是强奸怎么引起外头的注意呀？"

见冯殷神情恍恍，语气里都是不屑，像是对她做的事情毫无悔意，萧厉皱起眉："你好不容易才走出来，自己开了店，重新让生活走上正轨，为什么……"

"你不是也割过腕吗？为什么不问问你自己，你走出来了吗？"冯殷打断他，"你以为那件事后，我有一天晚上是睡好的吗？"

萧厉一振，一时竟被问住了，而阎非知道隔壁监控室还有人，当即将话接了过来："你开始杀人是因为店里的那个顾客，既然这样，为什么先杀了徐曼，而不是刘晓君？刘晓君和那天来你店里的人一样是蓝海传媒的。"

冯殷毫不在意地哼了一声："我弄清楚她的公司之后就在附近转悠，反正都是些蠢女人，碰到哪个是哪个……说起来这些女的也真的蠢得不行，尤其是第二个，发现我在跟踪她，还说什么一起走就不会有危险了，要不是之前已经死了一个人，恐怕她一点都不觉得自己穿着那身衣服会有危险。"

事到如今，冯殷在他们面前终于完全露出她本来的样子，萧厉看得心底发冷："你杀了这些无辜的女人，最终也没办法改变别人的偏见，你有想过，你做了这样的事，你的父母，还有关心你的人会变成什么样吗？"

"想过啊。"出乎意料地，冯殷很坦然地笑了，"这两年要不是爸妈我恐怕早就死了，但是如果不这么做，我也活不下去。"

冯殷眼眶慢慢变得通红，她看向阎非："阎队长，我认得你，是你破了我的案子，所以我很感激你，但是这件事对我来说已经无解了。"

她摸到手上的伤疤，动作间牵扯到手铐清脆作响。

"早在三年前……我就应该死了。"

20

"这下好了，整个队里大概都知道我割过腕了。"

凌晨三点，萧厉坐上副驾时已经累得一根指头都不想动，但偏偏他的脑子还是清醒的，想到刚刚他从审讯室里出来的时候，外头几个人的视线都从他的手表上扫过去，萧厉苦笑道："这个事儿是不是也挺搞特殊的？阎队，不会又要你给我兜着了吧？"

"不会，如果你是缉毒警会很麻烦，但这种程度的伤，在刑警里是很正常的。"

萧厉疲惫欲死，吃力地睁眼看着外头的街景，沉默了一会儿忽然说道："小男和我分手了。"

阎非道："你俩不是早就分手了吗？"

"不一样。"萧厉摇摇头苦笑，"这一次是真的，我能感觉得到。"

阎非对两人的事情了解不多，但在重查"七一四案"的时候，萧厉出事罗小男急得跟疯了一样，实在不难看出两人之间是有感情的，他将车在路口的信号灯前停下来："以你的直觉，你觉得是为什么？"

"我要知道就好了。"萧厉疲惫地摇头，"自从罗战回国常驻，小男就变得越来越奇怪，工作变得非常忙，后来跟我的联系减少。我现在回想，当初她跟我第一次分手的时候也是从罗战的公司辞职，我还以为她是不想依赖罗战所以才这么做的。"

"所以你觉得和罗战有关系？"

阎非回忆起在"七一四案"曝光最多的那几年，罗战作为当年最火的新闻主持人，也在他那档红遍周宁的节目上分析过不少次这个案子，其中不乏针对刑侦局和阎正平的言论，也因此阎非对这个人的印象实在谈不上好。

　　"我打算之后去查一下这个事情。"受伤再加上疲劳，萧厉在昏暗的光线下脸色惨白，"先跟你说一下，如果局里没有特别大的案子，我可能会有两三天不在。"

　　"嗯。"阎非心里却想万一姚建平把这次的事情捅给杨局，那之后萧厉不在确实好些，说道，"如果杨局问起，我会说你的伤要歇两天，但这个说辞可能会火上浇油，所以你最好先把检讨写好。"

　　萧厉翻了个白眼："你给我圆谎的时候就不能顺便敷衍一下杨局吗？"

　　"杨局不是段局，我在他面前和你差不多。"阎非淡淡道，"队里的事不要想太多，姚建平和万晓茹他们都不是不通情理的人，尤其是万晓茹，她今天应该想要给你道歉的。"

　　"我知道。"萧厉想起这个事情也是头疼万分，"我哪里知道晓茹是个这么较真的性格，看起来挺温柔一个姑娘，结果一碰上案子这么钻牛角尖。"

　　"那是因为万晓茹也很讨厌这种类型的案子。"阎非轻声道。

　　"是因为你，还是因为她自己？她一个姑娘怎么……"萧厉说到一半自己也觉得不对，瞪大了眼，"不会吧？之前林楠和我说你救过她，难道是……"

　　"林楠还和你说这个？"阎非眯起眼。

　　萧厉脸色一僵："这种时候你就别翻旧账了行吗？"

　　阎非凉凉地扫他一眼，将车驶入小区的地下车库："我第一次见她的时候她在念高中，在公交车上有个男人欺负她，我替她把人送去了派出所，没想到她后来会来念警校。"

阎非说得虽然精简，但萧厉结合上下文也听明白了，他正要说话，阎非又冷冷看过来："这个事情，不要让我之后从任何人那里听到。"

萧厉打了个寒战，知道阎非是信不过他的嘴，赶忙举起三根指头发了个誓，阎非这才作罢。时间接近四点，萧厉在电梯里困得眼睛都睁不开："说起来，晓茹真的是个好姑娘，看上去柔柔弱弱的，其实很有主意，长得又漂亮，你真的不考虑一下吗？"

"太危险。"

阎非一边开门一边丢下一句，他的声音很轻，萧厉甚至没听清："你说什么？"

"早点睡觉，明后天要把结案报告弄出来，在那之后你才能请假。"

阎非这一回没再理他，径直就进了房间。

…………

两天后。

鱼市街奸杀案宣布告破，官方出通报的当天，微博上已经为"女人也会是强奸犯"这个热门话题吵翻了天。比萧厉想的要好些的是，大概是这件事的结果太出乎意料，大多数网友也没把之前误抓好几个人的锅算在刑侦局头上，发布会过去两个小时，大多数人都还震惊于凶手是个女人这件事。

一切尘埃落定，萧厉给杨局递交了结案报告，回工位的路上，他被万晓茹拦了下来。

自从冯殷认罪，肖平很快被无罪释放，而同样也被羁押的宋佳亮因为涉嫌跟踪猥亵少女，案件仍在单独调查当中。

萧厉看姑娘满脸认真，心下叹了口气，他其实知道万晓茹要对自己说什么，无奈之下只好道："是要请我喝咖啡吗？"

万晓茹没想到他的态度这么随和，很快也抱歉地一笑："还以为你在躲着我呢。"

两人下了楼，一路上萧厉总觉得路过的同事看他的眼神都带着几分妒忌，感慨道："咱们这儿应该多来几个漂亮姑娘，要不老看着阎非那张冷脸，我眼角膜都快上冻了。"

两人在刑侦局附近的便利店买了两杯便携式咖啡，周宁的秋天很短，像这样天气凉快又阳光普照的日子一年到头也寻不到几天，万晓茹和他慢慢地往回走，问道："萧厉你是周宁人吗？听你的口音听不出来。"

萧厉笑笑："没办法，小时候我妈是记者，我一门心思就想跟她一样，你听过哪个出镜的记者是讲方言的，台里领导还不把他头打通？"

万晓茹被他逗乐了："你真的和局里其他人都不太一样，所以说半路出家也有好处，有些东西我真想不到。"

萧厉知道之前这个案子始终横在万晓茹心里，他也不愿绕弯子，直截了当道："查案子这种事情本来也没什么对错，学姐，你别有什么心理负担。本来这次你被调过来钓鱼就是强人所难的事情，阎非还为此发了脾气，你至少给案子带来了进展，就算宋佳亮不是真凶，但你也没做错什么。"

万晓茹没想到他讲得这么直白，半天才叹了口气："我是怕给阎队拖后腿，你也说，他其实是不愿意我被调过来的。"

"这个嘛……"萧厉做了一番心理斗争，最终还是决定当个好人，免为其难为阎非说些好话，"学姐你别想太多，阎非这人虽然很难搞，但是其实非常护犊子，你现在既然来了，他就会把你当自己人，好歹你还是学了四年毕业的正规军，你看我这种半吊子阎非不都照样罩着我？"

"你又胡说。"万晓茹佯装嗔怪，"这次的案子是你破的，那两天他在上头审宋佳亮都心不在焉的，估计早就意识到其实你才是对的了。"

萧厉笑笑："我也看不懂他，可能罩着我就是图我们家房子吧。"

万晓茹原本满腹的心事，和萧厉说完倒是轻松了不少，笑道："那以后我跟你继续做同事，不会嫌弃我吧？"

"学姐你要留在队里了？"萧厉听出万晓茹的言外之意，先是一愣，但转头看见姑娘满脸坚定，他又觉得这事儿根本就在情理之中。

万晓茹淡淡道："我提了申请，暂时会留在这儿学习，其实我很小的时候就想要当警察。我知道外头很多人都说，我是为了阎队才当警察的，但其实不是，阎队只不过是在我差点走歪的时候拉了我一把。"

萧厉好奇道："所以说你留在队里……"

"那当然有阎队的原因，也有我自己的想法。"万晓茹露出两分羞赧，但她就像是毫不在意在萧厉面前暴露自己对阎非的感情，两只生得漂亮的大眼睛眨了眨，"外头人怎么看我不管，但是既然我选了坚守一线，我就绝对不能白来这一趟。"

万晓茹捧着杯子的手指暗暗捏紧了一些："下一个案子，我绝对不会再抓错人了。"

21

"我说，下回我请伯母上外头吃一顿吧。"

当晚八点，黄海涵照例为了庆祝结案烧了不少菜，萧厉把择好的长豇豆递给阎非，无奈道："要不经常来蹭饭我都不好意思了，局里同事都觉得我俩关系不正常。"

阎非利落地把他剥下来的碎渣清理干净，又把长豇豆送进厨房，带上门淡淡道："我妈吃不惯外头，你要请她吃饭，不如在家给她包顿饺子。"

"你们家果然是北方人……"萧厉每回来阎非家吃饭都多少有点

不自在，毕竟中间隔着阎正平这一层，放在几年前，他怎么都想不到自己能在阎正平家里吃上晚饭。

"最后一个素菜。"

黄海涵利落的声音从厨房里传来，萧厉帮着把碗碟放了，又小声叹了口气："你不行叫伯母别炒了吧，我上次在你们家吃三碗饭回去撑得都躺不下来。"

阎非好笑地看他一眼："看你在局里还挺会说话的，见了我妈就哑巴了？"

"换你跟上司的妈吃饭敢说一句不吗？"

他话音刚落黄海涵便拉开了厨房的门，爽利笑道："今天菜不多，怕你们走了我一个人吃不掉，所以就炒了四个菜，凑合吃吧。"

自从成年，萧厉在家里同人一起吃饭的次数寥寥无几，即便当时和罗小男住在一起，因为罗小男的工作原因，两人基本上也是靠外卖生活。他之前从未想过自己还有经常能吃上家常饭的一天，感慨道："伯母你就别忙活了，我和我前女友住在一起的时候吃的都没您这儿丰盛。"

"还是你这孩子会说话，比阎非这个闷葫芦好多了。"黄海涵忙活着给萧厉盛汤，又好奇道，"说起来小萧你还没和那个姑娘复合呢？"

萧厉的脸色一僵，没好气地瞪了一眼阎非，换来后者莫名耸肩，用口形道：我没说。

黄海涵往萧厉碗里夹了一筷子菜："罗小姐我见过的，之前在医院的时候，要不是她和我说你们俩肯定是商量好的，我恐怕当时就要给你们吓死了。"

"伯母您和小男聊过？"萧厉一愣。

黄海涵笑道："你俩昏了大半个晚上，小姚那孩子老实，就在那儿干着急，多亏罗小姐陪着我说说话，我还和她聊了一会儿你们俩的事。"

萧厉自那晚从罗小男家里离开，心里一直像是缺了一块儿，而如今黄海涵的话终于让那个窟窿里透出些微暖意，萧厉苦笑道："那时候，我俩其实已经分手很久了。"

黄海涵摇摇头："你们年轻人都是嘴上说一套，心里想一套的，罗小姐当时看上去可不像是和你分手很久了的样子，要是她不说，我还以为她还是你女朋友呢。"

"外头人人这么以为……"萧厉苦笑，"要不是这样，我恐怕现在早就脱离单身了。"

黄海涵道："我猜，罗小姐也是单亲家庭长大的吧？"

萧厉点头："她是跟着父亲长大的，小男的妈妈在她小时候就因为癌症过世了，她跟着她爸长大的，从小散养，才把她养成现在这样。"

他说完又觉得好奇："阿姨您怎么看出来的？"

"因为她跟阎非在一些地方很像，我一眼就能看出来。"黄海涵笑道，"你们年轻人自己的事情要自己解决，不过阿姨可以告诉你，那天聊过之后，我就知道罗小姐心里一定有你。像她这样的人，只要被打动了，这辈子都不可能轻易放下。"

黄海涵说得笃定，萧厉心里却想阎非和罗小男除了心一般的沉究竟还会有哪里相似，他本来指望着黄海涵再给她透露点什么，然而黄海涵就像是答应了罗小男要对当日的事情守口如瓶，无论之后萧厉再怎么想套她的话，黄海涵都一概不答。

"追回来再说。"

黄海涵口气中的说一不二倒是和阎非如出一辙，萧厉到最后实在没辙了，打算向阎非求助，后者却也是同样的一句："追回来再说。"

当真是一个模子里印出来的。

萧厉默默翻了个白眼，内心深处却还是被说动，吃完饭他借着上阳台抽烟的工夫，拿出手机来盯着罗小男的联系人页面看了一会儿，最终就像是下定了某种决心，他按下了那个号码。

一阵夜风吹过，萧厉身上发冷，但心底却有一股热流控制不住地向上涌，他的手抖了一下，烟灰随即叫风尽数吹了去，散在了风里。

…………

"嗡——"

深夜的宁西高速上，罗小男匆匆扫了一眼震动不停的手机，眉毛紧紧拧在一起。

是萧厉的电话。

她不敢分心，看了一眼后便很快扭过头去，全神贯注地盯着离她不远的一辆黑车，不断地调整两车之间的车距，时不时还要靠一旁的其他车辆进行遮掩。

前些日子罗战跑动在周宁和普西之间，罗小男只知道他在普西和周宁间的一个出口下去了……这一带按理说除了一些工厂外并无其他，罗小男在今天动身之前就下定决心，今晚绝不能再跟丢了，至少要知道罗战究竟是去了哪儿。

她握紧了方向盘，本想就这样盯死前头的黑车，然而副驾上的手机却一直响个不停，一次挂断，又响起第二次，第三次……就这么孜孜不倦地继续下去，仿佛只要罗小男不接，它就会一直这么响下去一样。

萧厉很有可能已经猜出来了。

罗小男心烦意乱，自从罗战回国，她对萧厉的态度确实越来越冷淡，不因为其他，只因为她手上掌握的证据越来越多。罗小男已经意识到这件事牵扯很广，她不愿让萧厉知道罗战的事，更不愿让他牵扯进这些危险里。

之前萧厉也不知道在哪里听到了什么风声，来问她五年前的事，以当时自己的态度，萧厉必然已经察觉到什么了。

该死。罗小男越想越是心烦，偏偏手机的震动始终不停，又过了一会儿，她终于像是忍无可忍，将车子在紧急停车道上停了下来，猛地抓过手机，将它彻底关机了。

　　再抬眼时，罗战那辆黑车也已经不见了踪影，罗小男烦躁至极，狠狠地拍了两下方向盘，最终崩溃似的将额头抵了上去。

　　除了周宁这边，难道罗战在普西方面也有牵扯？罗小男在黑暗里趴了一会儿，倏然间她像是想起什么，猛地直起身，两眼直直看着远处的路牌。

　　罗小男脑中浮现起多年前那个初冬，似乎也是差不多的时候，当时还没上高中的她坐在出租车后座，让司机跟上前头那辆车……

　　罗小男倒吸了一口冷气，她想起来，早在十几年前，她就已经跟罗战来过这个地方了。

1

"萧厉，你现在都是警察了，突然要请我吃饭，感觉可没什么好事呀。"

离《新闻广角》编辑室不远的咖啡店里，高政民看着桌子对面的萧厉笑得一脸谄媚，没来由打了个寒战。

印象里萧厉替罗小男干活儿的时候还是长发，是个被罗小男呼来唤去睡眠不足的小青年，时隔两年，萧厉成了警察，剪了一头利落的短发，看上去倒是比原先要精神不少。

萧厉咧嘴一笑："老高，我以前受你照顾这么长时间，总该回报一下恩情嘛。"

高政民干笑道："萧厉，我下午还有会，你直接给我交个底吧，你想求我做什么？"

萧厉一看这架势知道差不多了，终于切入了正题，把咖啡推过去："我呢，就是最近有点担心小男，所以想问一问小男最近在您那儿的情况。"

高政民明白过来，无奈道："你们年轻人闹矛盾，结果来问我？我是罗小男的上司，又不是她爸。"

"可老高你又不是不知道，小男她把公司当家，对她而言爸和上司，其实差不多。"

"……"

高政民心知再这么下去，这顿饭吃到下午三点都吃不完，无奈地捏了捏鼻梁："小男最近很忙，身体也不太好，可能是之前连着去跑欧洲的稿子累到她了，陆陆续续地请了几次病假……后来我看她脸色太差，想着养一养新人，就让她休假了。"

"她是从什么时候开始请病假的？"

"断断续续吧，这次大概是三天前，我看她脸色太差，直接给她放了一个星期。"

一个星期！萧厉一惊，罗小男一直是个十足的工作狂，发四十度高烧都不会请假，更别说直接请一个星期假了，他皱起眉："她有说她在忙什么吗？"

高政民摇摇头："你又不是不知道她，不爱多说这些，我之前去她办公室倒是看到她正在看普西的酒店，具体的就不知道了。"

眼看萧厉的脸色越来越差，高政民也不知道他们是出现了什么情感问题，又说道："我和老罗也是认识的，她的女儿要是在我这儿受了委屈，罗战还不得亲手拆了我的招牌，小男最近的状态是挺不对劲的，要是你的话，说不定还能劝劝她。"

和高政民聊完，萧厉出门便直奔罗小男的公寓而去。现在回想起来，当时他在罗小男家吃了闭门羹，女人惨白的脸色怎么看也不像是有了新欢春风得意，倒像是碰到了什么麻烦，只是不想把他牵扯进去。

萧厉现在简直想一巴掌抽死当时那个走得决绝的自己，他又将油门踩下去一些，而刚开到公寓前的路口，一辆白色的宝马拐弯过来，车牌号萧厉简直再熟悉不过。

萧厉眼睁睁看着驾驶座里那个熟悉的人影闪了过去，身体反应甚至快过脑子，他当即猛地抓住方向盘，也顾不上这里能不能掉头，一把将转向打了回去。

罗小男似乎还没有注意到他。

萧厉看着前头的白车心思动得飞快，如果罗小男是要去医院，最近的医院在完全相反的方向，这条路也不是去公司，倒更像是要从绕城公路上宁西高速。

她可能是要去普西。

萧厉定下心思，踩下油门跟了上去，不到两个小时，车还没开到普西境内，天空深处骤然传来一声沉闷的巨响，萧厉眼看乌云沉沉压下，心知日子赶得不巧，冷空气刚从北方过来，这些日子普西连日暴雨，怕是又要被他赶上了。

罗小男的车拐去了右道，从渡山县的出口下去了，萧厉觉得奇怪，这里离普西市区还有将近六十公里，地处普西和周宁之间，过去倒是有很多工厂都开在这儿。

在大雨中，萧厉跟在一辆货车后头也下了高速，他本以为罗小男会拐去某个工厂的厂区，却不想宝马车却是一路往渡山风景区的方向去了。

经历过之前的灭门案，萧厉现在对这种风景区都有阴影，他实在想不出罗小男这个天非要来爬山的理由，只能惴惴不安地跟在后头。因为天气原因，一路上的行车越来越少，到最后只有他们两辆车开在雨里，雨幕起到了很大的遮掩作用，罗小男对他毫无察觉，一路将车开进了山脚下空荡荡的停车场里。

萧厉停在远处，看着罗小男匆匆打着伞往山上去，渡山相比于九龙山和南山来说，只能算是个强行开发出的风景区，因为地处偏僻，风景也一般，一直人迹罕至，很少有人专门驱车前来。

罗小男步子飞快，萧厉本来想好要直接找她问个清楚，然而如今看她行动诡异，便决定暂时按捺住心思，保持距离跟在后头，想看看罗小男究竟冒雨来做什么。

雨越下越大，罗小男走到了半山腰的一小块平地上，这儿有一些天然的景观，旁边还放着供人休憩的石凳子，平时应该只是个爬山道上的休息点。

罗小男便在这个地方停了下来，萧厉站在七八米开外，看着她在平地上四处寻找，最后匆匆从地上捡起一样东西，迎面便向下山道的方向跑过来。

萧厉心里一惊，下意识躲在了一块石头背后，眼看着罗小男消失在山道上，手里似乎还拿着什么白色的纸张。

萧厉越看越是一头雾水，在罗小男走后，他走到刚刚罗小男低头找东西的那块空地，发现这里天然存在一个小小的断崖，断崖下头是溪水和巨大的岩石，而在断崖周边的泥土上，还散落着一些黄白色的东西。

萧厉从泥水里捡起一片碎片，发现这竟是一张祭祀用的黄纸。

这个地方死过人吗？萧厉想到罗小男刚刚古怪的神色，脑中不由得"嗡"的一声。雨越来越大，伞几乎已经失去了用处，他几经纠结，终于还是不顾浑身给淋得透湿，顺着一旁满是泥泞的山坡小心翼翼地下到了断崖下头的小溪旁。

从上头看，这只是一条毫不起眼的小溪，在溪水里也零零落落散着一些破碎的黄纸，像是被人直接从上头扔了下来。

要是这个地方没有任何被人竖起的坟头，那这些黄纸就相当蹊跷，而此时黑云压顶，树林里的光线变得昏暗，萧厉不得不用塑料袋裹了手机，打着灯在小溪周边寻找。

他现在完全搞不清楚罗小男为什么要来一个死过人的林子里找一张黄纸，但是显然，罗小男和这个地方是有关系的，她知道这个地方死过人吗？

萧厉心中乱糟糟一团，很快浑身上下都湿透了，被林子里阴冷的风一吹便冷到骨头里去。萧厉打了个寒战，心中刚冒出等到雨停了再来看的念头，脚下却忽然一个踉跄，也不知是绊到了什么，他一下摔倒在泥泞里。

"什么鬼东西。"萧厉穿得单薄，磕到石头不免一阵龇牙咧嘴，用手机灯去照，他才发现绊倒他的是一块凸起的石头，而石头底下似乎还压着一个红蓝相间的尼龙袋，在暴雨的冲刷下露出了一角，其他大部分还埋在土里。

为什么要把这么大的尼龙袋埋进土里。

萧厉背后一凉，他蹲下身子将石块挪开，又用手挖了几下，果真发现他看到的只是尼龙袋的一角……随着尼龙袋露出的部分越来越多，萧厉想用力要将它从泥土里拽出来，然而袋子底下却不知坠着什么重物，任凭他怎么拽，尼龙袋都是纹丝不动，无奈之下，他只能用石块直接将袋子划出一个洞，手上用力将它撕开。

一股恶臭扑面而来。

萧厉被这一下呛得一阵干呕，整个人没蹲稳，直接摔倒在一边。

借着手机惨白的灯光，他看清尼龙袋里有一只半腐烂的手上爬动着无数蛆虫，萧厉只觉得浑身的血液都冷了下来。

他没想到，自己真的会在这个地方找到尸体。

2

"爸，你现在有没有时间？"

回到周宁后，罗小男甚至没有回家换衣服，径直便去了《大众视点》的工作室，她身上大半衣服都湿了，打电话的手在发抖："我有事想找你聊一下。"

她从山上下来时看到了萧厉的车，明显这人是跟着她来的，就像她想的一样，萧厉很有可能已经猜到了，所以才会直接来跟踪她。

他现在毕竟是个刑警了，这本来就是他的工作。

罗小男将车匆匆停进工作室楼下的停车场，一路上，她拒绝了所有人要带她去弄干衣服的请求，径直走进了罗战的办公室，利索地把门反锁了。

"小男，什么事这么急？"罗战过去很少见到罗小男这个样子，浑身湿透，头发散乱，他皱起眉，"高政民那边的稿子出岔子了？"

罗小男摇摇头，走到罗战桌前，一眼就看到桌上放着的全家福，那时她还不怎么记事，被罗战抱在怀里，男人身边还站着一个眉目温柔的女人，正是罗小男的母亲。

罗小男怔怔地看着那张照片，已经到了嘴边的话竟又说不出口。

"小男，发生什么事了？"罗战还在担心地看着她。

罗小男捏紧了拳头，做了几个深呼吸后，她终于又找回了自己的声音："爸，五年前我帮刑侦局的那一次，你是不是在我的稿子里动了手脚？"

罗战一怔："小男你在说什么？"

罗小男咬牙道："爸，五年前我是信任你才会把稿子交给你，但是你可以向我保证，你真的没有收任何好处，也没有包庇任何人吗？"

罗战怔怔地看着她，恍惚间只觉得他的女儿长大了很多，他沉默了一会儿，说道："小男，这件事可能有什么误会，晚点我们回家说好吗？"

"我都查过了。"罗小男疲惫地闭上眼，"从两年前我发现王朝给你寄了红酒之后就一直在陆陆续续地查，这一年以来你见过谁，在哪里消费过……爸，到这个地步你没有必要瞒我，如果不是非常确定，我不会来找你的。"

"……"

见罗战不说话，罗小男又道："这几天我还跟你去了普西，你去渡山上吊唁谁？"

"渡山？"听到这两个字，罗战表情终于有了变化，"小男，你跟踪我？"

罗小男冷冷道："小时候你就经常在每年的这个时候去普西，那里有什么？是不是以前发生过什么，所以你才要去渡山撒黄纸？有谁死了吗？"

她一口气将心中的问题尽数倒了出来，每多说一句，罗战的脸色就变得更加难看，最终他面色铁青道："小男，你知不知道你现在接触的这些东西很危险。"

罗小男浑身上下绷得很紧："就算危险，我现在也已经知道了，你为什么要做这些，渡山上又究竟有什么？"

罗小男说到最后就像是豁出去一般，面色苍白至极，却还紧紧地盯着他的眼睛。

罗战看着她这样忍不住叹了口气，想来也只能怪他自己，把女儿教得太好，他疲惫地前倾身子："小男，不如这样，有些事情在这里和你说会很危险，我带你去欧洲，在那里你想知道什么，我都会告诉你。"

罗小男一怔，虽然本能地觉得这一去恐怕会出岔子，但看到罗战满脸疲惫，她却又禁不住心软："爸，你能保证你从现在开始，你对我说的都是实话吗？"

像是看出她脸上的戒备，罗战淡淡道："你是我唯一的女儿，我还会害你吗？"

他说着又苦笑着摇头："小男，有些时候我忍不住还把你当个孩子看，是我不对，等到了欧洲，到了安全的地方，我什么都会告诉你的，好吗？"

…………

晚上八点，下了一天的雨，雨势终于变小，渡山脚下，一辆车速很快的警车在警戒线前猛刹了下来。驾驶坐上下来的男人高个圆脸，满脸不耐烦，也不顾脚下泥泞，大步流星地撩开警戒线往里走："什么情况，四具尸体同一个地方找到的？"

跟在他身旁的女警梳着短短的头发，为了跟上男人的脚步不得不小跑起来："本来报案的人就找到一具，谁知道派出所派人来看的时候，在相隔不到三米的位置又发现了一个一模一样的尼龙袋被埋在土里，恶性事件，就交给我们了。"

"这种破天气出这种案子，真是应景。"李松披上雨披，蹚着泥泞从登山道爬到平台的位置，只见断崖下方的小溪旁已经布了照明灯，十多名警员正在进行搜索。

李松脸色难看："夏鸥，孙立德那边怎么说，验过了没有？怎么死的？"

女警像是已经习惯了李松这种连珠炮似的问法，同样也用极快的语速答道："德哥已经来了，但是四具尸体里只有最开始被发现的那具还没有完全白骨化，所以现在死因还不大看得出来。"

李松皱着眉："是一个人干的吗？"

夏鸥的脸色凝重："虽然还没办法确定，但装四具尸体的尼龙袋一模一样……"

李松抹了一把脸上的水说："报案的人呢，这个鬼地方这么偏僻，今天又下暴雨，他没事到这儿来干什么？天上掉钱啦？"

不知为何，夏鸥这时的神情却变得有点奇怪："报案的人之前被石头绊倒，腿上受了伤，而且他本来身上还有伤没好透，淋完雨之后不舒服，送他去医院了。"

"身上还有伤？"李松敏锐地察觉到这话里的古怪之处，警惕道，"他是什么人，身上有伤还下雨天往山上跑，背景查过没有，有没有问题？"

夏鸥叹气："李队，这事儿是有点奇怪，报案的人也是个警察，而且估计你还认得。"

"谁？"

"萧厉。"

夏鸥报出这个名字，李松的神情先是迷茫了一阵，随后他像是想了起来，没好气道："不是阎非的搭档吗，前两年的大红人，他今年毕业后被阎非招去周宁市刑侦局了，没事跑到这儿来干什么？"

夏鸥跟着李松也有几年了，对自家队长和阎非之间的那点过节也算是门儿清，她看李松脸上隐隐已经浮上几分暴躁，犹豫了一会儿道："李队，这个事儿恐怕还有点麻烦。"

"怎么？"

"因为他好像……还通知了周宁那边，现在阎队已经在医院里了。"

"阎非已经来了。"

李松瞪大眼，紧跟着二话不讲便往山下走去，夏鸥一怔："头儿，不看现场了吗？"

李松不耐烦道："这几天下暴雨，现场就算有什么也全毁了，先去见报案人。"

"哦，好……"

不出二十分钟，夏鸥的车已经停在了县医院的楼下。

停车场里果不其然停着一辆周宁来的车，李松扫了一眼，脸色铁青，上楼的步子都迈大了些，在前台问了情况后，他便径直走进三楼的一间病房。

萧厉之前被冯殷刺的腰伤还没有好透，加上淋雨，来医院之后竟发起了烧，也因此李松到的时候，萧厉还在打吊针，阎非坐在床头，回身看到李松那张火气很大的脸也不由得皱起眉。

阎非轻声道："事情已经闹到市局了？现场是什么情况？"

李松冷哼一声："这归你管吗？还轮不到周宁来插手这个事吧。"

李松说完目光冷冷扫过萧厉："没想到之前特招没碰上你，倒是在这儿见到了，为什么在暴雨天千里迢迢地从周宁跑过来，上这么一座荒僻的山上挖土？"

萧厉一听就觉得不妙，阎非前脚进来才跟他说，叫他马上想清楚要怎么应付李松，结果后脚李松本人就来了，而且看着杀气腾腾，明显不想轻易放过他。

萧厉脑中乱成一片，连他自己都搞不清楚罗小男为什么要来这种地方，然而要是直说他是跟着罗小男来的，那恐怕又会给罗小男招惹上莫须有的嫌疑。

真是伸头一刀缩头一刀。

萧厉咬了咬牙，正打算一口咬死是自己无意间撞破的现场，阎非在此时却突然问道："你说这两天你要去找罗小男聊聊，是她把你约来这个地方的吗？"

3

"……"

萧厉瞪了一眼阎非，而李松皱眉："罗小男是谁？"

"是他女朋友。"夏鸥在旁小声道，"之前微博上扒过，挺漂亮的，头儿你小时候应该看过她爸的节目——《总编时间》，罗小男她爸就是那个主持人，长得也挺帅的。"

萧厉心里默默地翻了个白眼，没想到这些人居然八卦到看网络营销号的地步，事到如今他没办法，只能说实话："不是罗小男约我过来的，是我跟踪她到这里的。她最近不理我，我只能跟着她看看她有没有在外头另结新欢。"

他没直接说出自己怀疑罗小男的事，而这次阎非倒也没再戳穿他："然后呢？"

萧厉叹了口气："罗小男上山什么都没做，就捡了一张纸，我了解她，觉得她可能是接到什么小道消息，听说这儿有新闻才来的，后来她因为雨大走了，我就想如果我能帮她找到什么，回去说不定可以套套近乎，就这么顺着找到了尸体。"

"那你叫他来做什么？"李松不冷不热道，"你都已经报了警了，为什么还要和周宁方面通报？"

萧厉翻了个白眼："大哥，我打电话回去不是和他通报，是要请假，当时那情况我先摔了跟头又成了报案人，伤口还裂了，你觉得我第二天还能赶回去上班吗？"

他说完又瞥了一眼阎非："至于别的，我也不知道为什么我们队长日理万机还能抽出空来关心我这个新人，往好里想可能是怕我在普西被人为难，往坏里想可能就是单纯来看我笑话吧。"

萧厉话说得愤愤不平，一边的夏鸥听了没忍住直接笑出了声，被李松瞪了一眼才收住，不好意思道："队长，要换了我在周宁碰上这种事儿，我也得打电话跟您请假啊。"

李松冷哼："不管怎样，在能彻底洗清你嫌疑之前，人得待在这儿。"

萧厉满脸无奈："老哥，你见过有哪个杀人凶手会趁着下雨把自己辛辛苦苦埋进去的尸体往外挖的？收菜哪？"

李松冷冷看着他："你现在在普西，如果不服，等于反抗执法。"

萧厉现在可算知道为什么别人都说李松脾气差了，小声道："你要和我们队长有仇，你们有怨报怨有仇报仇，别拿我当出气筒啊。"

"你说什么？"

李松被他激得眉头一跳，眼看就要发作，阎非这时插了进来："按照他的说法，挖出来的那具女尸还没有完全腐烂，应该死于这一两个月内。我和萧厉是室友，平时几乎都是同进同出，因为周宁接连发生了灭门案和连环奸杀案，萧厉没有哪天是休息的，所以在尸检报告出来之后，应该很快就可以排除他的嫌疑。"

李松冷冷道："所以阎非你来就是为了给他洗白的？"

"他只是个报案人，不是嫌犯，我不需要给他洗白。"阎非几番受李松挑衅，此刻终于冷下脸，"再者，萧厉是周宁市刑侦局的一员，是我的人。如果经过尸检，他没有不在场证明，被扣下我无话可说，但是李队长，你只是因为个人恩怨要强行将他列为嫌疑人，那这件事我没办法袖手旁观。"

李松冷笑，他老早就想新账老账和阎非一起算了："阎队长还真是情深义重，不但护着手底下的人，还爱好从别人那里抢人，我就想问问你，陈雪是你申请调走的吗？你把我们这儿当什么？培养基地呀？"

"这是上头的调令。"阎非这时也不再和他客气，"为什么调走普西的人我不知道，但我要是你，应该去问问陈雪，她还想不想回来。"

"你……"李松脸色铁青。

萧厉实在看不下去："我说真的，我现在发烧还腰疼，你们二位神仙打架不行外边请吧，万一打出个好歹，还能直接进来挂号。"

他说完，夏鸥再也忍不住，哈哈大笑了起来，李松翻了个大大的白眼："夏鸥，你今天怎么回事？被雨淋得昏头了？"

"对不起队长，我出去笑。"

夏鸥默默转身出去，留下病房里三个男人大眼瞪小眼，最后还是李松开了口，冷冷道："等你挂完水，夏鸥会带你去队里做笔录，阎非可以去，但是不能干扰我们工作。"

"不会。"阎非道，"但是尸检结果出了我要第一时间知道。"

"到时候会有人通知你。"

晚上十一点，萧厉挂完水之后跟着夏鸥去了普西市刑侦局，这里许多人明显是认识他们的，看到阎非的时候不是一脸八卦就是面露惊恐，萧厉猜想他们多少也知道李松和阎非的那点前尘往事。

夏鸥带萧厉做完笔录，十分有人情味地让两人在尸检室门口等，分局的主事法医孙立德中途出来同他们打了招呼："之前'火药桶'打电话和我说过了，没想到咱们这么长时间没碰到个大案子，结果你们一来就给撞上了，先送来了四具尸体，好像刚刚现场那边又挖出来两具，估计我今天晚上是没有美容觉睡了。"

六具！萧厉脑子里"嗡"的一下，阎非也皱起眉："是一个人做的？"

孙立德叹气："新挖出来的两具，一具尸体是包在塑料布里的，一具是直接埋的，另外现在送到我这里来的四具，都是放在同样花色的尼龙袋里的，你觉得呢，阎队？"

阎非皱着眉头没说话，孙立德走后，萧厉在尸检室外坐立不安，等到十二点刚过，渡山方面又送来了两具白骨化的尸体，李松回来时满身泥浆，看到萧厉没好气道："你女朋友现在联系不上，她的同事说她最近请了病假，她父亲也联系不上。"

萧厉瞪大了眼："我今天才见过她，怎么会联系不上？"

李松不耐烦道:"不知道,不过她爸那边倒是说她下午浑身湿透地去找了罗战,之后罗战带着她走了,去了哪里,现在没人知道。"

萧厉心里一凉,罗小男直接去找罗战,说明她在渡山上发现的东西应该和罗战有关系,就像之前想的,罗小男恐怕一直在调查的,就是她爸的事。

李松冷冷道:"这件事情之后还会再核实,你们先等着尸检结果出来吧,看这样子,恐怕要定性成特大恶性事件了。"

说完,李松很快就忙得不见踪影,阎非看萧厉坐立不安的样子按住他的肩膀:"现在说什么都为时过早,先等尸检。"

两人在门口枯坐了快三个小时,孙立德终于从里头满脸疲惫地出来,连打了两三个哈欠:"一直这么干真有点吃不消,出来透口气……刚弄完一半,三具女尸,都是全裸被包裹在大型尼龙袋里,伤口是锐器刺伤,单刃刺器,可能是水果刀之类,伤口集中在下腹部,反复戳刺超过二十次,造成大出血,即使是两具白骨化的尸体都能在盆骨上找到清晰的利器痕迹,死因应该是一致的。"

阎非问道:"已经无法看出有没有性侵痕迹了吧?"

孙立德摇摇头:"我看悬,尼龙袋里没有任何其他东西,据'火药桶'说现场也没有发现死者的衣服,身份要靠DNA来查了。"

孙立德没和他们说两句就又进了房间,虽然时间已经接近凌晨四点,但萧厉非但毫无睡意,心里还跟烧着一把火似的。他联系不上罗小男,也不知道为什么会在渡山挖出尸体,如果罗小男在调查的事情已经凶险到这个地步,那他之前究竟错过了什么?

到了快天亮的时候,萧厉已经给罗小男打了将近三十个电话,始终没有任何回应,六点出头,孙立德摘了手套口罩从尸检室里出来,满脸疲惫:"五具尸体死因相同,还有一具没有被东西包裹的女尸是被钝器砸死的,DNA样本已经去核了,不知道能撞上几个。"

阎非道："渡山地处周宁和普西之间，只不过离普西更近一些，持有两地身份的人应该是一半一半，凶手也有可能不是普西人。"

"你想也别想。"阎非话音刚落，他身后有个冷硬的男声毫不客气地插了进来，李松大步流星地从走廊另一头走来，"老妖精，谁抢了你的人你心里没数哇？做了一晚上尸检赶紧睡美容觉去吧，还有阎非，你给我听好了，这是普西的案子，我不需要别市的人来指手画脚，尤其是你。"

4

萧厉一看这个剑拔弩张的架势，下意识就要上去打圆场："我说，咱们也没必要上来就把气氛搞得这么……"

"你的事儿还没有说清楚，别忙着为你们队长说话。"李松毫不给他面子，"这个案子就是普西的案子，难道平时周宁的案子出了外地的受害者就会要跨市合作吗？"

阎非冷冷道："在这里工作和生活的人，你根本无法保证他来自哪个区域，与其绕弯子，不如上来就申请协作，也省得之后再费劲办手续。"

"到时候要办再办。"李松不甘示弱地回呛他，"阎队你不要这么着急把功劳往自己身上揽，别忘了，你自己的人现在还没撇清楚，别急着在这儿充英雄。"

阎非神色一冷，萧厉心知不妙，阎非这人吃软不吃硬，李松这么激他，怕是往后阎非也绝对不会给他好果子吃。

"那劳烦李队尽快。"果不其然，阎非再开口时语气冷硬，"做完笔录如果拿不出证据证明他和案件有关，你有多少时间你自己清楚，李松你现在算算时间，看还剩下多久。"

上午十点，六具尸体完成第一轮的信息核对，其中五具女尸的身份得到确认，分别是失踪两年的袁苹，失踪时二十六岁；失踪三年的杨曦，失踪时二十八岁；失踪一年半的付青青，失踪时二十五岁；失踪两年的张晓婷，失踪时十九岁；还有大半个月前刚刚失联的陈晓，失踪时二十三岁。因为五个人失踪后都有家属及时报案，所以普西当地还存有直系亲属的DNA，样本上机之后几乎立刻就匹配上了相应的失踪人员。

萧厉听夏鸥说完觉得不可思议，许多白骨案警方都会因为确定不了尸源而头疼，很少会出现这种每个死者身份都能一下子被查清的情况。

趁着阎非下楼买吃的，萧厉本想和夏鸥多套一些案子的信息，却没想到李松这个时候推门进来。他本身长得倒是不凶，甚至能说得上浓眉大眼，只可惜因为心眼有点小，常年蹙着眉头导致眉心都长出皱纹来了，看起来就像是个行走的燃烧弹一样。

李松冷冷道："我们查了一下，昨天晚些时候，罗战带罗小男去了欧洲，现在已经取得联系。昨天罗小男去渡山是为了查证当地非法开山造墓的传闻，但因为上了山之后雨势太大便只能临时放弃，晚点时候她去到罗战公司同罗战抱怨最近的身体状况，碰上罗战海外报刊有紧急事务，便索性带着罗小男出国散心了。"

"是吗……"

萧厉闻言松了口气，同时又觉得心底发沉，罗小男近期一直在休假，她连原本老高派给她的那些稿子都自顾不暇了，哪里来的闲工夫去渡山调查非法开山造墓的事情……

萧厉这边还在满心担忧，李松忽然道："你在怀疑什么？觉得她没在说实话？"

萧厉抬头对上李松冰冷的眼神，这才意识到自己还坐在审讯室里，之前听林楠说过，李松脾气暴归暴，但在学校里的成绩也仅次于阎非，现在落在他手上，想要彻底把罗小男撇清楚，并不是件那么容易的事情。

萧厉想到这儿叹了口气："我能怀疑什么，她最近什么都不跟我说，我去渡山就是担心她另结新欢，现在她一声不吭又去欧洲了……我当然是疑心她在外头有人了。"

李松闻言微微皱眉，最终视线却是落在他戴表的手腕上，冷哼一声："看你油嘴滑舌的，真不知道阎非看中了你哪一点。"

他话音刚落，阎非直接从外头推门进来，李松看到他手上的早饭，面色更是不快："我有说可以把这儿当食堂吗？"

"我是来带他走的。"阎非淡淡道，"从笔录开始算，时间已经到了吧，还是说李队长有什么新证据，可以继续把他扣在这儿？"

李松脸色顿时难看起来，却也没法反驳，只得没好气道："赶紧走，之后要是发现了什么问题，立马要给我滚回来。"

阎非闻言二话不说，拉着萧厉就下了楼，上了车，萧厉忧心忡忡道："阎非，你难道不觉得这个案子……"

"你担心它和罗小男有关系。"阎非看着他，"你现在跟我说实话，你为什么会跟着罗小男来渡山？"

萧厉无奈道："我要知道就好了，就是因为不知道所以才可疑，现在罗战把她带出国就更奇怪，在这个节骨眼上，罗小男不可能轻易跟着罗战出国的。"

阎非闻言沉默了一会儿，半晌却还是启动了车子，萧厉看他动作一愣："真走哇？"

"回去拿点衣服，之后恐怕要住在渡山了。"阎非道，"我印象里渡山很少发生案子，这么大的恶性事件，市局领导为了稳妥和提高效率，不可能不合作调查的，早晚也会到我们手上，只需要等就行了。"

"李队，又见面了。"

下午两点半，萧厉在普西刑侦局三楼看到李松时，毫不意外地发现他臭着一张脸，像是连话都懒得说，抱着手臂把头转向窗外，一言不发。

萧厉心想这个打脸来得确实快了点，他和阎非才拿了几件衣服就接到了通知，而阎非此时就像是看不见李松难看到极点的脸色一样，平静道："普西相对近，所以我们带人过来进组，带来的人你们应该也都认识，唐浩、林楠、万晓茹和陈雪。"

"晓茹？"李松眉头骤然一跳，"阎非你什么意思？"

阎非淡淡道："陈雪和万晓茹都是自己申请入队的。"

李松明显已经过了忍耐极限，火大道："晓茹在检验科，她怎么会申请入队！"

阎非冷冷看着他："晓茹现在出外勤，上个案子临时借调来的，她一个小时之后就到了，你要不信，可以自己问她。"

李松瞪着他，看样子简直恨不得上来咬阎非两口，而萧厉出于求生欲没出声，默默看着两人剑拔弩张了好一会儿，直到局长严庆从楼上下来，李松的脸色才有所缓和。

"你俩可是周宁的大名人啊，没想到都来了。"严庆和杨军的感觉很不一样，是个笑眯眯的中年人，"都来了好哇，案子应该很快就能破了。"

阎非恭敬道："应该的。"

李松冷着脸不说话，而严局像是十分了解他的脾性，拍拍他的肩膀："和小阎好好合作，这么大的案子，外头的媒体都等着看呢，破不了要闹笑话的。不要上来把自己的路限得太窄，都是为了案子，以前的事放一放，这都多少年了，也该过去了。"

眼看着李松的脸越来越黑，萧厉觉得好笑，又瞄了一眼阎非，结果这人倒是一副虚心受教的模样，俨然就是小时候在班主任面前装乖的坏学生。

萧厉心想，李松在学校里就搞不过阎非也是有道理的，论心思和演技好，萧厉现在还没看到过有人是阎非的对手。

之后不到一个小时，周宁方面的人到齐，陈雪本来就是普西过去的，和夏鸥抱了半天才想起来李松站在旁边，老老实实地上来叫了一声队长。

阎非道："陈雪你去帮一下孙学长，六具尸体现在认出来五具，还有一具身份不明，他昨天忙了一个晚上，应该还有工作没有做完。"

"好！我这就去师父那儿！我还给他带了周宁特产的鸭子。"

陈雪兴冲冲地下了楼，随着她走远，三楼的气氛再次变得紧张起来，夏鸥偷偷打量自家队长："要不我来大概介绍一下现在案子的情况。"

"你说。"

阎非和李松异口同声，又在同时对对方投去刀子一般的眼神，夏鸥见势不对，赶紧插进两人当中，大致说了一下尸体的情况，唐浩问道："不是发现了六具尸体吗？五具都是锐器致死，还有一个是怎么死的？"

"最后一具没有查出身份的女尸，看骨龄在三十岁到三十五岁，颅骨骨折，存在严重外伤，是被钝器砸死的，和其他五具尸体完全不一样。"夏鸥深吸口气，"而德哥说，因为埋的位置在水边，看腐烂程度，死亡时间可能已经超过十年了。"

5

"总之，先分头去查一下现场还有几个被害者的关系吧。"

一片寂静的会议室里，见阎非和李松都不说话，夏鸥小声提议："一直在下雨，现场好像被破坏得很严重，得想办法走访一下风景区附近的管理人员，看看有没有值得怀疑的对象，还有就是，留在现场的同事在小溪边发现了一些纸钱，应该就是罗小姐之前去调查的东西。"

"了解。"阎非淡淡道，"你们是东家，分人吧。"

李松闻言冷哼："我看还是算了吧，省得你到时候去严局那边告状，还是你先挑吧阎队长，要去现场蹚泥还是去见受害者家属，自己选。"

"好。"阎非也丝毫不跟他客气，"那林楠你跟着李队去现场，小唐你带下晓茹，去找袁苹和杨曦的家属，我带着萧厉查付青青、张晓婷和陈晓，晚上回来碰。"

"还真是给我安排得明明白白。"李松冷冷看了阎非一眼，"我倒是不知道你现在跟个保姆一样，来的新人不但负责接送，而且还负责手把手带了？"

这个话明显是用来臊萧厉的，但萧厉自从进了警校这种话实在是听得太多，在这方面的脸皮相当厚，立刻笑嘻嘻道："我虽然是个半吊子，但事实证明我和阎队八字还挺合的，在一起工作连二十年没啃下来的案子都能破，既然这样，又何必破这个风水呢李队？"

"你……"

李松没想到萧厉承认得这么坦然，面色顿时僵住了，而阎非丝毫不给李松面子，置身在普西跟平时在周宁没太大区别，分配完任务，招呼萧厉便下楼去了。

"我怎么看不光李松对你有仇，你对李松也好不到哪儿去呀，不就是跟你争风吃醋大打出手吗？这事儿你都把他揍了，现在还没消气？"

萧厉觉得奇怪，阎非看着不近人情，但其实一直很会做人，认识这么久，萧厉还是第一次看阎非一点台阶都不给人留。

阎非启动车子："他敢把这个事情闹到白灵面前，就该打。"

在白灵过世后，他将两人过去的点滴反反复复在脑内过了不止一遍，每每想到自己过去让白灵受的委屈，阎非心里都会冒出一股无名火："因为自己一厢情愿就去伤害完全不相干的人，当年我只打断他一条胳膊已经算是很便宜他了。"

"……"

萧厉看着阎非的脸色不由得打了个寒战，自觉地放弃了这个话题，清了一下嗓子道："那咱们马上先去找哪个？"

阎非道："你既然担心和罗小男有牵扯，就先去找最近死的那个陈晓，死者情况？"

萧厉翻了翻资料："是在渡山一个理发店里工作的打工妹，失踪前和男友住在一起，失踪第二天男友发现她一夜未归又联系不上，向派出所报案，通知亲属来采的 DNA。"

渡山县地方不大，不到二十分钟两人已经到了陈晓男友崔志的理发店门口，听闻陈晓的死讯，崔志表现出极大的震惊，并表示并不认识其他四名死者。两人了解到崔志和陈晓其实也才认识四个月，谈恋爱一个月之后就开始同居，之前陈晓失踪时民警曾经调取过崔志家门口的监控，认定他有不在场证明。

"你觉得呢？"从店里出去，萧厉伸了个懒腰，"目前看来受害人之间都没什么联系，恐怕又是跟之前奸杀案一样，是个随机选择受害人的案子。"

"杀人手法一致，虐杀通常说明凶手动机强烈。"阎非说道，"你向来擅长这个，试一下，在现有的线索基础上，能做出什么推测？"

"啥？"萧厉给气笑了，"上个案子还和我说要讲究证据，这就开始叫我盲猜了？阎大队长，你能不能有点原则？"

阎非道："找证据和你盲猜并不冲突，现在我可以'相信'一部分你的瞎猜。"

萧厉不知道他是哪根筋搭错了："可不要告诉我你是想在李松面前出风头，现在都想用玄学破案了。"

"你就这么信不过自己？"阎非扬起眉，"说，我听着。"

萧厉被他逼得没办法，无奈之下只能开口："那个孙法医都说了，反复戳刺女性下腹，动机应该还是和性有关。手法在升级，从塑料布到尼龙袋，渐渐学习了一种简单有效的抛尸方法，再者就是从山脚到抛尸地只有步道，如果是单人作案，肯定得是个男人，而且体格还不错，最关键的是很熟悉渡山这一带，知道什么时间登山道上没有人。"

"嗯，还有吗？"阎非很有耐心地看着他。

萧厉心虚道："他应该有自己住的地方和交通工具，知道处理掉所有衣物，可能一开始就是想杀她们，所以毫不慌乱，我觉得即便是发生过性侵行为，那可能也不是主要目的，凶手享受的是杀戮本身。"

"这不是挺能说的嘛。"阎非好笑道，"这种类型的案子一旦时间跨度大就会很难破，到后期都会变成先有猜测再找证据，你知道为什么我上来就要掺和吗？"

萧厉心里也好奇："我也奇怪你什么时候变得这么爱管仇家的闲事了。"

"这毕竟是普西的案子，如果压到后期李松再来找我们协助，案子的压力必然已经很大，但凡和案子有一点关系的人都会深查，主导权在李松那边，罗小男也跑不掉。"阎非淡淡道，"是你说的，警察做很多事情都是例行公事，但是造成的后果我们却无法估计，把罗小男牵扯进来，这件事对你们关系造成的影响我现在无法预估，所以在她没有嫌疑的情况下，尽量不要误伤。"

萧厉一愣，没想到阎非真能把他之前说的话听进去，小声道："谢了呀。"

阎非领着他往车边走："除了你刚刚说的那些，按照受害者失踪的时间来看，工作日、休息日、早晚都有，说明此人可能是无业或者是自由职业。"

两人上车后直奔受害者之一张晓婷的父母家，目前查出身份的五个受害者里，张晓婷是年纪最小的一个，失踪时还在念大二，两年前张晓婷失联的消息还曾经炒上过微博热搜，后来出动大量警力搜索未果变成悬案，没想到会在这个案子里忽然冒了出来。

萧厉道："最后一次被人看见是中午去校外吃饭，之后就再也没回来，当时也有男友，两人本来约着吃饭的，但是因为男友中午有事，所以出事时只有张晓婷一个人。"

阎非皱起眉，如果说两年前张晓婷的失踪已经引起过大规模的搜查，那想必张晓婷学校周围的监控都查遍了，现在他们去，除了能够回顾一下当时的案情，恐怕得不出任何新的线索。

张晓婷的父母都是独山县本地的农民，就像阎非想的一样，他们问的所有问题对张家而言都不是第一次，而张晓婷在失踪前也并没有什么异常行为，唯一可以说的，就是她失踪时刚刚谈了对象不久，但是在一年前的调查中，张晓婷的同校男友岳豪就已经被排除了嫌疑。

见完两个受害者家属，两人抽空吃上晚饭，萧厉毫不意外地跟着阎非进了一家哈尔滨水饺馆，无奈道："阎非你可真是五行缺饺子……"

"你要是不爱吃就去找别家。"

阎非轻车熟路地往碟子里倒上醋，萧厉叹了口气，跟着掰筷子："这些失踪案以前也都查过，没查出什么名堂，万一之后真的变成个无头案怎么办？"

"不至于，你不要太小瞧李松。"阎非淡淡道，"李松是个狗鼻子，很擅长从细节里发现问题，最近一次抛尸就发生在近一个月内，现场不至于什么都没有，让他去看现场总能找出些东西的。你有空可以看一下两年前普西的'八一三案'，也是灭门案，人是李松抓的，他在犯罪现场烟灰缸里找到了不属于被害人常抽香烟的烟卷碎片，碎片最大的也只有指甲盖的四分之一大小，是凶手自己卷的，从上头提取出了 DNA，花了一个多星期就把人抓到了。"

6

两人在晚饭后去见了第三个受害者付青青的父母，付青青失踪时二十五岁，已婚无子，丈夫王刚在周宁的工地上工作，在付青青被判定失踪后两人已经离婚，如今王刚在周宁再娶。

据付青青的父母说，付青青失踪当天在县里的农贸市场上班，下班后并未回家，父母当晚联系不上人便选择了报警，但事后并未像之前张晓婷失踪案引起这么大的水花，竟就这样不了了之了。

付青青的父亲深深地叹气："之前我老早就说了，她都结婚了，不要那么浓妆艳抹地去菜市场，传出去也不好听，还会惹上这些事……"

浓妆艳抹。

萧厉想起之前在张晓婷家和崔志那边看到的两个受害者的日常照，确实都是注重装扮的类型，他心头一动："付青青的性格是怎样的？"

付母无奈道："爱玩，要不是我们逼着她结婚，她能玩到三十岁，也不知道怎么会这么不安生，我们这儿像她一样大的都生娃了，她还想着天天出去玩……"

"付青青失踪时，她和王刚的关系怎么样？那段时间王刚是在渡山还是在周宁？"

"她和王刚经常吵架，但是感情吵不坏，每次王刚回来他俩还要看电影唱歌，她失踪之前王刚回来过一次，和她在一起待了两天才走。"

两人随即去看了付青青的房间，里头的东西都已经被付青青的母亲整理归类，其中光是化妆品就放了一小箱，还有两整箱的衣服，这对于本身经济条件算不上好的付家来说算是笔不小的支出，也难怪家人一直对她多有诟病。

时近八点，阎非带着萧厉从付家离开时天色已经全黑，回普西六十公里的路，阎非开得飞快，一个小时出头两人已经回了刑侦局。

上了三楼，唐浩和万晓茹也前后脚到了，唐浩连着打了三四个喷嚏："我总算知道为什么你们说挨一刀免疫力要降好几级了，我之前可没这么容易感冒。"

萧厉提起这个事情就内疚，还没说话，阎非已经说道："等到这个案子了了，放个假回去休息一段时间，这个事我上次已经和杨局说过了。"

唐浩一愣："头儿……"

"连着发生案子没办法，但是现在如果伤口养不好，以后下雨天会疼。"阎非很快言归正传，"你们的两个受害者是什么情况？"

唐浩道："袁苹失踪前在县里的一家 KTV 工作，是周宁人，两年前袁苹夜班结束，早上没有回家，后来是与她同居的男友报的案……她的男友是和她在同一家 KTV 工作的酒保，在袁苹失踪的当天是白班，下午回家发现她不在家又联系不上就报警了。"

"又是有男友的，就是因为这样，所以失踪才都有人很快报案也留下了 DNA。"萧厉转向万晓茹，"另外一个呢，也不是单身？"

万晓茹道："失踪时间最久的杨曦已婚，失踪当时还有一个一岁大的儿子，她的情况不太一样，家在普西，但是不知为何会来渡山，后来她的车被找到才发现失踪，渡山当地通知了她的丈夫，留了孩子的 DNA 做比对。"

萧厉皱起眉："不是已婚就是有男友，阎非，这可能是他的选择标准。"

阎非将手头有的被害人信息都写上了白板："已婚或者处在热恋期，连着五个人都是这样，这些受害者的共同点一定和凶手的动机有关。"

萧厉道："两个已婚的可能佩戴戒指，并不难辨认，但是如果要知道一个人处在热恋期……凶手大概率还跟踪过受害者一段时间，对她有了解。"

"不对。"万晓茹闻言却摇摇头，"打电话的时候我还特意问了杨曦的前夫她有没有戴什么容易被人盯上的首饰，结果她前夫说钻戒太昂贵了，所以杨曦去外地就会把戒指摘下来放在家里不戴，在她失踪的时候，她的钻戒是留在家里的。"

萧厉头疼道："杨曦是普西的，总不能是从普西一路跟着她过来的吧，这些人最后出现的地点看起来都相隔很远，凶手总不能是满城乱窜碰上谁是谁啊。"

他话音刚落，李松穿着满是泥点的雨披从外头进来，摘下帽子抹了一把脸上的水，骂道："这个雨下得太不是时候，现场跟泥石流一样，怎么查？"

阎非扬起眉："什么都没有？"

"怎么可能？"李松狠狠剜了他一眼，过来飞快地在白板上写了几个龙飞凤舞的词。

烟头，石子，电线。

李松说道："我们在杨曦被埋的坑里找到了一段绿皮电线，应该是他最开始用来捆绑塑料布的，后来在埋的过程中脱落了，检验科的同事看了一下，上头有部分的厂商信息，可以查是从哪儿流出来的。"

阎非道："他怎么会留下这么大的漏洞？"

"我怎么知道。"李松翻了个白眼，在工位上点上一根烟，将透湿的头发捋到脑后，"第二个就是烟头，渡山虽然冷门但也不是没人去的，我们在现场发现了四五种不一样的烟头，有些烟明显不能在县里买到，可能是游客留下的，但有个地方很可疑，在离埋尸地点很近的一块石头周围散落着很多烟头，都是同一种类，因为在比较深处，不像是寻常游客会进的地方，怀疑凶手可能坐在那里休息过，但这个人要是没有前科，对不上 DNA 也是没用的。"

阎非问道："石子呢？"

李松拿出一个装着灰色石头的物证袋丢过来："死者杨曦的埋尸地点我们发现了很多石子，我对比过了，这个石子不属于山上，是工地上常用的石灰岩，应该是凶手第一次抛尸没有经验，自己准备的。"

萧厉有点震惊："他不光扛了尸体上山，还扛了石子？"

李松道："凶手应该是体格健壮的男性，不光这样，山上岩石很多，他用铲子挖坑埋尸的时候几次碰到岩石，甚至在上头留下了磕痕，说明凶手的力气很大，很有可能是当地务农人员。"

"你那边呢？查出什么来了？"

李松说完望向阎非，萧厉便简单说了一下几个被害者的情况，李松听了却是不以为然："小地方人都结婚早，都谈恋爱结婚算不上什么巧合。明天开始我们进驻渡山，尽快进行周边走访，如果能找到目击者，我们很快就会有突破。"

李松说话时语气很冲，阎非却也不恼，顺着话头让唐浩林楠和万晓茹跟着李松走访，他和萧厉继续追受害人这条线，李松闻言冷冷道："你想怎么查随你，但问进度的时候最好给我拿出点东西来，今天去现场的时候这么大雨还有不少围观群众，县里已经人心惶惶，这个案子拖不长。"

"知道了。"

阎非不欲和他多说，拿了几份复印件便领着萧厉走了，萧厉余光里瞧见万晓茹眼巴巴地盯着阎非看，回了酒店还是按捺不住好奇："晓茹是自己要来的？"

阎非道："她因为上次的案子一直很内疚，想要这个机会，她是个警察，她想查案，那是她的本职工作。"

萧厉叹了口气："这丫头比我想的倔多了。"

"晓茹是缺少经验，如果多点历练，她会成长得很快。"阎非像是累了，很快收拾完便上了床，又道，"睡不着就吃药，免得半夜吵得别人睡不着。"

萧厉原本还在慢吞吞地拿行李，闻言却打了个激灵："你怎么知道……"

"你说梦话。"阎非道，"吃药有依赖性也好过你第二天精神状态很差。"

"……"

萧厉想到之前和阎非出差也不是一次两次，一时间尴尬得简直恨不得原地抹脖子，心想难怪阎非要一直带着他查案，估计是怕他的精神状态不稳定被其他人看出来。

"快睡吧。"阎非说完便翻过身，很快就没了动静。

萧厉无声地骂了一句，最终只得恶狠狠地找出安定来吞了两颗。

罗小男的事情都还没查明白，他要是先崩溃了，那后头的事情只会更难办。

7

翌日一早，萧厉难得醒得比阎非还早，阎非起来时看到床头柜上的安眠药瓶子，心想昨晚倒是确实没听到萧厉辗转反侧了。

罗小男曾经和他说过，很多时候连萧厉自己都不知道他的精神状态差到什么地步，长久累积下来，最终只需要一件小事就会让他彻底崩盘，就跟几年前那一次一样，直到萧厉把刀架在自己的手腕上，他都毫无知觉。

这样的事情显然不能再有下一次。

简单收拾过后，两人还是决定先从最后失联的陈晓开始查起，崔志在陈晓失踪后已经将她的个人物品都交还给陈晓的父母，但两人一起租的房子却没退租，萧厉和阎非刚进卧室便看到墙上还贴着许多两人的合拍，其中不少照片里都是陈晓主动搂着崔志的腰，穿衣风格在县城里能说得上是开放。

出于习惯，阎非在屋子里走动时随手拉开几个抽屉，前几个都放着一些杂物，然而在拉到第三个的时候，整个抽屉却装满了安全套，都不是常见的品牌，包装花哨。

萧厉笑道："和女朋友感情挺好哇。"

崔志满脸尴尬："还没来得及丢。"

"好好的东西丢什么？"萧厉帮阎非把抽屉合上，"收着吧。"

阎非问道："平时陈晓除了上班，还会见什么人？有什么兴趣爱好？"

"阿晓特别黏人，平时恨不得二十四小时都想知道我在哪儿，后来她去别的店上班了，中午都要特意跑过来和我一起吃饭。"

"所以说她独处的时间很少？"

"是，所以我才难以置信她最后会出这种事。"

阎非和萧厉对视一眼，阎非问道："她真没有和你说过感觉自己被人跟踪过之类？"

崔志这回认真回忆了一会儿，还是摇头："真的没有，陈晓平时有什么事一定会和我说，但是她没有和我说过这个。"

从崔志家出来，外头又开始下起了小雨，萧厉叹了口气："回去得再查一下陈晓的消费记录，如果都能和崔志这边对得上，那就真是见了鬼了。两个人都是同进同出，凶手是怎么盯上她的，总不能是眼红人家谈恋爱吧？"

两人紧跟着去了陈晓最后被目击的理发店，就和崔志说的一样，理发店的店员也确认了陈晓大多数时候都和男友黏在一起，中午甚至不会在店里和其他美发师一起吃饭，得了空就会找崔志，店里其他人都习惯了，也没见过有什么奇怪的人跟着她。

上了车萧厉从兜里拿出一张沾着潮气的渡山地图，几个受害者失踪前最后被目击的位置都被画了红圈，其中付青青的失踪地点和张晓婷的失踪地点甚至相差超过五公里，萧厉头疼道："总不能真是流窜作案，我们现在要是查不到几个受害者被害前行动轨迹的共同点，连个抓手都没有。"

阎非沉默地盯着车窗外的雨幕看了一会儿，忽然道："我们有一个误区。"

"什么？"

"单身女性容易被盯上，因为'好下手'，但是这个前提是凶手立马要对她动手，如果他只是跟踪，那么其实在对方是两人结伴同行的情况下，反而更不容易被发现。"

萧厉不解："你的意思是说？"

阎非道："如果是结伴同行，自身的戒心就会降低，我们现在只能确定受害者单人没有被跟踪过,但是如果他们都是处在热恋期或者已婚的情况下,和男友或者丈夫一起出行时有没有被人跟踪,我们无法确定。"

萧厉明白过来:"你是说他挑对方是两人的时候跟踪,然后只要受害者单独行动,就对她们下手?"

阎非道:"受害者的情况类似,在死前除了工作都和男友或者丈夫待在一起,凶手或许最早遇见她们的时候,她们就不是一个人,也因此无论凶手是因为什么原因盯上了她们,他都是知道这些女人是有恋爱关系的。"

萧厉听了他的话不由得皱眉:"如果按照你这么说,那么杨曦的情况不一样,她是一个人来的渡山啊?而且手上没有戒指,这不是很奇怪吗?"

阎非手指敲打着方向盘:"所以杨曦可能是一个突破口,一个女人,外出选择不戴戒指,除了戒指价格昂贵,你觉得还有可能是因为什么?"

萧厉睁大眼:"你是说她是来渡山会情人的?"

随着雨势变小,阎非带着萧厉直奔杨曦当年失踪时发现车辆的街道派出所,三年前,杨曦的车在一家停车场里停了三天都没有来开,之后停车场管理员通过车牌号联系车主,手机不通随后报警,这才发现人早已失踪多时了。

失踪案发生后,当地民警也进行过一些调查,在派出所的记录里还能找到当时留下的资料,但因为立案时并没有当作凶杀案处理,调查也并不仔细,只留下薄薄一张文字资料,表明杨曦在失踪前曾经出现在渡山区中心地带的商业街上。

萧厉站在派出所里满脸不解:"一个富太太失踪,还有孩子,怎么只查到这种地步?按道理说家里人应当非常着急才对。"

阎非沉默了一会儿，给万晓茹打了电话，挂了之后道："晓茹说昨天打电话过去时，杨曦丈夫的态度冷淡，说到戒指的时候明显是思考作答，不排除说谎。"

萧厉正想说这么重要的事情怎么昨天没说，再一想是万晓茹去的，没看出问题多半是经验不足，他到了嘴边的话便又咽了下去，又问："那要不要再逼一逼？"

阎非明显也正有此意，随即联系了普西方面，让杨曦的前夫马志怀直接来一趟县里。在资料上，马志怀比杨曦整整大一轮，是个身材矮小略微谢顶的中年人，来时穿着一身相当老气的西装，看人时眼神躲闪，明显是满怀心事。

落座后，萧厉暗中和阎非交换了眼神，萧厉问道："杨曦失踪后你还有找过她吗？"

马志怀低着头不看他们："找了，但是派出所也说失踪，当时我就带着孩子来留了DNA，后来就没消息了。"

阎非冷道："你们当时已经有孩子了，孩子的妈妈不见了，你这么轻易就认了？"

马志怀小声道："我不认也没办法，孩子妈妈不见了，也还是要继续生活的……"

"那你认得也有些快啊。"萧厉冷笑一声，"杨曦生前没什么保险是挂在你身上的吧？这种事可不要说谎，我们稍微一查就清楚了。"

萧厉有意想拿高压逼他，效果立竿见影，马志怀的脸几乎立刻就白了，有点哆嗦道："警官你们什么意思，我真的不知道她为什么会失踪。"

"那你应该知道她为什么来渡山吧？"阎非眯起眼，"杨曦比你小整整十二岁，她外出时不戴戒指，独自一个人开车来渡山，并且还没告诉任何人来渡山的理由……你难道真的不知道，你的妻子是来干什么的吗？"

8

马志怀胆子小，在阎非的逼问下整个人都缩了起来，萧厉道："她在渡山应该有认识人吧，这个人你知道的话最好和我们说，说不定他和杨曦被杀有关系。"

马志怀犹豫了一会儿，终于支吾道："我不知道那个男人的名字。"

萧厉问道："是杨曦的情人？"

马志怀拧着手指："是她的同乡，和我结婚之前他们俩就认得了，我一开始不知道，直到我发现她的包里有那种东西。"

"哪种东西？"

"就是……安全套，家里都找不到，但是她包里有，还是很劣质的那种。我当时觉得不对，找了人去跟她，发现她趁我出差的时候把孩子交给保姆，借口出去给孩子买东西跑去渡山，和那个男的在一起。"

萧厉看着面前个头矮小的男人，觉得整件事走向有点奇怪，马志怀虽然长相普通，但家境富裕，按道理杨曦跟了他吃穿不愁，就算要出轨也不至于会找一个在县里工作的穷小子，他皱起眉："杨曦和你是什么时候结婚的？你们怎么认识的？"

他问得突然，就连阎非都有点莫名地转头看他，同时马志怀脸色骤然一变："这和案子有关系吗？"

萧厉看他这种反应心里越发觉得不对，杨曦失踪时他和杨曦结婚不到两年，按照时间推算，两人几乎是一结婚就有了孩子，又问道："当时为什么没有通知杨曦的父母？录 DNA 的时候用的还是孩子的 DNA，杨曦是你通过什么渠道认识的？"

马志怀脸色越来越差，阎非也明白过来，拿过杨曦的档案，发现她来自南方的边陲小镇，和马志怀结婚后才在普西落户，阎非皱起眉："她是你买来的？"

这六个字就像是击碎了马志怀最后的心理防线，男人的身体猛地一震，脸颊上的肌肉瞬间绷紧："这……"

萧厉这时候已经猜得七七八八了，他过去也做过这样的报道，在更南边一点的地方，买老婆这样的事情还相当常见，女人想在大城市落户，加上男人到了年纪迟迟找不到人结婚，最终促成了这样的市场。

萧厉道："杨曦是被你买进家里的，她对你没有感情，所以才会在碰到同乡之后不惜来这种地方和人偷情，是这样吗？"

见马志怀说不出话，阎非冷冷道："所以在她失踪后你没有和警方多透露什么，因为对你来说她已经完成使命，给你生了孩子之后，这个女人的死活其实和你没什么关系了。"

阎非话说得相当直接，马志怀如同崩溃一般道："我……我是怕这个事情被查出来，本来她往渡山跑我也不想管了，反正儿子是我的，谁能想到她会突然消失。"

"她到渡山来见什么人？最后一次她来的时候，你知道些什么没有告诉警方？"阎非不客气道，"现在杨曦死了，你要是不说实话，嫌疑就会落在你头上，或者你希望我们仔细查一下当年买卖婚姻的事？"

马志怀被阎非问得浑身发颤，哆嗦道："她，她就给我打过一个电话，说她要迟两天回来，我知道她去渡山是要去见那个男的，实在不想管，一气之下就把她手头的卡都给停了，谁知道后来渡山那边就有人打电话来，说她失踪了……"

马志怀情绪濒临崩溃，之后他们反复盘问了当天的细节，但马志怀始终一口咬死杨曦在电话里什么都没说，他唯一知道的，就是杨曦在渡山县的情人姓郭，在这边的一家工厂里工作。

因为缺少证据，两人在一个多小时后放马志怀离开，萧厉点起一根烟："杨曦死前她所有银行卡都被马志怀停了，太巧了，杨曦是凶手杀的第一个人，在那个时候凶手还没有那么熟练，如果信用卡没有停，我们说不定可以有别的能追查的线索。"

阎非明白他的意思："所以你觉得马志怀可能知道杨曦出事了，他停掉杨曦的信用卡，不是因为生气，而是因为害怕自己放在杨曦那里的银行卡被别人盗刷？"

萧厉叹了口气："我有这种感觉，但是现在没有证据。"

阎非心里也隐隐觉得有些不对劲，杨曦既然是马志怀买来的，收入都倚仗马志怀，那她又为什么有底气同马志怀说"她要在渡山多住两天"，就不怕引起马志怀的怀疑吗？

阎非想着还得再查一查杨曦那个姓郭的情人，正要联系调资料，而就在这时，忽然他的手机铃声大作，是李松的电话。

下午四点半。

两人赶到加工厂的时候李松正在找车间主任核实名单，他显然也觉得他们不可能一下就找到凶手，反复对了三四次，埋尸地点找到的电线确实是这家工厂生产的，而车间主任指着名单上的一个人名道："我们这边分工都很清楚的，流水线上的前几个人不可能把电线从咱们厂里带出去，只有最后经手的人才可能偷拿电线……"

阎非和李松同时凑上去，发现名单上的人叫郭锐，阎非扬起眉："这个人姓郭。"

"不会吧。"萧厉一惊，"这么巧？"

李松听不明白他们的对话："怎么回事？你们之前查到什么了？"

"杨曦在渡山有个姓郭的情人，她在失踪前是来这边找他的。"

虽然太过巧合，但现在一切证据确实都指向了同一处，李松冷笑一声："看来是老天爷都看不下去了，这种事儿都能咬在一起，这人还在厂里上班吗？"

车间主任慌忙给他们指路，萧厉心知抓捕这种活儿李松和阎非都在，肯定没他什么事，自觉地往后站了一些，而李松将他的小动作看了个满眼，冷哼道："真不知道你究竟是怎么过的周宁刑侦局的特招？"

萧厉心想李松真是不放过任何一个怼他的机会，正要回嘴，阎非却在这时抢先道："李松你还是先想案子怎么破吧，萧厉怎么过的特招都可以查到记录，不用太费心了。"

"说你是保姆你还真是呀。"李松翻了个白眼，"阎非我记得你以前可没这么好心，是不是'七一四案'撞车把脑子撞坏了？"

阎非根本懒得搭理他，三人来到加工厂里的打包车间，这个点车间还有三四个人在忙活着将电线捆扎成卷，李松掏出证件问道："郭锐在吗？"

他话音刚落，角落里一个"黄毛"几乎跳起来就跑，萧厉喊了句"小心"，然而阎非和李松的速度却都很快，阎非只用了一下便将人掀翻在地，"黄毛"起身想往回跑，又被李松一把掐住了脖子，李松冷笑道："跑什么呀？你跑得出去吗？"

在核对过身份后，郭锐直接被带回了专案组，县里的设备没有局里好，郭锐被李松和阎非拎去审讯后，萧厉左右看不着监控，只能十分无聊地在门口抽烟。

这两天渡山的雨一直下不停，整个县城都被笼罩在一层蒙蒙的雨雾里，萧厉看着远处连绵的山脉，虽然想要逼迫自己专注眼前的事，但如今罗小男还处在半失联的状态，萧厉只要一闲下来，脑子就止不住地乱想。

如果之前罗小男把他推开的时候他没走，或者在渡山他直接把罗小男拦下来，一切是不是就会不一样？萧厉如今想起这些事满心都是后悔，就好像这些日子他越是不想给罗小男招惹上麻烦，就越是会拉着她一起深陷泥潭。

　　如果罗小男真的查出点什么，罗战会对她不利吗？

　　一阵夹着雨的风吹过来，萧厉被负罪感弄得窒息，烟头从他手里掉到地上，但萧厉却毫无知觉，他耳边都是啤酒瓶被踢倒的声响，男人带着满身的酒味，手上提着一条已经快断了的皮带，醉醺醺地掂量着。

　　"你想怪谁啊？你怪得了谁啊？"

　　一滴冷雨溅落在萧厉脸上，他瞪大眼睛朝后缩，直到撞在别人身上，萧厉才如同惊弓之鸟般地回过神，面前却只有阎非蹙着眉头盯着他。

　　"你怎么了？"

9

　　阎非看着萧厉神色恍惚的样子，心里暗觉不妙，萧厉的精神状况在开始调查渡山的案子之后恶化得尤其明显，他皱着眉又问了一遍："你怎么了？"

　　萧厉被冷风一激，这下终于彻底清醒过来，发觉自己浑身衣服都已经湿了大半，尴尬了半天只憋出一句，"我要说我昨晚吃了过期安眠药站着睡着了你相信吗？"

　　阎非沉默地看了他一会儿，最终却没说什么，只道："郭锐撂了。"

　　"撂了？"萧厉震惊，"人是他杀的？"

　　"他说最后一次和杨曦见面的时候杨曦要和他分手，他对杨曦动了杀心，将她约到渡山附近想用电线勒死，后来出了点岔子，他就把尸体匆匆忙忙地丢在了水沟里……"

"抛尸地点对不上啊。"萧厉皱眉，"而且杨曦的死因不是……"

阎非面色凝重："没错，杨曦的尸体上没有机械性窒息的痕迹，说明郭锐并没有成功，杨曦被他丢在渡山的时候并没有死，真正杀她的人在那之后才出现。"

萧厉没想到会是这么个结果，拿过阎非手里的资料看了一遍，在郭锐的口供里，那个周末，他照旧和杨曦约好了在县里的酒店见面……

半夜，厮混了一天的两人终于气喘吁吁地停了下来，郭锐搂着杨曦汗湿的身子："你现在户口也落定了，还要管家里那个死老头子做什么，跟我过吧。"

杨曦这几年保养得好，皮肤雪白，闻言在他怀里娇嗔一声："还在床上呢，说他干什么？哪壶不开提哪壶。"

"你跟着他又不开心，还不如跟我。"

郭锐将杨曦搂过来，最近他在厂里一次性拿了好几次的全勤，好几千块钱，郭锐想用这笔钱给杨曦买点什么。他贴近杨曦的脸，咬着她的耳朵道："他不是给你买戒指吗，我也可以给你买，明天我们上县里金店看看，你看看喜欢什么。"

杨曦眼神闪躲了一下，犹豫道："阿锐，我现在已经有孩子了……"

郭锐皱起眉："你有孩子都多久了？都给他养到一岁了他还想你怎么样？反正你也争气，给他生了个儿子，你这时候跑，也算对得起他花十万把你买来……"

"郭锐！"杨曦恼怒地打断他，"那也是我儿子，你当他是天上掉下来的吗？我的亲生儿子，什么叫作我给他养到一岁？"

郭锐没想到女人会忽然发脾气，他愣了一下，随即就像是意识到什么："你是不是不想和他离了？"

杨曦给戳中心事，在黑暗中别开眼："我……"

"你是不是不想和他离了？"郭锐恼怒起来，没想到都到这个地步杨曦竟然会掉链子，他之前已经和家里说了杨曦的事，家里也同意了，现在就只差杨曦和马志怀离婚，两人就可以去普西过上自己的日子，结果在这个关口，杨曦居然心软了。

郭锐怒火中烧："你是放弃不了小孩还是放不下他给你的东西？有钱就了不起是不是？"

女人的脸色越来越难看，郭锐说到最后一句，杨曦画得精致的眉毛一扬："对啊，有钱就是了不起，我想把小孩要过来，你能帮我养吗？你要是靠着厂里的那点钱能养，我立马跟你走！"

"你！"

郭锐被激得脑子发热，抬手要打，而女人脾气上来，这时竟也不躲了，不客气道："你不要说我见钱眼开，之前我说我要跟马志怀在普西落户的时候也没见你反对，现在倒是开始说我了，要是你当时就肯直接带我走，我需要跟马志怀结婚吗？我现在连孩子都生了，你叫我丢下儿子走，你以为你是谁啊？"

杨曦过去在乡下嘴巴就厉害，一通话堵得郭锐半句都接不上，女人看他气得脸红脖子粗，冷笑一声，从床上下去开始穿衣服："我本来是想和你好聚好散，马志怀把他的卡给我了，我给你买点东西再走，现在你既然嫌弃这钱，那也就别用了吧！"

黑暗里郭锐一言不发，女人穿好了衣服，正打算走，郭锐却突然叫住她："我们俩好歹在一起这么长时间，渡山上头有座庙，明天我们一起去拜拜再走吧。"

杨曦听郭锐声音柔和不少，又想起两人在老家时的日子，她心里一软，还是点了头。

"明天早上十点，我们在渡山脚下见，你不要开车，这边人素质差，那边有人爱扎车胎，然后骗你去他家里修车赚钱。"

郭锐同杨曦说好，随着门被女人带上，他脸上最后一丝笑意也跟着消失，郭锐看着床头被他俩用过的安全套塑料包装冷笑一声，捏紧了拳头。

翌日早上十点，杨曦坐巴士到渡山脚下时郭锐早已在那里等着了，因为昨晚的事，女人下车便主动上前拉了郭锐的手："阿锐对不起呀，我昨天晚上话说过了……"

郭锐摇摇头让她放宽心，继而又说山路狭窄，走不下两个人，让杨曦先走。

女人见他脸上怒气已消，还以为郭锐已经想通了，想着之后一定要用马志怀的钱给郭锐买点东西，心事重重地往山上走去，而郭锐一直跟在她身后。

"杨曦。"

走到半山腰，郭锐忽然叫了她一声，女人回过头，却见男人脸色阴沉地站在一片阴影里，手里像是还攥着什么，像是电线，又像是一截细细的绳子。

杨曦心头忽地一颤，四下望去，这山上没有一个人，渡山本就偏僻，现在又是工作日，更不会有游客来了。

"你……"杨曦这下终于觉得不对，但郭锐却已经不给她思考的机会，他一步步走上前，表情冷酷又陌生，根本不像是那个和她在一起好多年的人。

"你再说一遍，有钱是不是就了不起？"

萧厉看到最后说："所以，郭锐想要杀杨曦，但是最后因为太紧张，直接把昏迷的杨曦抛在了渡山的排水渠里，连带着凶器也掉了进去？"

阎非道："郭锐现在应该不会说谎，有问题的是马志怀那边。"

萧厉反应过来："杨曦和郭锐说的是她第二天就要返回普西，如果马志怀在这件事上说谎，就说明他其实不是因为生气才停了杨曦的银行卡，而是因为他知道，杨曦的银行卡很快要落在别人手里了……杨曦给他打电话的时候，可能已经在凶手手里了。"

10

马志怀第二次到渡山是被林楠直接带来的，萧厉见了他便冷冷道："你胆子倒是大，尸体都找到了还敢对着我们撒这种谎，你现在和我们说实话，三年前，你是不是就已经知道杨曦不是失踪，而是已经死亡了？"

马志怀浑身一震："我不知道……"

阎非见他还是嘴硬，冷冷道："我们已经找到杨曦的情人了，三年前杨曦找到他是想要和他分手，并且流露出第二天就要回到普西的意愿。她从头到尾都没有要在渡山多待的打算，你和我们说她要多住两天，是在撒谎。"

马志怀震惊道："你们找到他了？"

萧厉一看马志怀的样子就知道，三年前他必然以为杨曦是想要和郭锐走，对杨曦死心，所以才对她的生死毫不在乎。他皱眉道："杨曦因为孩子的关系想要和郭锐断干净，郭锐恼羞成怒将她骗到渡山想要杀她，这些事情你应该不知道吧。"

"什么……"马志怀睁大眼，"你说杨曦她……这是什么时候的事？"

"在她来渡山的第二天，她本来想当天就回去，但是郭锐和她说希望好聚好散，把她骗去了渡山，而之后就再也没有人见过她了。"

马志怀眼神胡乱地飘着："不可能……她之后还给我打过电话，她明明之后……"

"她给你打过什么电话？"

马志怀重重咽了口唾沫，慌乱地解释："我知道她和那个男的肯定是吵架了，要不她不会突然打电话和我说对不起，我确实是因为这个电话才把她信用卡停掉的，我希望给她一个教训，但我没想到，那就是她最后一次给我打电话了……"

"还说谎！"萧厉见马志怀还不承认三年前就知道杨曦的死讯，厉声道，"你当这是什么地方！如果三年前你就知道她可能遭遇不测完全可以当时就报警，那样说不定她现在还活着！"

"可我当时真的不知道哇，我后来瞎猜过，但是也怕被你们查出她是我买来的，所以才……"马志怀苦着脸，"她以前和我吵架都是吵得凶道歉得也快，那天她打电话过来，哭着说她错了，不应该和其他男人鬼混。我当时还以为她是跟那个男的吵架了，就想先停了她的卡，这样也不会显得我太好拿捏……我当时是真的不知道她会死呀。"

阎非问道："她给你打电话是什么时候？"

马志怀抿了抿嘴："就，就是她来渡山的第二天下午。"

萧厉心想那个时间点郭锐应该已经对杨曦动过手了，皱眉道："之前为什么要对我们撒谎？"

马志怀哆嗦道："我怕你们觉得我和她的死有关系……"

萧厉咬牙问道："详细说一下那通电话的情况，她的语气是什么样的，说了什么，电话里还能听见什么声音？"

时隔三年，马志怀回忆起那通电话还是记忆犹新，那是下午四点多，他刚刚在普西的机场落地，联系过家里，保姆却说太太还没回来……马志怀心里很清楚杨曦在哪儿，挂了电话只觉得一阵怒火中烧，他预备拿完行李就直接给杨曦打电话，却没想到人还在扶梯上，杨曦的电话就来了。

杨曦并不是一上来就说话的，她停顿了足有将近十秒钟的时间，这期间马志怀只能听见电话里传来一阵阵金属摩擦的声音，隔了很久，杨曦才用又低又哑的声音说道："志怀，你不要怪我。"

马志怀觉得杨曦这是想要和他摊牌了，心中邪火越烧越旺，而这时女人却又发出一声抽噎："我真的不想这么做，是我对不起你，我不该出去乱搞，我更不该和你结婚，欺骗你的感情贪图你的钱，我就是个猪狗不如的女人，志怀求你原谅我吧！"

女人的哭喊越发凄厉，同时电话那头还能听见某种金属不停摩擦地面的声响，女人越说越多，就在马志怀的情绪将要爆发时，杨曦却像是绝望至极，陡然爆发出一阵哭号："求你饶了我吧，饶了我吧！"

电话就在这时戛然而止，接完电话的马志怀心绪难平，进了城就将杨曦手上所有的卡都暂时冻结了，他本以为这样一来杨曦一定会再打电话过来，却没想到杨曦没有回来，她也再也没有来过任何电话。

…………

从审讯室里出来的时候萧厉一言不发，阎非的脸色也好看不到哪儿去，李松在门口看了两人一眼："怎么，没想到这个兔崽子会说假话？"

阎非同他大概说了一下马志怀的情况，李松忍不住骂道："最后杨曦那句话明显是对凶手喊的，要是马志怀当时就报警，说不定还能追踪到电话……这个兔崽子也不是什么好东西，想明白之后要是报警了，后头四个可以不用死。"

"杨曦的死他也是帮凶，因为他根本不在乎自己老婆的死活。"

萧厉听了他的话突然丢下一句，转身便出了派出所，李松看了一眼他的背影，意味深长道："这么情绪化，也亏你带得动。"

过了一会儿，在外走访的警员陆陆续续都归了队，万晓茹脸冻得发白，见到李松便道："李队，我问过一圈，附近的人都知道有人每年来这儿烧纸钱丢黄纸，但是没人看到过他长什么样子，都说是个个子瘦高的男人，每次来都裹得严严实实，连脸都不露。"

"这个烧纸钱的人来了多少年了？"

"肯定超过五年了，在渡山开发前这个人就来烧过纸，那肯定超过五年了。"

"那就和这五具尸体没什么关系了。"李松深吸口气，"可能是跟无名女尸有关。晓茹，明天你还是跟着一起去走访和这次案子有关的目击证人，我们现在得集中火力先把这个案子破了，经不起耽搁了。"

随后李松将人召集在一处对接了一下走访的情况，进展并不乐观。渡山本身人迹罕至，前些年还是龙都化工厂所有地的时候管得松，后来不知从什么时候起，有人说山上有野坟，去的人就越来越少，五六年前政府把土地收回来搞开发的时候也考虑过这些，还在上头建了个极小的寺庙。

李松插着腰走了两圈道："烟头 DNA 结果也出来了，这人没有过前科，查了半天除了杨曦这边一点儿突破口都没有。"

阎非看着白板上陈列着的受害人信息："也不算完全没有突破口，杨曦是唯一一个抛尸方法和其他几人不同的，加上她的尸体上还掩盖着石子，手法不同，说明凶手对杨曦抱有和其他几个受害人不同的态度。"

"你又要说动机那套了是吧？"李松没好气道，"阎非你怎么回事，学校里没教啊，我们现在没有证据，光靠猜怎么破案。"

"如果不猜我们现在连侦查方向都没有。"阎非毫不客气地回怼，"杨曦给马志怀打的电话就是突破口，这种行为很有可能会暴露他自己，他之所以会冒险这么做，是因为杨曦身上有极度让他憎恨的特点。"

李松哼道："这种因为感情原因离异的人在县城司空见惯，你说通过这个怎么排查？"

"那你还想要什么？"阎非声音里难得夹着火气，一拍桌子站起来，"离异，和前妻不和，渡山风景区周边住民，性格冷酷，独自生活，身材健壮，有交通工具，同时能接触到在杨曦尸体上填埋的石灰岩石子，我们现在有疑似的 DNA，这些东西还不够你排查？你是非要有监控摄像头才能破案吗？"

"你……！"

李松火气上来，要揪阎非领子却被阎非一把捏住手腕，两人都攥得骨节发白，阎非冷冷道："李队，查案是给你什么查什么，我们现在既然什么都没有，就要抓住每一条线索。今天大家都累了，还是先让所有人休息，明天一早散出去按照我们手头有的嫌疑人画像再查一轮，一下挖出来六个人，外头媒体都等着。"

两人之间气氛剑拔弩张，周遭所有人大气都不敢出，就这样僵持了两三分钟后，李松终于恶狠狠地松开阎非的领子："希望你能把破'七一四案'的好运气带到这个案子来，但是我告诉你阎非，不是每次靠瞎猜就能破案的。"

11

凌晨一点半。

阎非回去睡了不到两个小时便被叫回专案组，会议室里灯火通明，听到动静，李松头也不回道："你还挺快。"

"发现了什么？"阎非半夜被叫回来也没有什么情绪，除了睡乱了的头发，整个人和下午看上去并没什么分别。

李松将烟拧碎在一旁满是烟蒂的烟缸里："他们今天整理了一份周围居民资料，我对着你之前说的查了一遍，没有全部符合的。"

阎非没想到李松还真的查了："你把我叫回来不会就说这个吧。"

李松冷哼："你既然觉得瞎猜有用，那我也就跟着瞎猜了一下，倒有一个意外发现。"

他说着递过来一张打印出来的资料，是一个名叫杜峰的男人。李松淡淡道："五年前在寺庙刚建起来的时候，这个人在这边出家了，渡山本地人，离异。之前你手底下的人到山上去看了，上头那座庙叫宝华寺，虽然地方不大，但因为常驻僧人只有四个，所以有多出来的僧房和柴房，应该符合你之前说的，有独立的作案空间。"

"还有呢？"阎非翻着资料，"你觉得符合的应该不止这些吧？"

李松点上一根烟："三年前宝华寺曾经因为建筑修缮有一段时间对外停止开放，和杨曦的失踪时间基本符合，有很大的可能，那段时间宝华寺里的人可以接触到石灰岩石子。"

阎非道："加上他就住在山上，所以最有可能在郭锐离开之后行凶。"

"反正他符合你说的，有作案时间，有作案动机，能接触到工具。"李松吐出口烟，"怎么样，阎队这下满意了？"

阎非心知李松向来极要面子，恐怕大半夜把自己喊回来也就是为了让他看看进展，他不想吵架，淡淡道："这还算是普西的案子，要是能抓到真凶，是你的功劳。"

"你倒算得清楚。"李松冷哼，"明天先把人请回来问一问，就算没有嫌疑，山上的和尚也是最有可能的目击证人。"

阎非点点头，又问："要说的说完了吗？"

"当然。"李松理所当然地看他一眼，"这是我们两个队一起查的案子，我熬夜，你当然也别想在酒店歇着。"

"行。"

阎非对这个回答毫不意外，转身欲走，还没到门口又被李松叫住："我就是好奇，你为什么要帮一个根本不适合当警察的人？"

阎非微微扭过头，示意他在听，李松道："他戴表是为了遮疤，手腕上的伤，不说自杀，至少自残过，这件事你不知道？做这个的压力一般人承受不了，他的心理素质要是再不好，后头没你帮他兜着，你觉得他能走多远？"

李松一口气说完，见阎非不说话，他自知没趣："不过听说你为了帮他兜底都敢去得罪杨军，从学校里出来就没见你大脑这么不好使过，刚刚就当我讲了一堆废话吧。"

李松越想越觉得自己是吃饱了撑的，阎非都从他这儿挖墙脚了，他还没事去操心人家队里的事……想到这儿他翻了个白眼，低头收拾手头的资料，这时却听阎非轻声道："他适不适合当警察不是由我们说了算，但他有这个能力，他也需要当警察。"

"什么叫作需要当警察？"

李松一愣，抬头看时，视野里却已经只剩下虚掩的门，不见阎非的踪影了。

…………

阎非走后不久，萧厉起身时只觉得头痛欲裂。

他知道阎非大半夜被李松叫回去多半是有了新线索，他本来想跟去，但又模糊觉得，应该要先解决掉自己身上的问题。

房间里没有开灯，萧厉在床头枯坐了一会儿，但注意力始终没有办法集中，停药很久，萧厉已经很久没出现过严重的躯体化反应，本以为睡一觉能好，但没想到愈演愈烈。在头痛的作用下，他整个人控制不住地簌簌发抖，几经努力才摇晃着走进了浴室。

自从意识到是马志怀的疏忽导致杨曦被害三年才被发现，萧厉满脑子都是他去找罗小男的那一晚，罗小男小心翼翼掩上的房门，还有脸上躲闪的神情，所有细节如今都像刀一样在他心口反复戳刺。

如果说杨曦在出事前给马志怀打的那通电话既是被逼迫也是在求救，那罗小男呢？她在压力之下每次联系自己，保持着最后一丝联系，也是在向他求救吗？

萧厉耳边"嗡嗡"直响，到最后甚至不知道自己走在哪里，脑子像是被扎入一把钢针一般，疼痛扩散开来，让他几欲呕吐。

在过去的经验里，这个时候他应该要放空自己的脑袋，尽量在一些悲观念头出现前就隔断这种错误的思路，但萧厉如今已经头痛到无法思考，他想要去想一些好一点的事，然而耳边都是父亲在问他："你真的不知道自己错在哪儿吗？"

这声音把他带回到记忆里的老房子，但这一次他面前的面孔却不仅仅有萧粲，还有胡新雨和死在北苑中学的严萍……老宅里的日光灯管来回晃动，所有人都在明暗之间看着他，萧厉盯着这些人的脸庞，意识到他已经开始出现幻觉了。

萧粲将扎着铁钉的木棍举到他面前，醉醺醺问道："还不认错？"

不对……萧厉绝望地用手狠狠拍了一下剧烈疼痛的头。

都是假的。

他用力拍了几下，眼前老房子的景象才终于消失，只剩下宾馆里老旧的浴缸，萧厉大口喘气，刚停下动作，萧粲的脸却又回到了他面前。

"你怪不了任何人。"

萧厉想到罗小男不由得浑身一震，他在浴缸里瘫坐下来，而"萧粲"抬起右手，记忆里这样的动作之后总是伴随着疼痛，萧厉几乎条件反射般地抬手去挡，紧跟着便在半空中撞到什么，他的指骨剧痛，被水珠劈头盖脸地浇了一身，眼前的幻觉瞬间便消失了。

空荡荡的浴室里没有一个人。

"别再……别再打我了。"萧厉浑身哆嗦，抱着头在浴缸里缩成一团，周围安静了一会儿，随后隔着花洒的水声，不远处有人叫他："丽丽。"

萧厉循着声音，看见罗小男脸色苍白地站在黑暗的房间里，穿着那天在渡山时穿的衣服。

"你为什么没发现呢？"罗小男轻轻地问，声音却像是直接在萧厉的脑子里响起来，她又走近了几步，萧厉这才发现女人浑身上下都是湿的，水珠甚至还在顺着头发往下淌，一如他最后见到她的样子。

这显然不会是真的。

萧厉在剧烈的头痛里用最后一丝清明的神志思考，他定定地看着已经走到面前的罗小男，余光里瞥见一旁放在洗手台上的刮胡刀片，心中竟生出一种自暴自弃的快意。

他知道该怎么让这一切停下来。

12

阎非在开门的时候便听到了水声。

时间接近凌晨三点，萧厉的床却是空的，被子凌乱地从床上挂到地板上，拖鞋被踢翻在一边，说明人在下床的时候很匆忙，应该是径直进了浴室。

"萧厉，你大半夜在搞什么？"

阎非走到浴室门外叩了两下，房里充斥着大量水汽，他心里升起一种不好的预感，正要推门进去，浴室里却忽然有人道："等等马上好了。"

萧厉的声音在水声里显得很低，阎非刚松下一口气，浴室里传来一声滑倒的巨响。阎非皱起眉，猛地推门进去，就见萧厉正浑身湿透地试图从浴缸里爬起来，他两手都是血，身上的浅色睡衣也已经被染红了大半，脸色惨白得连一丝血色都没剩下。

"你……"阎非睁大眼睛，只听叮的一声脆响，浴缸旁原本放着的什么东西因为萧厉慌乱的动作掉落在地，阎非在弥漫的水汽里一眼便看清，那是一片满是血的刮胡刀片。

萧厉挣扎了半天，因为没力气始终没能站起来，无奈道："不都叫你等一下了吗？尿急呀？"

整个浴室里都是水雾，萧厉失血之后头晕得厉害，根本看不清楚阎非的表情，只是本能觉得这事儿要完，结果就在他再一次尝试爬起来未果之后，阎非的身子一动，竟是大步朝浴缸走了过来，他先是关了花洒，然后抬腿便迈进了浴缸。

萧厉眼睁睁地看着阎非的鞋子泡进血水里，一时震惊得说不出话，而后他领子一紧，整个人已经叫阎非直接从水里提了出来。

阎非咬着牙问："你知不知道你在干什么？"

萧厉觉得他应该要给自己找点说辞，绞尽脑汁想了一会儿，最后只能干巴巴道："我其实就是头太痛，想要分散一下注意力才……"

他还没能说完，阎非一下抓着他的衣领将他按在了墙上，萧厉的后腰撞上龙头，疼得一个哆嗦，阎非用一种咬牙切齿的声音道："你知不知道这是逃避？"

说话时阎非脸上的肌肉全部绷紧，力气大得像是要把他直接按进瓷砖里，萧厉看了一眼自己还滴滴答答淌血的手腕，最终只能苦笑着抓住阎非的胳膊："我没跟你开玩笑，我的头太痛，吃止痛药也没用，要是再不放点血，我觉得我的头就要炸开了。"

凑得近了，萧厉甚至能听到阎非咬牙的声音，他怕阎非不相信，又语无伦次地继续说下去："我知道你又回去了，但是我实在起不来，我头痛到我在房间里都能看见我爸……阎非我真的没想死，我也不是骗你……"

"不是你的错。"这一回阎非直接打断了他絮絮叨叨的解释，"你母亲的死不是你的错，你父亲被抓也不是你的错，他虐待你是他自己的问题，不要再自责了。"

萧厉脑袋里昏昏沉沉："你怎么知道我在自责？"

阎非抓紧他的衣领："不只是这件事，灭门案你觉得严萍是因为你的问题死的，但是如果你不上去夺刀，周婷也会死，是你救了她，奸杀案也是，你找到了凶手，无论这件事外头会怎么说，但你就是对的。萧厉，记得你现在是警察，你可以救很多人，这个话我说了很多遍了，但你要相信你自己。"

"我……"

"还有罗小男。"

阎非根本不给他反驳的机会："罗小男是个很聪明的女人，如果她想瞒你，你发现不了，这不是你的错。萧厉，你现在无论后悔和自责都没有用，罗小男还活着，在这件事上你比我幸运太多，你要想帮她，就得查清楚眼前的事，不能自暴自弃。"

萧厉第一次听阎非讲这么多话，他徒劳地张嘴，想说的话却都卡在了嘴边，一句也说不出来。两人僵持了一会儿，最后阎非强行将他扯出了浴缸，拿着宾馆的毛巾给他止血，萧厉苦笑道："我说，你为什么要帮我？"

阎非让他抓紧手腕上的毛巾，很快竟从房间里找到绷带来给他包扎，萧厉看得目瞪口呆："你出门还带绷带啊。"

阎非道："你不是说你最近有血光之灾吗？"

随着浴室里的雾气散去，萧厉已经彻底冷静下来，他在神志不清时其实没割太深，只是来回划了好几下，因此虽然出血量看着可怕，其实根本不会有什么生命危险。

阎非最后把绷带系紧，见没再出血脸色才好转了一些，萧厉自知理亏，只能任由他折腾，艰难地换了一套干净衣服后，他坐在床边看阎非将浴室里的血迹收拾干净，心里开始觉得过意不去，忍不住又问了一次："你究竟为什么要帮我？"

阎非问道："重要吗？"

"还是挺重要的，一看你这种人就没什么同情心，忽然这么掏心掏肺地帮我，怎么感觉都有鬼。"

"……"

阎非沉默了一会儿，突然轻声道："我和你正好相反。"

"什么相反？"

"从小到大我妈很少说我有错，只有很少几次，学校里有孩子说我爸的事，我直接把他们打进医院了，我妈因为这样的事才很严厉地骂了我。除去这几次，她几乎都是无条件支持我，每一个决定都是，从来不说是我的过错，而且还说，我以后当警察，可以救很多人。"

萧厉笑了一声："这可真是羡慕不来。"

阎非道："也是因为这样，我走了我想走的路，坚持要查大家都不想让我查的案子，在刚当警察的时候，我也觉得自己做的每个决定都是对的，但是……"

他停下来，再开口时声音已经变得十分迷茫："我后来也时常想，如果我不选择当刑警，白灵是不是可以不用死，我孤注一掷地要完成我爸没能完成的事，为了破'七一四案'，我牺牲了我的妻子和我的孩子，但是又能挽回什么？我爸不可能再回来了，那些死去的人也不会，哪怕真相很重要，但是有很长一段时间我都在怀疑，时隔二十年即便破了这个案子，我真的有拯救什么人吗？"

13

室内安静了一会儿，阎非把话说到这份儿上，萧厉其实也猜到了，苦笑道："不会吧，敢情阎队长你忙活半天结果就救回来一个我这样的人，听起来怪不值当的。"

阎非给他递了一根烟："对于很多其他经历过'七一四案'的人，重查是揭开了他们的伤疤，但是你不一样，我希望你的伤口在那之后能彻底愈合。"

萧厉用没伤的手将烟塞进嘴里，阎非帮他点上火，萧厉吸了口烟苦笑道："这就是你非要让我当警察的理由？"

"做警察能救很多人，切实地帮到这些受害人，可以消除部分你的负罪感。"阎非夹着烟道，"因为我父亲的失职，给你的人生带来了很多没有办法消除的阴影，我希望能多少帮他弥补一些，至少，能让你重新相信你自己。"

萧厉心想早知道会弄这么肉麻他就不该问："别说这么惨，破了'七一四案'，你至少也给嫂子和孩子交代了，那也算拯救吧。"

"那不是拯救，那是赎罪。"阎非在火光明灭里垂着眼，"萧厉，你从心理素质上来说不适合当警察，但是你有这个能力，我相信你，也会帮你，你要做的就是坚强一点。"

"行了行了。"萧厉实在不习惯阎非用这种语气说话，头皮发麻地别开眼，"你放心吧，我每次这么搞完都能消停很久。"

"明天把伤口遮一遮，被李松发现就说是打破杯子划的，他眼睛很尖，现在是两队一起工作，要稍微注意点影响。"阎非抽完烟，把烟灰缸拿到萧厉手边。

闹了这么久，萧厉此时毫无困意，心想既然话都说开了，后悔也来不及，不如趁着这时候把该问的都问了，又道："当时我进刑侦局的那个缉毒任务，让我们俩去简直像儿戏一样，你老实讲，你之前是不是和杨局做了很多工作？"

阎非没想到他又提起这茬，说道："在任务下来之前段局就和我说了，因此我之前进过那家夜总会很多次，确保在化装和灯光的帮助下不会出问题才和杨局提的这件事。"

萧厉现在已经没这么容易被糊弄过去了："那杨局也不会同意吧，这么大的任务，肯定要确保万无一失才对，我俩在大街上都会被人认出来，缉毒大队怎么可能放任我们两个去。"

阎非不说话了，萧厉现在已经很清楚这人的习惯，很多事情阎非不想说就会选择缄默，他翻了个白眼："老哥，你能让我走后门走得明白一点行吗？小姚说杨局卖了你很大一个人情，你和我说老实话，是不是这件事。"

阎非又沉默了一会儿，最后终于叹了口气："犀牛之前曾经虐杀过一个在境外工作的缉毒警，这个缉毒警过去曾经是缉毒队雷队的同窗，为此雷队一直耿耿于怀，希望能在这次抓捕里拿到切实证据。这件事之前他找杨局商量过，得出的结果就是，可以让一个我方成员故意暴露，作为诱饵被抓，继而诱导犀牛的人将过去的罪行说出来。"

萧厉脑子里"嗡"的一下："你……"

"这件事的风险很大，不是所有人都能做，雷队来找杨局之后，我推荐了我自己，但是提了一个条件。"阎非轻声道，"我要求为保证任务顺利，去两个人，但要把另一个安全带出来，有了这件事，就可以绕过你文身的问题。"

萧厉倒吸一口凉气，他虽然已经猜到，阎非必然为此做了很多工作，但也没想到阎非会做到这个地步，震惊道："但是我们实施的时候……"

"没错。"阎非轻轻叹了口气，"我们之前已经计划好了，在我们第二天进去的时候让'内应'认出我，继而向犀牛套话，但是没想到第一天任务就出了岔子，为保证计划的其他部分都能顺利实施，不得不暂时搁置了这个任务。"

萧厉皱起眉："那你不等于放了雷队鸽子，你之后怎么和他交代的？"

如今回想起来，萧厉记得当时阎非对接犀牛案的时候拖了很多天，他一直以为是手续上的烦琐，如今看来却还有更深一层的原因，萧厉想到就只有自己被蒙在鼓里，只觉得一股邪火往上蹿："这种事情既然是为了我要打通关节，你为什么不和我讲。"

阎非冷静道："你不知道反而安全，之后犀牛招供了，所以雷鸿辉并没有太过为难这边，段局之前给杨局打了招呼，杨局便也睁一只眼闭一只眼，当这件事过去了。"

萧厉深吸口气："所以你才叫我进局里之后要安分一点，因为这件事说到底还是杨局卖你的面子。"

房间里就此安静下来，萧厉只觉得感到身上有三四处都在痛，头在疼，手腕上的伤也在疼，同时还有腰上的旧伤，他恶狠狠地笑了起来："我萧厉何德何能，要你帮我兜着这么多事儿？啊？你就为了让我当警察，要是落到了什么毒贩手里受了伤，我怎么和伯母交代啊？"

"要救一个人，光让他活着是不够的。"阎非在黑暗里看着他，"没有你我一个人破不了'七一四案'，也走不到这里，所以我希望你能做个好警察，好好活着。"

萧厉简直哑口无言，半晌他无力地闭上眼："你知道吗阎非，我妈都没对我这么拔苗助长过，我在两年前怎么都想不到我会当警察，你现在都把我带进沟里了，要是不能让我吃香的喝辣的，我可不会放过你。"

"那就先把眼前这个案子好好破了。"阎非笑了一下,"把药吃了,能睡几个小时是几个小时,我之前被叫回去是因为李松有了线索,明后天恐怕会很累。"

萧厉这才发现阎非拿出来的不只是绷带,奇道:"你连舍曲林都带?"

阎非摇摇头:"是退烧药,你在发低烧,头疼应该和这个有关系,其他的药等你回了周宁再说。该吃还是要吃,最多让你的脑子钝一点,你现在就是太灵光了。"

萧厉自顾自摸了一下额头,却是毫无知觉,阎非见状按住他的肩膀:"把药吃了躺好,我再帮你把腰上的伤处理一下,泡水了。"

萧厉心想他最近当真是有血光之灾,连着两个案子都受了伤不说,现在还自己给自己又添了几道,他将床头的退烧药一口吞了,又在床上趴下,由着阎非利索地帮他把腰上浸了血水的纱布取下来再重新包扎。整个过程阎非的动作都很轻,萧厉这时终于开始犯迷糊,过了不知多久,他听见阎非道:"刚当上警察,就把自己搞出这么多伤,你是我见的第一个。"

萧厉打了个哈欠:"那你得问我爸,都是他打出来的。"

阎非轻声问道:"背上文的是什么?"

"一种藏区的守护神,当时我问了,说这种最凶。"萧厉这时已经连眼睛都睁不开了,"我以前总做噩梦,罗小男陪着我去文了之后做得少了,但也还是做。"

阎非淡淡道:"指望守护神,不如指望自己。"

"这个时候就别说这种心灵鸡汤了吧……"

萧厉含糊地说完,很快彻底没了声音,阎非知道是和感冒药放在一起的安眠药起了作用。时近五点,他安静地把屋里沾血的东西都彻底处理干净，在天将亮的时候终于躺上床，在半亮的光线下闭上了眼睛。

14

"老大，阎队还没来，我们怎么说，先开始查吗？"

早上九点半，除了阎非和萧厉以外，全员都齐了，随着时间一分一秒过去，李松的脸色开始变得难看起来，夏鸥早就把自家队长的脾气摸得很透，说道："可能是早上有什么事情耽搁了，不行我们先开始查吧。"

"等他来。"李松冷哼，"免得之后说我分配工作有问题。"

他话音刚落，萧厉和阎非从外头进来，手里还提着早饭，不知为何，两人的脸色都谈不上好，尤其是萧厉，脸色白得像张纸一样，万晓茹被吓了一跳："萧厉，你身体没事吗？"

"感冒发烧而已。"

萧厉摆摆手，李松注意到他穿着袖子很长的外套，眯起眼："生病可以不来拖后腿。"

"这怎么行。"萧厉咧嘴笑道，"我这种新人都得做牛做马的。"

阎非将买来的早饭放在桌上分给所有人："买早饭耽误了点时间，昨天李队根据我们的嫌疑人画像有了新的推测，和他们说了吗？"

李松就知道阎非带早饭来就是为了堵他的嘴，不冷不热地看了两人一眼，和其他人说起他昨晚有关杜峰的推测，万晓茹听到最后忍不住道："可是，如果他是常驻的僧人的话，其他几个受害者是怎么回事？难不成是她们死前都来宝华寺烧过香？"

阎非道："这就是最大的问题，杨曦的情况和其他四个受害人截然不同，现在还无法排除是不同凶手的可能，我们需要杜峰的不在场证明，同时还有一部分人要继续调查其他四个受害人可能有的潜在联系，她们一定是有交集的。"

随后，在阎非的安排下，夏鸥和林楠去往宝华寺，其他人分组继续调查另外几个受害者失踪前的行动轨迹。在车上，阎非翻着受害人的消费记录，发现除了杨曦之外，其他四名受害者死前一周的行动轨迹没有重合，他看了一会儿忽然道："钱都是陈晓出的。"

"什么？"萧厉因为安眠药一早上都昏昏沉沉，脑袋绕不过弯。

"她所有饮食的消费都不是一人份，如果只是她一个人，这个消费太多了。"

阎非又将其他几人的消费记录看了一遍，就算是丈夫在外打工的付青青，在失踪前王刚回来的那两天，她的消费都明显变高，显然受害者都是在经济上握有主动权的女人："这些受害人在恋爱关系里虽然不是主要收入来源，但是对经济都有很高的掌控度，很有可能在恋爱关系中都是相对强势的一方，这也是她们的共同点。"

萧厉道："但是这可不是通过外表一眼就能看出来的……"

他说了一半就意识到问题，对上阎非的眼神："凶手真的跟踪过他们，而且是跟踪两个人。"

…………

与此同时，付青青家楼下。

察觉到万晓茹的沉默，李松心里发沉，他早知道万晓茹对自己谈不上什么好感，这两日两人独处，万晓茹对他越是拘谨，李松心里就越不是滋味，最终还是忍不住问道："晓茹，在想什么呢？"

"啊？"万晓茹被他这一叫猛地回过神，笑了笑，"没事松哥，我是在想这个案子，我总觉得有哪里怪怪的，之前阎队不也说吗？她们一定是有交集的。"

李松听到"阎非"这两个字便默默在心底翻了个白眼："我看阎

非被那个小助手洗脑洗得够可以的，现在都开始用瞎猜查案了。"

"但是萧厉的直觉很准啊。"万晓茹想起奸杀案，心里还有几分歉意，"希望他赶紧好起来，之前他受的伤还没好呢。"

李松回忆萧厉早上捏着袖子的动作，冷笑："可不一定是之前受的伤，不过这个事儿有阎非操心，晓茹你还是和我说说案子吧？"

万晓茹惴惴不安："我还没碰过这么大的案子，要是说错了，松哥……你别笑我。"

"我怎么会笑你？"李松摇摇头，"说说看吧，我听着。"

万晓茹这才鼓起勇气："我觉得，杀杨曦的人和杀之后那四个姑娘的应该是同一个，但是动机不太一样，他杀杨曦的时候充满了仇恨，甚至在人死了之后还要在尸体上埋上石子，但是对待之后那四个受害者，就更像是例行公事，手法非常一致，而且很熟练。"

李松道："你是说，杀杨曦可能算是激情杀人，后头那四个受害者才是蓄谋的。"

"没错。"万晓茹认真地点点头，"想要把一个普通人逼过界杀人，必然是发生了某些让他无法忍受的事，可能是杨曦出轨戳到了他的痛处，他才会对杨曦痛下杀手，之后他意识到自己无法回头后，索性就彻底放开了束缚，因此杀人的间隔才越来越短……后头那四个女人应该并没有做什么惹怒他的事，只是符合他讨厌的某种女性类型，因为这样，他就杀她们来泄愤，而如果我们不阻止他，他应该还会再下手的。"

两人之后重新拜访了付青青家，这一次万晓茹希望能仔细看一下付青青留下的个人物品，虽说上次阎非和萧厉已经来看过了，但是到底比不上万晓茹心细，不多时便从箱子中翻出了一本记账本还有几件情趣内衣来。

万晓茹将那些黑色渔网的塑身衣摊在床上，脸颊泛红，而李松眉头紧皱，这种东西在调查里出现都不是什么好兆头。他下意识地联想到之前阎非说的动机那套，而这时付青青的母亲从外头进来，一看床上那几件衣服，付母哎哟叫了一声，尴尬地把那几件薄纱似的内衣抄进怀里："对不起呀，我都忘了还有这东西了。"

李松看付青青母亲似乎对女儿有这样的衣服不感到意外，问道："付青青会在家里穿这个衣服？我看他父亲似乎很不喜欢她打扮暴露，她有这种衣服，你们知道吗？"

付母尴尬道："她爸确实不喜欢，但她都结婚了，平时性子也野，我们也不好管这么多。最早的时候，她买这个在家里洗，还晾出来，被她爸看到了狠狠地骂了一顿，后来她就没怎么敢在家里晾过了。"

万晓茹又把注意力放在手头的账本上，翻了几页后她指着账本上一个八十块钱叫"惊喜"的项目问道："这是什么？"

付青青母亲看了一眼，为难地摇摇头："他们小夫妻两个平时虽然和我们住在一起，但是没少玩这种年轻人的东西，可能是什么礼物吧。"

万晓茹又往回翻，几乎隔一段时间付青青的记账上就会出现这样一个叫"惊喜"的项目，都是八十块钱，她下意识道："不会是礼物，礼物不会每次都送一样的。"

万晓茹连着翻了几页上头记有"惊喜"的记账，发现时间都是在王刚回来的那几天，通常来说和丈夫在一起，付青青的消费会有明显的变化，偶尔还会有电影票之类的支出。她问道："那王刚每次回来，会和付青青去哪儿玩，你们知道吗？他们如果是住在家里，饭桌上会不会讲起来？"

付青青的母亲想了一会儿，事情过去太久，很多细节她记得也不是太清了，只能絮絮叨叨道："他们好像大多数时候会去那个商业街玩，那边有电影院还有商场，还有夜宵吃，有的时候他们小两口弄得晚了就会住在那边……还有，我记得他俩之前还说要跑到城里去玩，神神秘秘地说什么那边好玩的更多，也不见他们挣多少钱，倒是在这方面玩心特别大，我和她爸说了几次了，结果拦都拦不住……"

15

为了验证想法，阎非带着萧厉又去见了一次崔志，这一次，两人非常详细地问了他和陈晓平时的相处习惯，就和他们猜的一样，两人的感情从一开始就是陈晓主动，因此后来陈晓也一直是两个人当中相对强势的一个，甚至家里的东西大多是陈晓购入的。

"面馆、服装店、菜场……这些地方都离你俩上班的美发店还有家里不远，你们平时不去稍微中心一点的地方玩吗？"

萧厉看着崔志列下来的两人去过的地点，始终觉得里头有遗漏，崔志写的都是美容院五公里以内的地方，以陈晓和崔志的年纪，不应该完全不去商业区活动，他又问了一遍："确定没有遗漏吗？这关系到我们之后的调查，如果你能提供有利的线索，我们说不定很快就可以找到杀害陈晓的凶手。"

崔志为难地摇了摇头："应该就这些了，我们平时工作很忙，理发师也没有双休，加上在两家不同的店，在一起的时间都得凑，也实在没多少时间去更远的地方。"

萧厉有些失望，本来还想再帮着他梳理回想一遍，然而就在这时，阎非口袋里的手机发出一阵猛震，他拿起来听了不到五秒脸上神色就变了。

萧厉如今已经很熟悉阎非的表情变化，紧张道："不会又死人了吧？"

阎非挂了电话，匆忙告别了崔志，直到下了楼才道，"杜峰招了，说人是他杀的。"

"啥？"萧厉眼睛都瞪直了，"说谁是他杀的？杨曦，还是所有人？"

"所有。"

阎非跳上车，他的话让萧厉脑子里"嗡"的一下，这下再也顾不上陈晓这边的事，便径直和萧厉赶回了派出所的临时专案组。

接近中午，两人回到派出所的时候门口已经挤满了蜂拥而至的媒体，萧厉不知这些人是怎么冒出来，和阎非一路挤了进去，就听李松在不远处暴跳如雷："哪个放媒体进来的！这个案子什么消息都还没发布，让他们都哪儿凉快哪儿待着去！"

萧厉心觉不妙，眼下简直是所有刑警最讨厌的状况，调查没有进展，媒体就先开始凑热闹。在这种情境下，不仅仅是李松，阎非的脸色也相当难看，看到夏鸥从会议室里出来，他问道："媒体是怎么知道的？"

夏鸥满脸愁色："谁知道还有人一直在渡山没走，早上我们去宝华寺请人的时候被撞见了，也怪我，当时我们都以为是游客。"

萧厉只觉得一阵头疼："也难怪，这么大的案子到现在为止官方一句话都没有，一直藏着掖着，然后警方还怀疑了驻院僧人，我要是记者，我肯定也觉得这是我的事业巅峰了。"

阎非看着外头人头攒动，皱眉道："夏鸥，你和这边派出所民警一起把外头人清一清，对外一定要强调现在案子还在调查中，不要给媒体留什么话口。"

"我明白。"

夏鸥领着三四个民警出去，萧厉则跟着阎非进了会议室，李松正面色难看地盯着面前的一沓资料，见他们进来，李松满脸烦躁："杜峰全招了。"

"他说什么了？"

万晓茹将桌上的电脑推过来，上头有之前杜峰招供的全部视频。万晓茹告诉两人，杜峰本来只是来配合他们调查的，但是不知为何，进了审讯室林楠没问几句，他竟然承认所有受害者都是他杀的，夏鸥震惊之余立刻通知了李松，目前还没来得及进行二轮仔细的审讯。

"DNA刚送检了，但是按照山上其他僧人提供的信息，不可能五个人都是他杀的。"李松咬着牙一拍桌子，"来添什么乱，现在惹上了媒体，肯定会逼着我们马上出进展通报，我最讨厌干这个事。"

萧厉心想岂止是他，可能是个警察都讨厌应付舆情，他看向林楠："小林，你们之前和杜峰说了什么？他怎么会忽然招供？"

"我也不清楚，但是很奇怪……"

林楠想起之前发生的一切仍然百思不得其解，上午他和夏鸥去宝华寺，其实只是想要探一探山上这些僧人的口风，一开始压根就没想着要把杜峰带回来审问。

按照常规，他们最先接触了宝华寺的住持，旁敲侧击地问了杜峰的情况，住持也大致同他们说了，几年前，杜峰的女儿因为事故意外失踪，之后妻子也同他离婚，杜峰在女儿失踪后长时间陷在自责里，心灰意懒才出的家。按照住持的说法，杜峰人很不错，在山上的五年，杜峰一直非常安分，平时就是个很安静的人，也很少说话，偶尔下山都是去县城里买一些必需品，每个月最多也就三次。

之后林楠和夏鸥又找寺庙里其他常驻的僧人问了，说杜峰平日里表现木讷，除了做饭、打扫卫生、早晚课这些基础的事情外，他没有什么其他活动，偶尔清闲下来，便坐在院子里发呆。事实上，最早杜峰出家的时候因为身患抑郁症，住持不能收他，但是之后也不知怎么开到了医院的证明，加上他以前在化工厂一个姓王的领导又做了担保，再三强调他是潜心发愿想要出家，这才在山上住了下来。

"这么一个人，虐杀了五个女人？"萧厉听到这儿已经觉出不对劲来，"而且他大多数时候都在山上，也根本没有机会接触到其他几个受害者呀？"

林楠满脸不解："我也知道，所以之前他招供之后我怕他顶罪，特意问了他知不知道这些受害者都是谁，他其他都讲不出来，只有杨曦，他讲到了很具体的手法。"

他将电脑上的监控往后调了一点，画面里杜峰面容平静，淡淡道："我把她抱到半山腰的小溪旁边，把她擦拭干净，就地将她的尸体掩埋了……为了把土填平，我又倒了一些石子进去，这样那块地才能被压实，做完这一切之后，我感觉到很平静，又破了戒，在小溪旁边抽了几根烟才走。"

萧厉听到最后心里不由得咯噔一下，原本他还觉得杜峰是在信口胡说，但如今杜峰不但知道石子的事，还说了抽烟……这些信息警方还没有对外公开，杜峰既然能说上来，就说明他必然到过现场，就算不是杀死杨曦的人，他也必然目击过杨曦被抛尸的场面。

萧厉难以置信地抬头看向阎非："他可能见过凶手。"

有两个队长在，萧厉实在没什么能干的事儿，顶着这张脸也不能出去对付媒体，趁着阎非和李松对杜峰展开问讯，他无奈之下只能坐在一边翻看杨曦前夫马志怀和情人郭锐的详细口供记录。

没想到好不容易解开了杨曦失踪的谜团，最后他们却还是离渡山连环凶案的凶手很远，甚至可以说，侦破的工作至此才刚刚开了个头。

萧厉心中焦躁，他仔细看了一下马志怀的口供，内心愈发替之后那几个失踪的女孩感到不值。之前阎非说过，在过去他处理过的案子里，如果妻子不见了，丈夫的嫌疑通常来说会非常大，而在杨曦的案子里，她是异地失踪，加上马志怀有明确的不在场证明，这才让这起案件从开始就被定性成了失踪……当时再也没人能想到，马志怀虽然不是杨曦失踪的罪魁祸首，但本身却也是最大的一个帮凶。

经历过昨晚，萧厉如今终于能够理智看待这个案子，他合上手里的案卷，疲惫地捏了捏鼻梁："还真是越牵扯越多，刚解决完郭锐和马志怀的事儿，这又冒出来一个杜峰……"

坐在不远处的万晓茹见他脸色实在差到了极点，忍不住说道："萧厉，你要实在不舒服就先回去休息吧。"

"这才哪儿到哪儿啊。"萧厉听出姑娘话里的担心，笑着直起身，"我要是现在跑了，以后阎非在李松面前还怎么做人？至少得挨好几年的笑话。"

"可是……"

"放心吧，我没事。"

萧厉把案卷放在桌上，又叹了口气："我就是觉得我最近运气实在有点差，谈恋爱想复个合都能搞出这种事，现在这个案子也是，本来以为杨曦是个突破口，结果不但查了一圈没结果，现在还冒出来个大包大揽的主儿。"

"但也不是毫无进展不是吗？"万晓茹想起自己在上个案子里钻的牛角尖，给萧厉鼓劲，"至少我们还有个嫌疑人在审呢。"

"他不会是凶手的。"

萧厉摇头，他之前也看了杜峰的资料，几年前，杜峰的女儿失踪，事后杜峰在报案时一度情绪崩溃，而后同年，杜峰的妻子和他离婚，之后杜峰有过短暂的精神病药物服用史，患有重度抑郁症和幻想症，在宝华寺建成的同年痊愈，出家在宝华寺修行。

可以说光是看着这些文字材料，萧厉就有一种直觉，杜峰必然不是凶手，但是让他费解的是为什么杜峰会认罪，在之前录口供的时候，杜峰的表情甚至能说得上是平静万分，就好像早就知道这一天会到来一样。

萧厉皱眉道："他多半是见过凶手抛尸，要不不可能讲出这些细节，在这整件事里有很多巧合，如果马志怀在妻子失踪之后就立刻开展调查，又或者说如果杜峰在看到凶手抛尸的时候就立刻报警，这些事情但凡发生了一件……后头那四个姑娘，现在或许都还活着。"

万晓茹一愣，她先前一直以为萧厉相比于阎非性格该要开朗许多，但如今萧厉脸上的阴郁却是她过去从未见过的，而似乎是注意到她的目光，萧厉笑了笑："不说这些了，我们还有个凶手没抓到呢，现在讲这些也没用。"

门口乱哄哄的人声此时已经听不见了，该是夏鸥将闻讯而来的记者都遣散了，事情闹到这个地步，萧厉估计马上李松回普西就要有大麻烦，显然这种陈年旧案是相当吸引人眼球的素材，估计再过一两个小时，他就能在微博上看到这个案子。

如果事闹大了，罗小男那边会不会也看到这个新闻？

萧厉脑子里乱糟糟一片，他竖起耳朵去听审讯室里的动静，隔着门，只能隐隐听见李松正在说话，萧厉心想以这个人的脾气，现在说话还维持着这种音量，至少说明杜峰还是配合的，说不定还能吐出点有用的东西。

他能说出凶手的样子吗？

又或者，他至今没有报警，是因为和凶手是认得的？

萧厉在万晓茹关切的目光下实在是坐不住，起身走到窗边点上一根烟，窗外的雨下得没完没了，整个天都阴沉着，似乎有无穷的乌云堆积在这片县城的上空，随时都能抖落下一片大雨。

一阵饱含着湿气的风吹来，萧厉点烟的动作牵动了手腕上的伤口，他疼得吸了口凉气，原本一团糊糊的脑袋倒是因为这阵突如其来的疼痛清醒了不少，显然，如果现在再陷入这种莫名的焦虑和后悔里，阎非昨晚说的话就全白说了。

要想找到罗小男，他就不能继续瞎想，这样无济于事。

萧厉吐出口烟，看着屋檐下落下的雨滴，心里渐渐静了下来。

他想，他们可能还得在这里待上一段时间了。